RENÉ DESMAISON

Les Grimpeurs de muraille

HOËBEKE

ISBN : 2-84230-101-3

Introduction

Depuis les débuts de la conquête des sommets, la montagne est riche en histoires, des plus sublimes aux plus tragiques. Il est même difficile d'en inventer sans tomber dans le schéma de celles qui s'y sont déjà déroulées.

Les événements qui suivent, comme les personnages de ce livre, sont imaginaires. Cependant, entre la réalité et la fiction, il n'y a parfois que la minceur d'une feuille ultralégère de cigarette et les deux finissent par se confondre pour devenir des faits authentiques.

Lorsque j'entrepris de me lancer dans la rédaction de ce roman des personnages tels que Thomas, Line et Alizée s'installèrent dans ma vie avant même que j'en écrive la première ligne. Ils me poursuivaient en se fondant dans mon ombre. Un soir d'hiver, où je n'avais pas d'occupation particulière, ils vinrent s'asseoir dans mon bureau et commencèrent le récit de leurs aventures. Immatériels, invisibles pour d'autres, ils se déplaçaient en suivant mon regard et je pouvais les voir allongés sur les étagères de ma bibliothèque, assis sur un coffre près de moi. Quand j'allais marcher sur les sentiers de la colline qui domine à l'ouest le mas où j'aime vivre, ils me suivaient ou me devançaient suivant mon humeur. Caractériels, ils disparaissaient dès que j'observais les arbres, les fleurs et les pierres avec trop d'attention. L'ennui, c'est qu'ils revenaient vers deux heures du matin pour me sortir de mon lit et me pousser, me tirer, malgré les protestations de ma femme menaçant de faire chambre à part, vers le bureau où nous nous lancions dans des discussions sans fin, parfois jusqu'à l'aube. J'étais ravi. Tout allait bien. Ils apportaient l'eau à mon moulin. Nous, nous nous revîmes les jours suivants et, par l'intermédiaire de l'écriture, nous passèrent ensemble des moments fort agréables, jusqu'au jour où je me rendis compte que ces personnages m'emmenaient trop loin dans la fiction, de plus j'avais deux livres de voyage à rédiger et quelques expéditions et films à faire dans la cordillère des Andes, et ça me prit pas mal de temps. Devant mes longues hésitations et mes nombreuses observations, mes nouveaux amis finirent par se lasser et repartirent vers leurs montagnes, ce que je fis moi-même après avoir rangé le manuscrit inachevé dans un tiroir.

J'en étais là de l'ébauche de ce roman lorsqu'un mystérieux appel téléphonique ou peut-être télépathique, je ne m'en souviens plus très bien, me réveilla au milieu d'une nuit et me rappela que, dans ma précipitation à me débarrasser du manuscrit, j'avais enfermé Thomas dans le tiroir et qu'il serait grand temps de lui rendre sa liberté. Alors, je sus qu'ils étaient de retour et ne me lâcheraient plus.

— Oui, oui, répondis-je sur un ton las, j'y vais.

Les appels se renouvelèrent, de plus en plus fréquents, au cours des nuits suivantes. Il faut se méfier de ces personnages fantomatiques qui se glissent dans votre esprit et ne cessent de vous tourmenter, jusqu'à vous empêcher de trouver le sommeil. Enfin, pour avoir la paix, j'ouvris le tiroir et sortis le manuscrit aux pages jaunissantes. Il me semblait que les pages frémissaient entre mes doigts, mais, au cours de la nuit et par un bel orage, il est permis d'avoir de légères hallucinations. Après avoir posé le manuscrit sur le bureau, j'envisageais de rejoindre mon lit et d'essayer de dormir quelques heures avant d'en commencer la lecture.

— Non ! me dit une voix. Il faut l'ouvrir maintenant !

— Il n'en est pas question. On verra ça au grand jour...

Le son de ma propre voix me tira de mon état somnolant et je commençais à traverser la salle de séjour du mas, pour descendre les trois marches donnant accès à ma chambre un peu en contrebas, quand un violent coup de vent ouvrit en grand la porte-fenêtre de la terrasse orientée à l'est, face au grand tilleul, vieux de deux cents ans – comme l'habitation –, qui menaçait, sous les rafales et les tourbillons du vent, de se libérer de ses plus grosses branches.

Des éclairs se succédèrent dans un bruit infernal, et une pluie torrentielle s'abattit en crépitant sur les vieilles tuiles de la toiture et les dalles de grès de la terrasse où les grosses gouttes explosaient en petites gerbes lumineuses sous les feux célestes. Je luttais contre la pression du vent en repoussant la porte-fenêtre des deux mains avant que la pièce ne soit complètement inondée, quand je crus voir au travers des vitres ruisselantes des silhouettes immobiles sous la pluie. Surpris, je lâchais la porte, et le vent et la pluie s'engouffrèrent dans la salle de séjour. Ébène, Grisou, Buffy, trois chats qui ont adopté ma famille, se précipitèrent sous un divan et

Pharaon, le samoyède d'Aurélie, ma fille, bondit sous la pluie en manifestant sa joie par de sonores aboiements. Caroline, ma femme, suivie de notre fille, surgit en me demandant si je me sentais bien. Ouvrir la porte en grand par un temps pareil ! Je commençais à leur expliquer que la porte était sans doute mal fermée et que changer le système de fermeture s'imposait. Soudain, la présence des gens sur la terrasse me revint à l'esprit. Un groupe silencieux près d'une porte d'entrée à deux heures du matin n'est guère rassurant. Il y a bien le fusil dans un angle du bureau. Tenu négligemment sans menace immédiate, il peut être dissuasif et, en cas d'agression, un coup de calibre 12 tiré vers les nuages, ça fait du bruit dans la nuit. De quoi alerter mes voisins les plus proches, tous chasseurs de sangliers. Mais, un fusil sans cartouches, ça ne fait aucun bruit. Et je ne me souvenais plus où, quelques années plus tôt, je les avais rangées. Ces gens étaient peut-être en difficulté ; accidentés sur la route à plusieurs centaines de mètres. Ils ont aperçu une lumière et sont venus chercher du secours. Ce qui semble normal. Le temps de ces réflexions, l'orage perdit de son intensité et la pluie diminua.

Caroline alluma les lumières extérieures et je sortis sur la terrasse, vide de toute présence. Je fis le tour du mas sans rencontrer âme qui vive. Les pieds mouillés par l'herbe détrempée, mais bien réveillé, je retournais dans le bureau et recommençais la lecture des premières pages. Il était trois heures du matin. Caroline et Aurélie s'étaient recouchées.

Les mots bientôt se superposèrent et les lignes sur les pages prirent de bizarres inclinaisons, quand une large main aux doigts épais se posa sur mon épaule.

— Tu nous cherchais. Nous voilà, dit une voix profonde et lointaine, comme venue d'un songe.

A peine surpris, je pivotais sur mon fauteuil pour faire face à ces importuns. Une femme d'une taille imposante, vêtue d'une robe mauve à fleurs jaunes et chaussée d'une paire de tennis, les cheveux couleur acajou, s'appuyait contre la cloison. Près d'elle se tenait un homme de taille modeste, cheveux grisonnants, les yeux noirs comme la femme, habillé de jeans, d'un blouson de cuir et chaussé d'une paire de baskets, un bras négligemment posé sur une des étagères où je range mes livres et des objets ramenés de mes voyages.

— Mais qui êtes-vous, demandais-je, excédé, par le sans-gêne de ces gens rentrant chez moi sans y être invités à plus de trois heures du matin.

— Nous ne sommes encore personne ! C'est toi qui nous a imaginés et nous sommes là pour exister, dans ton livre, avec Thomas et les autres.

— C'est vrai. J'ai pensé à des personnages comme vous, mais pour un autre livre. Je n'ai pas prévu de vous faire participer aux aventures de Thomas et Alizée.

— Mais si, mais si.

— Comment, mais si ?

— Voyons, depuis le temps que tu escalades les montagnes ! Tu sais bien que les alpinistes comme nous, on en rencontrent aussi dans les refuges et sur les sommets, les uns et les autres se côtoient dans la vallée. Ils boivent le même vin ou limonade si tu préfères, et célèbrent par des manifestations de joie des victoires mille fois répétées. Dans leurs yeux brille la même lumière. La passion de l'altitude, des défis les plus fous. La mort, ils en ont peur, eux aussi, mais inconsciemment l'ont acceptée.

— Bon, bon, mais vous m'entraînez trop loin, et ça ferait un trop gros livre !

— Là, tu as raison. Mais on ne va pas arriver les mains vides. Il y a toute la bande de copains qui suit derrière. Tu nous voulais, Léon et moi Germaine quelque peu « Duboutesque ». Eh bien, tu vas être servi ! Tu n'as pas fini de t'en voir.

— Comment ça, un couple à la Dubout ?

— Hypocrite ! C'était déjà dans ta cervelle. Quant à l'épaisseur du livre, ne te fais aucun souci. Ton sympathique éditeur va tailler dedans à t'en faire pleurer. Mais, qu'il n'en fasse pas trop. On connaît les montagnes où il se planque pour lire les manuscrits de ses auteurs. Et ce serait un plaisir d'aller, un soir d'orage, secouer ses portes et lui chatouiller les pieds à lui faire blanchir les cheveux.

— Ah bon ! Mais, où est Léon ? Je ne le vois plus.

— Il est passé au travers de la cloison.

— Il ne faut pas réveiller Caroline et Aurélie. Elles vont avoir peur !

— Rien à craindre, il n'est pas méchant, mon Léon. A bientôt, on s'en va, fit Germaine en me donnant une solide claque sur l'épaule.

Sous le coup, je glissai du fauteuil et me réveillai assis sur le tapis. A demi comateux, je fis le tour des pièces et bien sûr il n'y avait rien. Rien sur la terrasse où l'air vif de la fin d'orage acheva de me réveiller. A l'est, les premières lueurs de l'aube dessinaient le contour des collines.

Chaures, le 27 février 2000

I

L'air immobile, saturé d'électricité, pesait sur la haute vallée de l'Arve. Depuis des semaines, l'isotherme zéro ne descendait plus en dessous de cinq mille mètres. Les glaciers fondaient. Sur les versants des Aiguilles, des cascades oubliées jaillissaient en longs fuseaux d'écume. L'Arve roulait des blocs de granit dans ses eaux chargées de limon, et des chocs sourds ébranlaient ses rives. Le ciel d'été, limpide le matin, se couvrait l'après-midi. L'orage s'organisait, devenait menaçant pour se dissoudre dès les premières heures du soir.

Le printemps, exceptionnellement sec, avait dénudé les parois, asséché les couloirs, et les hauts versants offraient maintenant le triste spectacle de longues plaques de glace grise où saillaient des bancs rocheux que l'on n'avait plus revus, au dire des anciens, depuis cinquante ans. La montagne était plus dangereuse que jamais. A des heures imprévisibles, des volées de pierrailles balayaient les couloirs et les murailles.

La vallée de Chamonix avait fait son plein de touristes. Là où vivaient, hors saison, quinze mille habitants, séjournait une population cosmopolite de cent mille vacanciers.

Les hôtels affichaient complet. Les campings étaient surchargés. Il ne restait plus un mètre carré à louer.

En montagne, les refuges aussi étaient bondés. A moins d'avoir retenu sa place une semaine à l'avance, on était assuré de passer la nuit dans la salle commune, couché sur le plancher, ou assis le dos appuyé contre une cloison. Ceux qui refusaient la promiscuité de ces nuits sans repos dormaient dehors dans leur sac de couchage, comme jadis, avant la construction des refuges.

Les guides et les alpinistes confirmés partaient tôt dans la nuit. Être de retour dans la matinée, avant que le soleil à la verticale des sommets ne libère blocs et pierrailles, limitait en partie les risques. Ils n'étaient pas pour autant à l'abri de tous les dangers.

D'autres grimpeurs, insouciants, croyaient plus en leur technique et leur rapidité qu'aux règles élémentaires de sécurité en haute montagne. Les dangers objectifs – les ignoraient-ils ? – semblaient les laisser indifférents. Mais les lois de la montagne sont immuables. Les transgresser peut coûter le prix suprême.

L'année précédente, l'été exécrable avec ses orages et ses pluies diluviennes avait rendu les grandes parois inaccessibles, réduisant à néant les projets audacieux longuement élaborés et obligeant les grimpeurs à fuir pour les régions plus clémentes des falaises du Sud-Est. De longs mois s'étaient écoulés pendant lesquels leur soif d'aventure, leur passion étaient restées muselées.

Aujourd'hui, au pied des montagnes éclatantes de lumière, une agitation fébrile les habitait. On parlait à voix basse de courses fabuleuses, de piliers cachés, de fissures invaincues, que l'on croyait ignorés des autres et qui étaient connus de tous. Les beaux jours sont précieux et les vacances trop courtes. L'entraînement, l'acclimatement à l'altitude, on s'en arrangerait là-haut.

Au loin, le vrombissement des hélicoptères du secours en montagne qui tournaient du matin au soir se répercutait sur les versants de la haute vallée en s'ajoutant aux bruits des innombrables voitures.

Le chalet de Thomas, en bois de mélèze, planté sur le versant morainique des Aiguilles-Rouges, dominait la vallée de Chamonix. Le soubassement en granit et la couleur brune du bois lui donnaient un aspect un peu austère mais inspiraient un sentiment de sécurité. La façade orientée à l'est recevait, bien avant la vallée, les premiers rayons du soleil. A l'ouest, une large baie vitrée s'ouvrait sur une clairière limitée par les épicéas et les mélèzes de la forêt.

Accoudé au balcon du chalet, Thomas contemplait le magnifique spectacle de l'Aiguille-Verte jusqu'au mont Blanc. Une légère brume bleutée adoucissait le tranchant des arêtes rocheuses. Les parois ocre des Aiguilles semblaient d'une légèreté immatérielle. Les trois sommets du massif du Mont-Blanc, les longues coulées du glacier des Bossons et de Taconnaz resplendissaient de lumière.

A trente ans, grand et athlétique, Thomas conservait une forme étonnante, entretenue par des activités sportives quotidiennes. Son visage ovale, ses yeux dorés et ses cheveux châtain lui donnaient un certain charme, mais c'était surtout son charisme et sa gentillesse qui séduisaient ses amis.

Le docteur Jacques Dorcière, son père, aurait souhaité qu'il embrasse une carrière médicale, une tradition de père en fils depuis quatre générations. Un fils chirurgien était sa plus chère ambition. Si Thomas tout d'abord avait accédé à ses désirs, après deux années de médecine, il avait compris que là n'était pas sa voie. Décidé à vivre sa passion pour la montagne, et déjà alpiniste de talent, il fit son service militaire à l'école de haute montagne à Chamonix et suivit le stage de guide d'où il sortit major de sa promotion.

Sa mère, une femme autoritaire, devenue raide et sèche avec les années, préférait les rivages océaniques à l'enfermement d'une haute vallée, si belle fût-elle. Un été où les nuages déversaient des pluies torrentielles sur les versants boisés et les toits de la ville, madame Dorcière décida de quitter Chamonix. De s'éloigner de ces montagnes, qu'elle disait sinistres. Ces montagnes où toute une belle et inconsciente jeunesse venait risquer sa vie pour on ne savait quel incompréhensible idéal.

A l'insu de son mari, madame Dorcière mit dans une malle, comme on en utilisait autrefois au temps des grands voyages maritimes, sa garde-robe embaumée de ses parfums préférés. Et laissa une lettre, bien en évidence, annonçant à son époux qu'il pouvait, s'il le souhaitait, la rejoindre dans leur villa de Biarritz. Deux mois plus tard, le couple trouvait la mort dans un accident de voiture. Thomas désormais à la tête d'une coquette fortune ne modifia en rien sa vie, son métier de guide était pour lui une passion à laquelle il ne désirait pas renoncer.

En dix ans d'alpinisme, il avait acquis une solide expérience de la haute montagne. Il en avait découvert les multiples visages. Les bonheurs suprêmes, ces instants privilégiés qui s'inscrivent dans le cœur pour toute une vie. Les pièges redoutables constamment renouvelés. Et les peines. Les peines que l'on ne peut effacer.

Il avait lui-même souffert dans son âme, jusqu'à souhaiter mourir. La disparition de Laure, la femme qu'il aimait, et de son ami Paul l'avaient à jamais marqué. Un drame terrifiant, trois ans auparavant, au mois d'août, là-haut derrière les Aiguilles, sur les arêtes de glace.

Après le drame, Thomas s'était refermé sur lui-même, enfouissant sa détresse au plus profond de son être, fuyant ses amis pour rester avec Laure, sa douleur. Parfois, au long de ses nuits sans sommeil, Thomas croyait entendre la voix de Laure. Assis sur le lit, le cœur serré, il écoutait, puis se levait et sortait sur la terrasse, attentif au moindre bruit. La nuit demeurait vide autour du chalet, silencieuse. Les nuages effaçaient les étoiles. Seules les lumières de la ville lui rappelaient que la vie continuait. Qu'il était encore jeune avec devant lui un long chemin à parcourir. Mais Thomas ne pouvait encore accepter la disparition de Laure. Il l'imaginait dans le chalet, espérant la voir soudain sortir d'une pièce et venir à sa rencontre avec son merveilleux sourire, comme si rien ne s'était passé.

Alors il partait en montagne pendant de longs jours, bivouaquant sur les arêtes, les glaciers quand le crépuscule le surprenait. Il séjournait dans les refuges les plus retirés du massif ; ces refuges-bivouacs du bout du monde accrochés sur le versant italien, le versant le plus sauvage, le plus grandiose du Mont-Blanc. Et il attendait Laure en sachant qu'il ne la reverrait plus, qu'elle se confondrait un jour avec le limon du torrent glaciaire. Son corps si désirable, figé dans la glace. Il en souffrait physiquement.

Au mois de novembre, malgré un ciel nuageux, Thomas partit en montagne. Ses longues absences étant devenues habituelles, peu de gens s'en inquiétèrent. Certains disaient, avec une fausse compassion : « Ce garçon cherche la mort. Un jour il ne reviendra pas. Il restera là-haut dans une crevasse. » Ceux qui l'aimaient ou avaient connu les mêmes drames attendaient, résignés par l'habitude. Ils savaient que Thomas vivait des tourments que lui seul pourrait vaincre.

Le mauvais temps s'installa sur le massif. Les nuages, poussés par les grands courants d'ouest, filaient sur les sommets comme des voiliers fantômes vers des horizons perdus.

Thomas était bloqué depuis deux jours par la tourmente au refuge-bivouac de l'arête de l'Inominata, un abri conçu pour le temps d'une nuit, avant de gravir le versant du mont Blanc.

Par l'entrebâillement de la porte, il observait les spirales de neige projetées à la verticale pour être aussitôt précipitées sur l'arête en larges tourbillons. Des courants violents fondaient sur l'abri, s'enroulaient autour de lui, le saisissaient, le secouaient, comme pour l'arracher de la montagne. Des chœurs diaboliques hurlaient un requiem fantastique. Des rafales projetaient la neige à l'intérieur. Insensible au froid, Thomas face au vide suppliait Laure de lui envoyer un signe. Un instant, il faillit s'élancer vers le gouffre, se retint. « Non, je ne suis pas un lâche, pensa Thomas en s'asseyant sur le plancher le dos appuyé contre la porte. En montagne seul un accident peut m'ôter la vie. »

La nuit venue, Thomas ressentit un étrange apaisement. Les fureurs de la tempête lui semblaient lointaines, les coups de boutoir contre les cloisons de tôle, irréels. Il s'attendait, indifférent, que le refuge s'arrache de l'arête, comme c'était arrivé quelques années plus tôt. Le refuge avait alors glissé de son assise et s'était écrasé cinq cents mètres plus bas sur le glacier du Brouillard.

Thomas se remémorait les instants de bonheur partagé dans ce refuge à quatre mille mètres d'altitude, sur cette grande voie du mont Blanc. Cette fois où, partis de nuit, du Val Veni en Italie, ils étaient arrivés au refuge en fin de matinée. Où seuls sur l'arête, ils avaient passé tout un long jour ensoleillé hors du monde, au cœur d'un univers prodigieux, se laissant aller à un doux farniente entrecoupé de longues caresses.

La montagne dressait ses grands piliers de granit et ses pentes de glace dans le ciel limpide. Dans la vallée, au-delà des glaciers et des moraines, les taches vertes des prairies et des forêts s'étalaient comme des semis d'arbustes. Des ascendances portaient jusqu'à ces hautes altitudes les parfums des conifères qu'ils respiraient à pleins poumons.

La tourmente s'intensifiait. Une turbulence plus violente fit bouger le refuge sur son assise. Sous la pression du vent, les cloisons craquaient. La neige poudreuse se glissait par les interstices de la porte. Mais rien ne pouvait effacer l'image de celle qu'il avait tant aimée.

Laure était sortie nue sous le soleil au méridien du versant. Par la porte grande ouverte, Thomas l'avait contemplée en fumant une cigarette indienne au goût d'eucalyptus. Admirant la courbe de ses hanches, de ses seins, ses longues jambes, ses bras à peine musclés. Sa lourde chevelure tombant comme une parure sur ses épaules. Elle avait pris la neige à pleine main et s'était frotté le corps pour le purifier des efforts de la montée. Debout dans le soleil, les bras tendus vers le ciel dans une attitude triomphante, elle avait dit à Thomas :

— Pindare aimait-il vraiment la montagne en écrivant « L'amour de la montagne est le plus grand qui soit » ?

— Oui, le plus grand amour qui soit. Mais avec toi. Reste comme ça, ne bouge plus.

Elle avait éclaté de rire.

— Tu crois que je vais rester longtemps les bras en l'air ! Quand le soleil passera, sur l'autre versant du mont Blanc, je serai transformée en statue de glace.

— Ne bouge plus. Le temps d'une photo.

Thomas avait tiré un agrandissement de cette photo qu'il avait accroché sur le mur de leur chambre.

Il revoyait Laure dans la lumière dorée se profiler dans le ciel comme une immortelle déesse.

— Immortelle, tu le resteras dans mon âme, dans mon corps aussi longtemps que je vivrai, dit-il à haute voix.

Le son de sa voix le ramena à la réalité. Il prit conscience des hurlements du vent et de sa solitude. Sa peine resurgit, lui serrant de nouveau le cœur.

— Maudite cabane, vas-tu enfin t'arracher de cette arête.

Il se glissa vers la porte et l'entrouvrit. Une rafale de neige lui glaça le visage. Une lumière glauque éclairait les abords du refuge. Au-delà des nuages, dans l'immensité du ciel, la lune était pleine. La pleine lune... Il referma la porte et se glissa dans son sac de couchage.

Cette nuit magique. Leur dernière ascension ensemble. Chaque mot, chaque geste restait inscrit dans sa mémoire.

Ils s'était couchés tôt, serrés l'un contre l'autre. Avant de s'endormir, Laure lui avait dit :

— Ne me laisse jamais, Thomas. Je suis si bien avec toi.

Ils avaient quitté le refuge à deux heures du matin. Les lampes frontales, fixées sur les casques, projetaient sur la neige deux halos jaunes dansant au gré de leurs pas.

La nuit était féerique. La pleine lune éclairait le versant sud du mont Blanc où les multiples miroirs du glacier adoucissaient de lumière argentée la rigidité des bancs et des éperons rocheux. Les pointes des crampons crissaient en pénétrant dans la neige dure. Ils évoluaient dans ce monde de la haute montagne où, la nuit, les reliefs prennent des formes étranges, où les distances s'effacent, où seul compte l'écoulement du temps.

Les rafales de vent s'espacèrent. La tourmente perdit de son intensité. Thomas alluma sa lampe frontale. Sa montre indiquait trois heures du matin. L'intérieur du refuge était tapissé de givre, des aigrettes de glace fleurissaient au plafond. Il essaya de dormir. Mais, Laure était toujours là, dans son esprit. Elle ne le quittait plus.

— Thomas, regarde cette large terrasse à droite. Si on s'arrêtait un moment.

— Tu es déjà fatiguée ? Tu sais, on est encore loin du sommet.

— Non, mais... A quatre mille mètres, par cette fraîcheur nocturne, ce serait une première originale de faire...

Le craquement sinistre d'un sérac s'effondrant quelque part au-dessus d'eux l'avait interrompue net. L'avalanche de glace s'était précipitée dans un couloir et son souffle les avait enveloppés d'un nuage glacial.

— Tu vois, Laure, la montagne ne veut pas.

— Qu'on s'arrête ! avait-elle repris en riant.

Il aimait la joie de Laure. Ses rires instantanés. Ce bonheur d'exister qu'elle savait si bien communiquer. Ses cheveux couverts de cristaux de glace scintillaient dans la lumière blanche de la lune, comme des paillettes un soir de fête.

Laure avait accroché son casque à son baudrier dès le départ du refuge. Une coiffe rigide comprimant ses cheveux était une contrainte qu'elle refusait, comme d'autres en voiture refusent la ceinture de sécurité.

— Je me sens prisonnière sous cette coque de plastique, répondait-elle lorsque, en montagne, Thomas lui demandait de le porter. La montagne m'aime. Les pierres, ce n'est pas pour moi. Et toi, Thomas, ton casque pourquoi ne le mets-tu pas.

— Ah ! je l'ai encore oublié.

Ils s'étaient arrêtés sous un mur rocheux pour s'encorder. Jusque-là, pour des alpinistes de leur niveau, la corde était plus un encombrement qu'un élément de sécurité.

Au sommet du mont Blanc, dans l'aube naissante, la neige était laiteuse. Les montagnes sans relief. L'ombre recouvrait encore les lointaines vallées. Thomas avait allumé le réchaud. Assis sur leur sac, ils avaient bu à petites gorgées un thé brûlant en attendant les premiers rayons solaires. La nuit magique était derrière eux. Déjà dans le passé.

Soudain l'horizon s'était empourpré. Les plus hauts sommets étaient devenus roses, puis dorés. Des coulées de lumière glissaient sur les grandes pentes de neige orientées à l'est. L'ombre portée du mont Blanc s'étendait jusqu'à la chaîne des Aravis fermant l'horizon à l'ouest.

Thomas avait mis la corde et le réchaud dans son sac et, à grands pas, ils avaient descendu l'arête des Bosses, croisant les premières cordées montantes. Il avait encordé Laure pour franchir le labyrinthe des crevasses de la Jonction. Entre les séracs bleu-turquoise, ils avaient franchi de fragiles ponts de neige déformés par la chaleur des jours précédents.

Plus bas, sur le sentier du Plan de l'Aiguille, Laure s'était mise à courir, sautant les pierres, se glissant entre les plus grosses, les esquivant de l'épaule, comme une skieuse, les piquets d'un slalom. Le jeu habituel auquel Thomas se laissait toujours prendre, en affirmant qu'il est très mauvais, pour l'avenir des articulations, de courir dans les descentes.

— L'avenir, c'est aujourd'hui, Thomas ! Le Créateur nous a donné des jambes solides et des montagnes pour y courir comme les chamois, répondait Laure.

Au lever du jour la tempête s'apaisa. Le ciel, encore nuageux, laissa apparaître de grandes trouées bleues où s'infiltrèrent les rayons solaires.

Thomas, affaibli par son long jeûne en altitude, entreprit une descente hasardeuse dans la neige profonde et des planches à vent prêtes à s'effondrer sous ses pas et se transformer en avalanche.

Il atteignit dans la soirée son chalet où l'attendaient son ami le guide italien Roberto Torini et Line Verdonne, sa cliente des premiers jours. Roberto arrivé la veille à Chamonix avait téléphoné à Line pour la prévenir de l'absence prolongée de Thomas. Celui-ci, épuisé et irrité par leur sollicitude, leur souhaita à peine bonsoir et se coucha sans dîner.

Line Verdonne, médecin généraliste, partageait à Paris un cabinet médical avec un confrère passionné par les mers tropicales, ce qui leur permettait d'assurer une permanence toute l'année.

Elle grimpait déjà avec Thomas bien avant qu'il ne soit guide. Blonde, les yeux marron, le visage hâlé par de fréquents séjours en montagne, « toujours dans la trentaine », répondait-elle aux indiscrets lui demandant son âge. Sans beauté particulière, il émanait d'elle un charme qui ne laissait pas indifférent.

Chaque week-end, Line s'entraînait dans les écoles d'escalade proches de la région parisienne. Elle conservait ainsi une excellente forme physique et pouvait gravir, après quelques jours en altitude, les grandes parois des Alpes. Thomas aimait partir en montagne avec elle, une compagne de cordée sûre en terrain difficile.

Il dormit d'une traite jusqu'à neuf heures. Line lui servit un copieux petit déjeuner sur la longue table de chêne devant la baie vitrée. Il le dévora, sans dire un mot, le regard perdu vers le Mont-Blanc.

Line s'était assise dans le canapé et feuilletait une revue de montagne. Tout à coup, la voix tendue de Thomas claqua dans l'air :

— Line, pourquoi ne dis-tu rien ! Toi, d'habitude si bavarde !

— Je respecte ton silence, Thomas.

— Roberto n'est pas là ?

— Il est reparti hier soir à Courmayeur. Des clients l'attendaient pour aller grimper au Baou de Saint-Jeannet dans l'arrière-pays niçois.

— Qu'est-ce qu'il est venu faire à Chamonix ?

— Te voir, Thomas. Il a appris que tu étais absent depuis plusieurs jours. Il s'est inquiété et m'a téléphoné. J'ai sauté dans le premier train. Voilà ! Tu n'as pas été très aimable avec lui, avec moi non plus d'ailleurs. J'ai laissé des clients pour venir te voir.

Thomas se leva et reporta son regard vers le sommet du mont Blanc et le Grépon. Le soleil encore bas s'attardait derrière les Aiguilles découpant les arêtes d'une lumière crue.

— Tu ne devrais plus faire des courses en solitaire et penser un peu à tes amis, reprit Line.

— Ce matin la lumière est blanche, observa Thomas. Le beau temps ne va pas tenir. Le ciel sera couvert avant ce soir.

— Oui, bien sûr. Le temps, la montagne ! Et ta vie ?

— Hier soir, je n'ai pas été très aimable, Line. Mais, il ne faut pas m'en vouloir. J'étais fatigué et j'avais envie d'être seul. Mais où as-tu dormi ?

— Là, sur le divan avec une couverture.

— Tu n'as pas eu froid ?

Elle poussa un profond soupir.

— Non, je n'ai pas eu froid.

Line se leva, fit quelques pas dans la pièce et, les mains glissées dans les poches arrière de son jeans, se campa devant la baie face aux Aiguilles. Elle connaissait Thomas depuis assez longtemps pour savoir qu'il ne se sortirait pas seul de son isolement moral. Que ses randonnées en montagne s'achèveraient, un jour ou l'autre, tragiquement. Le chalet n'était plus le havre de paix où l'on se retrouve les jours de mauvais temps, mais un mausolée où Thomas vivait avec l'ombre de Laure.

Line décida de faire diversion, d'éloigner la défunte de l'esprit de Thomas. Elle évoqua leurs ascensions, avant qu'il ne soit guide, espérant réveiller en lui des souvenirs d'escalade et des réminiscences agréables. Line lui rappela cette fois où, sous un orage terrible et des pluies diluviennes, ils avaient dû passer une longue nuit glaciale, les sacs de couchage trempés, attendant une aube qui ne venait pas.

— Te souviens-tu du réchaud noyé. Tu l'as démonté, débouché le gicleur et, une fois le thé chaud, la gamelle s'est renversée. Plus tard dans la nuit, la terrasse du bivouac s'est transformée en baignoire ! Tu m'as dit, cette nuit-là, que jamais plus tu ne te baignerais. Et, le lendemain, après une descente en rappel de huit cents mètres dans les ruissellements de la muraille, tu as plongé dans l'eau glacée d'un lac de moraine. Je t'ai traité de fou. Tu disais que l'eau de la montagne était miraculeuse. Un remède idéal pour oublier le froid de la nuit et éviter la bronchite. Tu aimais ces traitements violents, le secret de ta force psychique, disais-tu.

Cette évocation fit sourire Thomas.

Line comprit que le moment était venu de lui faire part de ses projets.

— Thomas, je vais passer un mois dans le Hoggar. Viens avec moi. Quitter la vallée te fera le plus grand bien. Tu verras d'autres montagnes, d'autres horizons, d'autres visages. Le désert te donnera une vision différente du monde et de la vie.

L'enthousiasme de Line était communicatif, le Hoggar..., le désert..., Thomas était tenté. Oui, maintenant il voulait partir. Partir avec Line... et Laure dans sa tête.

II

L'avion d'Air Algérie déposa Line et Thomas en fin de journée à Tamanrasset. Radich Akalessa, le guide saharien de Line, attendait à l'aéroport.

Line présenta Thomas à Radich, qui l'observait à la dérobée. Ce guide venu des Alpes ne lui inspirait guère confiance, lui suggérait plutôt une infidélité de sa cliente. Il prit Line par le bras, s'éloigna de quelques pas.

— Ce guide ne connaît rien au désert. A-t-il seulement vu une fois dans sa vie un âne ou un chameau ?

Line le rassura.

— Thomas n'est pas venu prendre ton travail, mais escalader les sommets du Hoggar. Tu nous accompagneras au pied des montagnes et, si tu veux, il te fera escalader l'Ilamane.

— Ça, j'aimerais bien. Mais, comment fera-t-il ? Je ne sais pas grimper !

— Fais-lui confiance. Conduire les gens en montagne, c'est son métier.

Line connaissait Radich depuis son premier voyage au Sahara. Elle n'avait gravi que deux sommets dans l'Atakor :

l'Iharen et l'Adriane, proches de Tamanrasset. Elle leur préférait les longues méharées dans le désert.

Elle avait mis son guide saharien en relation avec des agences de voyages. Depuis, il ne manquait jamais de clients. Sa reconnaissance pour Line serait éternelle. « Allah te le rendra au centuple », lui disait-il avec un large sourire.

Radich Akalessa s'était organisé comme un vrai professionnel. Lorsque Line venait à Tamanrasset, il se libérait aussitôt de son travail en cours, le confiant à un de ses « associés », ainsi qu'il aimait les appeler, pour s'occuper exclusivement de sa meilleure cliente.

La reconnaissance éternelle est une chose, mais les affaires sont les affaires, et il lui faisait payer le prix fort. Un prix digne d'une cliente de son niveau social. Line lui en avait fait la remarque.

— Après ce que j'ai fait pour toi, tu pourrais éviter de me facturer tes jours de repos et les vivres que tu n'as jamais achetés.

— Pourquoi tu me parles comme ça ! Moi, ton ami ! répondait-il sur un ton scandalisé accompagné de grands gestes. Tu es médecin à Paris. Tu es riche ! Moi, je suis pauvre ! J'ai trois femmes et cinq enfants à nourrir. Et les chameaux, quand ils sont malades, il faut les faire soigner. Ça coûte cher !… Allah te le rendra. Tiens, si tu veux, je t'épouse !

Line avait renoncé à ces discussions qui s'achevaient toujours par « Allah te le rendra » ou « si tu veux je t'épouse ». Après tout, Radich était un bon guide dans le Sahara, attentionné avec ses clients, et ses méharées étaient bien organisées.

Il était propriétaire de trois Land Rover qu'il louait à prix d'or, si ce n'était pas lui qui les conduisait ou bien l'un de ses deux jeunes chauffeurs initiés aux subtilités de la mécanique et de la conduite sur piste. Une connaissance aussi précieuse et indispensable que l'art de la navigation pour voyager dans les océans de sable. Il possédait aussi un troupeau de chameaux grâce auquel, à force de méharées, il avait gagné l'argent nécessaire à l'achat des Land-Rover. Des véhicules tout terrain qui, au moment de leur acquisition, ressemblaient d'avantage à des tas de ferrailles qu'à des vaisseaux du désert. Quelques mois de travail, sa science de la débrouille et la magie de ses mains leur avaient redonné fière allure. Les véhicules étaient de nouveau digne d'arborer le blason de la célèbre firme anglaise.

Pour ne pas décevoir les rêves d'exotisme de ses clients, Radich les logeait dans une case au confort spartiate. Il y conduisit Line et Thomas afin qu'ils déposent leurs bagages.

— Maintenant, nous allons prendre le thé chez moi, leur dit-il.

Il voulait montrer son nouveau magasin installé depuis peu dans une grande maison coloniale où il vivait entouré de sa nombreuse famille.

Les autochtones et les clients de passage y trouvaient toute une variété de produits, de la savonnette aux dattes séchées. Des clous au bidon d'huile. Des pitons, des baudriers d'escalade aux cordes de montagne, et même un piolet et une paire de crampons, accrochés bien en évidence sur un mur. Tout un matériel d'alpinisme troqué contre des produits locaux à des grimpeurs repartant pour l'Europe. Il les revendait cinq fois le prix.

— Le transport aérien coûte cher, expliqua-t-il à Thomas étonné par les prix exorbitants. L'argent se doit de rapporter l'argent. Si tu mets un sou dans une tirelire, quand tu la retournes, il doit tomber cinq sous. S'il ne tombe qu'un sou, c'est que tu es mauvais.

Philosophie quelque peu mercantile sans doute, mais c'était la sienne.

Thomas demanda à quoi pouvait servir un piolet et des crampons dans le Hoggar.

— Je te raconterai, répondit Radich peu enclin à fraterniser avec ce roumi qui doutait de son honnêteté.

— Tu as trouvé un trésor dans le désert, ou la caverne d'Ali Baba dans l'Atakor ? demanda Line intriguée par sa récente richesse.

— Le trésor, c'est toi, Line ! Toi et tous ceux qui viennent se remplir les yeux et purifier leur âme dans l'immensité saharienne et sur les sommets de l'Atakor. C'est le travail des chameaux et de mes femmes qui fait marcher le commerce.

Thomas, parti à la découverte de Tamanrasset, errait dans les rues entre les cases construites en banco, la terre ocre-rouge d'Afrique. Les habitations carrées aux murs chaulés, en partie cachés par les tamaris, s'adoucissaient des teintes rougeoyantes du soleil qui descendait sur le Sahara. En automne, dans Tamanrasset située à mille trois cent cinquante mètres d'altitude, la température était agréable. Les chaleurs torrides, accablantes des mois d'été, où le soleil se confond avec le sable du désert, s'étaient apaisées. Le climat basculait vers le court hiver où dans l'Atakor, la nuit, il gèlerait.

Dans l'avenue Émir-Abd-el-Kader, qui traverse Tamanrasset, déambulaient des Touaregs au port élégant, des randonneurs aux visages brunis par les méharées, des touristes blafards récemment arrivés, parmi eux quelques femmes dissimulées sous leurs voiles avançaient avec nonchalance le long des vitrines des magasins.

Un essaim d'enfants agglutinés autour d'une moto attira l'attention de Thomas. Garée devant une épicerie, la machine gris métallisé était saupoudrée d'une couche ocre. Elle était belle, ramassée, puissante avec son moteur quatre cylindres. Les enfants émerveillés tendaient leurs doigts, palpaient, caressaient la monture d'acier. Leurs mains s'imprimaient sur la poussière. Les plus audacieux essayaient de manœuvrer les commandes. Thomas leur dit de ne rien toucher, de s'écarter, qu'ils risquaient de faire tomber la machine sur eux.

Thomas aurait bien aimé posséder une telle moto. Un bolide à deux roues. Il avait connu autrefois la griserie de la vitesse pure, qui altère le jugement, et précipite pilote et machine à des allures vertigineuses sur les pistes de bitume, mais des accidents dans son entourage l'en avaient détourné.

Et la montagne était suffisamment dangereuse pour satisfaire son goût du risque.

La moto était équipée de deux sacoches en cuir fauve et d'un sac de montagne fixé par des sangles en Nylon rouge. Il remarqua la plaque minéralogique, espagnole. « Des alpinistes », se dit-il. Il les chercha des yeux à travers l'étroite porte de la boutique pleine de clients à cette heure paisible de la journée. Des touristes anglais sortirent et s'éloignèrent. Quelques femmes voilées, une autre le visage nu sortirent à leur tour. Il ne resta plus bientôt qu'une seule personne à l'intérieur.

Thomas attendit au milieu des enfants soudain silencieux. Il connaissait des alpinistes barcelonais. Peut-être l'un d'entre eux allait-il sortir et enfourcher la machine.

Une jeune femme apparut sur le seuil du magasin, s'arrêta et regarda la petite troupe autour de la moto. Elle tenait d'une main un casque orange, de l'autre un sac de toile contenant ses achats. Thomas l'observa, étonné. De taille moyenne et mince dans son pantalon de toile blanche et son blouson de jeans. Le regard de Thomas se fixa un instant sur son visage doré, sa chevelure noire abondante. Il ne voyait pas ses yeux cachés par de larges lunettes de soleil.

Elle franchit le groupe d'enfants, rangea ses provisions dans l'une des sacoches, mit son casque sans fixer la jugulaire, et fit démarrer la moto. Le moteur tournait au ralenti, presque silencieux. Thomas trouva ses chaussures de jogging bien légères pour piloter une aussi grosse moto dans le désert. Elle donna les gaz. Le moteur vrombit. Les enfants s'écartèrent pour la laisser partir. La jeune femme sourit à Thomas et lui dit en embrayant :

— A bientôt, Thomas.

La moto s'éloigna d'abord lentement, puis accéléra. Thomas fit un pas en tendant la main, comme pour la rattraper, lui dire : « Attends. » Mais déjà elle était loin dans la longue avenue.

« Qui est cette femme ? Comment peut-elle connaître mon nom ? Un mystère que Radich saura peut-être élucider », se dit-il.

Le soleil descendait sur l'horizon. Vers le nord, les sommets de l'Atakor se profilaient sur le ciel rouge-violet. Thomas se sentait étrangement bien. Il respira profondément et partit d'un bon pas rejoindre Line et Radich.

Line fit l'inventaire du matériel d'escalade et de bivouac qu'elle laissait en dépôt chez Radich, afin d'éviter une coûteuse surcharge de bagage en avion. Il manquait des mousquetons et une série de pitons.

— Radich, où sont mes pitons ? Qu'en as-tu fait ! Tu les as encore vendus !...

— Moi ! Vendre ton matériel ! Jamais je ne ferais ça ! Tu le sais bien ! Mais, s'ils ne sont pas là, on en trouvera d'autres.

Line était furieuse.

— Je veux MES pitons ! Tu entends !... Les MIENS. Pas ceux des autres. Débrouille-toi comme tu veux, mais retrouve-les !

Radich prit Mahomet à témoin. Les pitons devaient traîner quelque part, dans un coin. Les enfants avaient dû jouer avec.

— Chaque fois que je reviens, il manque quelque chose. A mon dernier voyage, c'était un réchaud à essence. C'est la dernière fois que je t'engage. Je ne reviendrai plus jamais chez toi.

Radich n'était pas inquiet. Les emportements de Line étaient comme la pluie à Tamanrasset, ça ne durait guère.

Dans l'immédiat, l'important était de sauver la face. Il leva à demi les bras pour imposer le silence et fit semblant de réfléchir... Malin et excellent comédien, il prolongea l'attente... Puis ses yeux noirs et malicieux fixèrent ceux de Line.

— Tu en fais des histoires pour des bouts de ferraille. Les pitons ne servent plus à rien. On grimpe sans pitons maintenant. Un grimpeur me l'a dit. Un grimpeur de haut vol !

— Un grimpeur de haut niveau, corrigea-t-elle se demandant où il voulait en venir.

— Oui, c'est ça ! de haut niveau, reprit-il. Les pitons abîment le rocher et ce n'est pas élégant. Il faut se servir seulement des coinceurs. Tu vois, je suis au courant de... la technique, non c'est pas ça... Ah ! oui, l'éthique de l'escalade ! Tu vois je sais ! L'éthique de l'escalade !

— Arrête, Radich ! Tu divagues ! Quel est l'imbécile qui t'a raconté de pareilles inepties. On ne peut pas placer les coinceurs n'importe où. Et avec quoi veux-tu poser les rappels pour redescendre tes montagnes pourries ! (Là, elle exagérait. Toutes les montagnes de l'Atakor ne sont pas pourries.) Quand il est question de tes chameaux et de méharées, tu es le plus fort, continua-t-elle, mais ne parle surtout pas d'escalade. Tu n'y connais rien.

Les yeux de Radich flamboyèrent. Lui parler sur ce ton, en présence de Thomas et de ses femmes qui gloussaient de plaisir, était d'un effet désastreux pour son autorité. Qu'une femme ose attaquer de front un homme de sa race était inacceptable. Il sut néanmoins contenir sa colère. Line était sa meilleure cliente. Il se contenterait d'arrondir les factures à son avantage. Mais il allait démontrer à cette insoumise que son raisonnement était juste.

Il s'empara d'un manuel d'escalade couvert de poussière, rangé sur une étagère et le brandit fièrement devant la petite assemblée.

— C'est écrit dans ce livre. Il y a même un dessin. Tiens, regarde, dit-il en cherchant la page. Tu vois le dessin ? Un anneau de corde autour d'une pointe rocheuse !... Dessous il est écrit : « On peut poser un rappel sur un bec rocheux. » Tu vois, j'ai raison. Les pitons ne servent plus à rien, souligna-t-il avec satisfaction.

— Tu entends ce qu'il dit, fit Line en se tournant vers Thomas qui riait aux éclats. Il croit qu'il y a des becs rocheux, comme ça, partout, ricana-t-elle.

Radich comprit que le moment était venu de parler d'autre chose. Il enchaîna très vite :

— J'ai préparé une petite fête pour votre arrivée à Tamanrasset. Ce soir, nous mangerons le méchoui. Vous êtes mes invités.

Dans un vaste enclos, ceint de murs en terre rouge et juxtaposé à son habitation, Radich avait installé une tente touarègue. Des éthels, quelques palmiers et quatre chameaux complétaient son parc saharien « privé ». Il y organisait des soirées couscous et des méchouis gratuits pour ses meilleurs clients, ceux qui lui rapportaient des honoraires dignes d'un prince du désert. Radich n'était ni avare ni rapace, il voulait simplement réaliser un rêve : devenir un jour propriétaire d'une belle villa sur la Côte d'Azur.

Le soir affalait ses voiles violets sur Tamanrasset. Le méchoui était prêt. Les deux fils aînés de Radich, âgés de douze et treize ans, avaient passé l'après-midi à entretenir le feu et à badigeonner l'animal d'une huile aromatisée qui lui donnait une teinte de homard cuit. Thomas et Line s'approchèrent du feu.

— Tu crois que c'est du piment ou de l'huile de vidange qui lui donne cette couleur ? dit Thomas.

— Tu es méchant avec Radich ! Tu n'as aucune raison de lui en vouloir, dit-elle en glissant son bras sous le sien.

— Je trouve qu'il t'exploite un peu trop.

— Il est comme ça. Le tout est de ne pas se laisser faire.

— Oui, mais toi, tu te laisses faire.

— Allez, Thomas, détends-toi. Tu verras, dans le désert c'est un autre homme. Il est gentil et prévenant.

— Dis-moi Line, tu ne serais pas un peu amoureuse ?

— Oh là là ! comme tu y vas, s'exclama-t-elle en riant. Serais-tu jaloux ?

— Non, tu le sais bien. Mais, tu es mon amie. Et je m'intéresse à mes amis. Tes disputes avec lui me font penser à des querelles de femme amoureuse. Tu ne vas quand même pas devenir sa quatrième femme ? Il est laid comme un pou.

— Comment ça, laid comme un pou ? Moi je le trouve très beau. Il a de très beaux yeux et ses mains sont longues et fines.

— Tiens, regarde ce mouton sur la broche ! Il est maigre comme un clou ! Je parie que c'est une chèvre. Il va nous faire manger une vieille carne ! Tu as déjà mangé de la chèvre ?...

— Thomas, les pâturages de Normandie sont bien loin d'ici...

— Ce n'est ni une chèvre ni un mouton, dit Radich qui s'était approché d'eux. Même pas un méchoui. J'ai voulu vous faire une surprise. C'est une gazelle tuée dans le désert. Une belle gazelle préparée à ma façon en votre honneur.

Thomas ne put s'empêcher d'imaginer l'animal courant à travers le désert.

— Je plaisantais, finit-il par dire.

— J'en suis sûr, fit Radich avec un large sourire. Une chèvre, c'est bon quand on a faim, acheva-t-il.

La nuit était tombée. Deux lampes à essence répandaient une lumière crue. Les enfants et les femmes de Radich dîneraient plus tard lorsque les invités seraient partis.

Assis sous la tente sur des tapis berbères, adossés à des coussins en peau de chameau, ils dégustaient la gazelle cuite à point. Ils introduisaient leurs doigts dans les chairs éclatées et déchiraient des lambeaux juteux qu'ils portaient à leur bouche. La viande était délicieuse, relevée juste ce qu'il fallait pour flatter le palais. Line et Thomas n'avaient rien mangé depuis le petit déjeuner et dévoraient à belles dents. Thomas tenta, en vain, d'identifier les épices, mais Radich, amusé, refusa de dévoiler son secret.

Un transistor d'une taille imposante diffusait une mélodie orientale. La voix d'Om Kalsum rendit Thomas nostalgique. Son regard se fixa sur les braises rougeoyantes et des images se glissèrent dans son esprit.

A demi allongé dans un large fauteuil de toile, à l'ombre des mélèzes, il relisait un livre d'Axel Munthe. Laure dans la clairière, à la lisière de la forêt, cueillait des fleurs sauvages. Elle avait posé sur le gazon le transistor qui diffusait la même mélodie. Un massif de marguerites avait pris possession d'une butte herbeuse orientée à l'est. Thomas ne coupait jamais l'herbe à cet endroit avant que les fleurs n'aient essaimé leurs minuscules graines sur le sol. En quelques années, le massif s'était agrandi. Et chaque été, d'innombrables marguerites mêlées de campanules s'épanouissaient en une harmonie parfaite d'or, de blanc et de bleu.

Laure lui avait dit :

— On devrait faire un voyage en Orient ou en Asie, partir quelque temps loin des montagnes. Voir d'autres visages. Des rivages de sables… Qu'en penses-tu ?

— En Amérique du Sud, Laure, il y a aussi l'océan. L'océan Pacifique… et les Andes en plus !

— La montagne te dévorera, Thomas, avait-elle répondu en souriant.

Radich jeta une brassée de bois sur les braises. Line et Thomas, délicieusement repus, s'approchèrent du feu. Le bois sec craquait, les flammes jaillissaient, des gerbes d'étincelles fusaient dans la nuit. Le halo de lumière s'étendit jusqu'aux chameaux qui, à trente mètres de là, ruminaient inlassablement en regardant ce soleil nocturne.

— Il va mettre le feu à la tente, s'inquiéta Line.

— A Tamanrasset, renchérit Thomas.

Aussi vite qu'elles étaient montées, les flammes s'affaissèrent. Une lampe à court de carburant s'éteignit. Radich laissa Line et Thomas seuls un moment ; puis revint suivi de ses femmes chargées de plateaux de cuivre garnis de confiseries et de gâteaux au miel autour d'une théière et de verres enluminés.

Après que les femmes eurent remporté les restes de la gazelle, ils s'installèrent de nouveau sous la tente. Radich regardait ses invités en souriant.

— Pourquoi souris-tu, et que caches-tu derrière ton dos ? demanda Line.

— Regarde, dit Radich en lui montrant une bouteille de vin rosé.

— Quoi ! du vin ! Je ne t'ai encore jamais vu boire d'alcool.

— Ma religion ne m'interdit pas de manger du raisin, de cultiver des vignes et de produire du vin qui rapporte des devises à mon pays. Et ce soir, j'en boirai un verre. Ici, à part vous et les chameaux, personne ne le saura.

Thomas était de nouveau songeur. Un voile de tristesse passa sur son visage. Comme il aurait été bien, ici, avec Laure. Ils avaient souvent envisagé de se rendre dans le Hoggar. Pourquoi avoir toujours différé ce voyage ? Il aurait peut-être changé le cours des choses ? Mais peut-on vraiment modifier le destin ? Radich dirait « tout est écrit ». Non, « rien n'est écrit », pensa Thomas. Et pourtant, la pierre isolée qui tombe à l'instant précis où l'alpiniste se trouve sur sa trajectoire. Les voitures qui s'encastrent dans un hurlement de métal, alors qu'une poignée de secondes de plus ou de moins, et la vie continuait.

La tristesse de Thomas n'échappa pas à Line.

— Demain, on sera au pied de l'Iharen. On va grimper ! L'Atakor est un très beau massif. Tu vas découvrir un autre monde, Thomas.

— Oui, certainement, Line. Je te remercie de m'avoir proposé ce voyage, répondit-il en retrouvant son sourire.

Radich se leva pour alimenter le feu.

— Tu devrais économiser ton bois, dit Thomas. Les forêts sont plutôt rares par ici.

— Ce soir, c'est la fête et je sais où en trouver, répondit Radich en se rasseyant.

Le feu pétillait. Sa magie, ses flammes jaunes dévorant le bois sec captivaient leur regard.

Thomas pensa alors à la jeune femme qui pilotait avec une dextérité surprenante une moto pesant au moins cinq fois son poids. Il aurait voulu demander à Radich s'il l'avait déjà rencontrée. Mais peut-être n'était-ce pas le moment. Cet intérêt soudain pour une inconnue les intrigueurait. Il rompit le silence par une autre question. Une question qu'il n'aurait pas dû poser :

— Radich, ta tribu vit dans le Hoggar ?

Radich eut un haut-le-corps et ne put réprimer une grimace, mais vite se reprit.

— Je ne suis pas un Targui, dit-il dans un sourire qu'il voulait angélique.

— COMMENT ! TU N'ES PAS UN TARGUI ! s'exclama Line. Elle émit un rire heurté. Tu m'as toujours laissé entendre que tu étais de je ne sais plus quelle tribu touarègue !...

— C'était la première fois que tu venais et tu ne voyais le désert qu'au travers des Touaregs, s'empressa-t-il de répondre. Tu n'aurais pas eu confiance en moi. Je suis né à Alger où mon père est commerçant et j'ai fait mes études en France. Mais ça fait vingt ans que je vis dans le désert et je le connais, le désert, aussi bien que les Touaregs.

— Toutes les histoires que tu me racontais sur eux et le désert, c'était aussi de la frime !

Ses yeux étincelaient. Si elle avait eu le pouvoir de l'orage, Radich aurait été foudroyé sur-le-champ.

— C'était la vérité ! Je te le jure devant Allah qui m'entend. Qu'il me transforme en chameau si je mens.

— Il a bon dos... Allah !

— Tiens, prends encore un peu de ce bon vin.

— Non, il est piqué !

Line posa son verre sur le plateau en lui tournant ostensiblement le dos.

— Mon vin est piqué !... Tu me fais de la peine, Line.

Thomas commençait à se lasser de leurs querelles. Il se sentait coupable d'avoir participé à ce festin et la gazelle qu'il aurait aimé savoir vivante et libre dans le désert lui pesait sur l'estomac.

— Tu connais cette jeune femme qui voyage à moto dans le désert ? dit-il enfin.

— Quelle femme ? questionna Line sans laisser à Radich le temps de répondre.

Thomas l'ignora et regarda Radich avec insistance.

— Je l'ai rencontrée une seule fois... Une histoire étrange à l'Ilamane, dit-il après un moment de silence. Mais des Touaregs l'ont aperçue dans l'Atakor. Elle cassait des cailloux avec un marteau pointu et les examinait avec une loupe.

— Elle doit être géologue, dit Thomas.

— Ils disent aussi l'avoir vue grimper dans des endroits où personne n'est jamais monté. Elle grimperait même la nuit, et toujours seule. Les Touaregs sont méfiants. Ils pensent que c'est un génie et qu'il est prudent de l'éviter.

— Mais toi, tu sais bien que ce n'est pas un génie. Un génie ne roule pas à moto !

Le visage de Radich devint grave. Thomas reprit :

— Elle m'a dit : Bonjour, Thomas ! C'est surprenant, non ! Comment connaît-elle mon nom ?

— C'est une femme mystérieuse. Bon, tu veux savoir ? Je vais te dire comment je l'ai rencontrée.

L'intérêt de Thomas pour cette inconnue agaçait Line, mais elle aimait écouter Radich tisser les contes les plus rocambolesques où ses propres fantasmes se mêlaient aux superstitions locales. Il possédait le don des conteurs orientaux. Son imagination était sans limites. Il partait d'un thème, d'une phrase, d'un mot saisi au vol et pouvait ainsi broder des histoires magnifiques durant des heures.

Il aimait enflammer l'imagination de son public qui l'écoutait bouche bée, même si parfois des sourires incrédules fleurissaient. A ceux qui le raillaient, il répondait : « Dans le désert, l'invisible est plus habité qu'on ne le croit. »

Il le disait avec une telle gravité que les rires s'arrêtaient net. Line l'avait maintes fois écouté le soir au bivouac des méharées, le regard perdu dans l'immensité cosmique.

Line sentit que Radich allait, cette fois, raconter une histoire vraie. La gravité de son visage n'était pas feinte. Elle reprit son verre et, oubliant sa critique, se mit à déguster le rosé à petites gorgées.

— Il m'est arrivé, commença Radich, une étrange histoire dans l'Atakor.

Il y a trois ans, deux alpinistes anglais et deux français, dont une femme, m'avaient demandé de les conduire au pied de l'Ilamane. Ils voulaient atteindre le sommet par l'itinéraire le moins difficile. Une ascension relativement courte. Il suffit de partir au lever du jour pour être de retour avant qu'il ne fasse trop chaud.

On avait passé la soirée autour d'un petit feu – j'ai une réserve de bois dans une cache, sous les rochers. Je leur avais raconté une de mes aventures dans le Tanezrouft et une autre dans le Ténéré. Mais, vous voulez peut-être que je vous les raconte ?...

— Non, non, s'écrièrent Line et Thomas d'une même voix. Dis-nous ce qui s'est passé à l'Ilamane !

— Bien, après mon histoire dans le Ténéré, reprit Radich, ils se sont endormis. A deux heures du matin, l'un des deux Anglais s'est réveillé et a allumé le réchaud pour faire le thé quand son attention a été attirée par une petite lumière à mi-hauteur du sommet. Il a réveillé aussitôt ses amis.

« Il y a des grimpeurs sur l'Ilamane. Il faut partir. Il est grand temps », insistait-il.

Je savais que sur la paroi ce n'était pas des grimpeurs, mais une grimpeuse. Je leur ai conseillé d'attendre le jour.

Mais ils voulaient partir au plus vite. Je ne suis pas habitué à voir des alpinistes agir avec tant de hâte. Cette précipitation m'inquiéta. Ils avaient quitté le camp depuis vingt minutes, lorsque l'un d'eux revint chercher une corde qu'ils avaient oubliée.

Plus tard, lorsque je me suis réveillé, il faisait grand jour. Un nuage s'était posé sur la montagne, ça arrive en cette saison. Je pensais les voir revenir en fin de matinée. Que pouvaient-ils bien faire là-haut, sur l'Ilamane ?

A quatre heures de l'après-midi, je ne vis toujours personne dans la descente. J'étais inquiet. Je suis monté au pied de la paroi, mais je ne sais pas grimper. Et tout seul, je ne pouvais rien faire. Je n'entendais pas un seul bruit. Une voix, une pierre qui tombe m'aurait signalé leur présence. Rien, pas le moindre petit bruit.

— Et alors, qu'est-ce tu as fait ! Tu es allé chercher du secours ? demanda Line.

— Quel secours ! Ici, tu n'es pas dans les Alpes. Il n'y a pas d'hélicoptère.

— Continue, Radich, dit Thomas en lançant à Line un regard sombre.

— Je suis revenu au camp. Alors, je l'ai vue descendre le pierrier et venir vers moi. Elle m'a observé un moment, silencieuse, sans un sourire. Puis :

« Bonjour, Radich. »

Je l'ai saluée en inclinant la tête, sans un mot. Ses lunettes me gênaient, j'aime voir les yeux des gens qui me parlent.

« Pourquoi caches-tu tes yeux ?

— Je ne les cache pas, je les protège du soleil et du sable. »

— Tu vois, l'interrompit Line. Il n'y a aucun mystère ! C'est une femme comme une autre.

— Attends, attends ! Elle a enlevé ses lunettes et j'ai vu ses yeux...

— Alors, ils sont comment ? coupa Line.

— Mais bon sang, laisse Radich parler ! Tu l'interromps constamment, s'énerva Thomas.

— Ses yeux !... j'en avais encore jamais vu de pareils. Pourtant j'en ai vu, croyez-moi, avec tous les gens qui passent par ici, des noirs, des marron, des verts, des bleus. J'en ai vu en Amérique, en Suède, en Italie...

— Tu es allé en Amérique ?

— Tu recommences ! Line.

— Oui, je connais l'Amérique du Nord et du Sud. J'ai beaucoup voyagé avant de m'installer à Tamanrasset.

— Tu es allé en Amérique ? Tu ne m'en as jamais parlé !

Line était agacée que Radich ne l'ait jamais informée de ses voyages, tout en se demandant s'il n'était pas en train d'affabuler.

— Ils sont comment, ses yeux ? Enfin, de quelle couleur ? demanda Thomas.

— Elle a des grands yeux allongés, un peu comme les Polynésiennes. Mais c'est leur couleur... Je n'ai jamais vu d'aussi beaux yeux... Line, tu n'as plus de vin. Tiens, donne-moi ton verre. Tu vois qu'il est bon, mon vin ! Quand tu partiras, je te donnerai quelques bouteilles pour le faire goûter à tes amis parisiens.

— Et, tu les mettras sur la facture à la rubrique saucisson ou carburant !

— Non, je te promets, dit Radich. Mon père possède

quelques vignes et le produit lui-même. Tu en veux, Thomas ?

— Non ! répondit Thomas en rongeant son frein. Puis, très calme et en détachant chaque syllabe : Radich, une seule question.

— Mais oui, Thomas. Je t'écoute !

— Quelle est la couleur de ses yeux ?

— Tu aimerais savoir. Bien. Je vais te le dire. Mais tu peux me croire, je n'en ai jamais vu d'aussi beaux. Tu connais la mer des Caraïbes ? Tu l'as déjà contemplée juste avant le coucher du soleil ?...

— Oui, j'ai vu la mer des Caraïbes, dit Thomas impatienté, mais de très haut, en avion. Tu me fais marcher. Que vient faire la mer des Caraïbes dans cette histoire ?

— Attends, j'y viens. Le soir, si tu regardes la mer en tournant le dos au couchant, juste avant que le soleil ne touche l'horizon, tu vois de grandes nappes d'eau bleues qui se fondent dans des courants violets : voilà comment sont les yeux de cette femme, bleu-violet.

— Mais pourquoi est-elle venue te voir ? Que voulait cette fille ? demanda Line.

— Elle m'a dit : « Radich Akalessa, tu n'es pas un Targui. »

— Ah ! Voilà une femme intelligente !

— Je lui ai répondu : « Comment le sais-tu ? Je ne te connais même pas ! »

Alors, me regardant droit dans les yeux, elle a enchaîné :

« Un Targui ne les aurait pas laissés monter avec ce nuage sur le sommet. Les Touaregs savent que les Djenouns aiment les nuages où ils rencontrent d'autres esprits.

Les Djenouns sont des esprits mauvais. Deux de tes clients ne reviendront pas. Ils sont au centre de la montagne, morts. »

Elle commençait à m'énerver, malgré ses beaux yeux. Et en parlant un peu fort, pour lui faire comprendre que je n'avais pas de leçon à recevoir de sa part : « Les Djenouns sont dans le désert et à la Garet-del-Djenoun, mais pas dans l'Atakor. Tu devrais le savoir depuis le temps que tu cours le désert et la montagne. Je ne comprends pas ce que tu me dis. Ils sont tombés ? Tu les as vus tomber ? — Les Djenouns sont partout dans le temps et l'espace. Je ne les ai pas vus tomber. Mais je sais qu'ils sont morts. »

La femme aux yeux bleu-violet a remis ses lunettes et est partie, sans me dire au revoir. J'ai pensé que le soleil lui avait tapé sur le tête. Mais, maintenant, je crois qu'elle avait raison.

J'ai attendu jusqu'au soir, et puis toute la nuit. Le lendemain matin seuls les deux Français – le garçon et la fille – sont revenus. Ils étaient dans un triste état, les vêtements en haillons, les jambes et les bras écorchés, leurs visages hagards faisaient peur. Leurs lèvres gonflées les empêchaient d'articuler. Je me demandais ce qui avait pu leur advenir. Enfin, j'étais rassuré. Les deux Anglais ne tarderaient pas à les rejoindre.

Ils n'arrivaient pas à étancher leur soif. J'avais heureusement prévu une réserve d'eau pour plusieurs jours. Enfin désaltérés, ils se sont écroulés de fatigue et ont dormi jusqu'au soir.

Quand ils se sont réveillés, leurs amis n'étaient toujours pas là. Alors, ils m'ont raconté. Ils s'étaient encordés deux à deux, les deux Anglais et les Français, Pierre et Annie – je me souviens de leur prénom.

Ils ne trouvèrent pas tout de suite la bonne voie. J'avais envie de leur dire que lorsqu'on ne connaît pas une montagne, il faut partir de jour ou faire une reconnaissance la veille. Ah ! S'ils m'avaient écouté…

— Qu'est-ce qu'ils t'ont dit ? coupa Line impatiente de connaître la suite, tout en se demandant si ce n'était pas encore un conte né de l'imagination exubérante de Radich.

— Si tu m'empêches de parler, je ne pourrai pas te le dire ! D'après ce que j'ai compris, car leur récit était bien embrouillé, poursuivit Radich, ils ont escaladé des passages raides en mauvais rocher et atteint les pentes faciles sous le sommet. Alors, ils ont cru entendre un chant au-dessus d'eux. Ils se sont arrêtés pour écouter en pensant que c'était les gémissements du vent dans les fissures rocheuses. Et puis, ils ont entendu des paroles incompréhensibles. Oui, des mots. Tenez ! Comme Ulysse qui entendait le chant des sirènes…

— Tu ne vas pas nous raconter *L'Odyssée !* s'écria Line en s'agitant au milieu des coussins qu'elle avait accumulés autour d'elle. Il y avait quelqu'un devant eux ! Ils ont vu une lumière ! C'est bien ce que tu as dit !

— Oui. Mais, chanter sur l'Ilamane, la nuit !… Il ne faut pas le faire. Les Djenouns n'aiment pas être dérangés la nuit.

— Parce que, maintenant, tu crois qu'il y a des Djenouns sur l'Ilamane, le provoqua Line.

— Avant je ne le croyais pas ! Mais attends, laisse-moi terminer.

— Oui, la fin de l'histoire, dit Thomas en bâillant. Je commence à avoir sommeil.

— J'ai oublié de vous dire que c'était une nuit de pleine lune. Mais elle n'éclairait pas encore la paroi où ils grimpaient. La pleine lune est maléfique. Et quand elle est rousse…

— Ça y est, il va nous parler du loup-garou !… se moqua Line.

Thomas s'éloignait doucement vers le sommeil. Laure revenait dans son esprit… La nuit de l'Inominata… « La lune n'a rien de diabolique », dit-il à mi-voix pour lui-même.

Line lui secoua l'épaule :

— Hé !… Thomas, ne t'endors pas ! Reste avec nous.

— Quand vous aurez fini, vous me réveillerez.

— Trois heures après leur départ, reprit Radich imperturbable, la lune éclairait en plein la paroi. Ils n'étaient plus loin du sommet lorsqu'ils pénétrèrent dans un brouillard épais et froid.

Malgré leurs lampes frontales, ils ne voyaient plus à cinq pas. Le chant s'était interrompu. Ils lancèrent des appels. Mais aucune réponse ne leur parvint.

Ils s'assirent sur des blocs pour attendre le jour. Il n'y avait pas un souffle de vent. Rien qu'un silence lugubre.

Ils se tenaient ainsi immobiles depuis un long moment, silencieux et à moitié somnolents, quand les Anglais crurent voir dans le faisceau de leurs lampes une forme imprécise se mouvoir dans la brume. Des pierres roulèrent. Soudain ! Un cri déchirant leur fit dresser les cheveux sur la tête. Ils appelèrent encore, en vain. Pourtant, quelqu'un était là, sur le sommet. Quelqu'un, ou une « chose », tapi entre les rochers.

Alors, ils se mirent à parler fort, à plaisanter pour se rassurer. Puis, de nouveau, ils se turent, à l'écoute de la nuit, dans le brouillard insidieux.

Ils n'osaient pas se l'avouer, mais ils pensaient à ces lémures qui, dès le crépuscule, hantent les sommets et prennent des formes effrayantes, dont la seule vue peut engendrer la folie et provoquer des actes irraisonnés sur les rochers cernés par le vide. Instinctivement, ils se rapprochèrent les uns des autres. Ils sentaient la présence d'une menace inconnue rôder autour d'eux. « Les esprits des Touaregs morts rôdent dans le désert et sur les montagnes », dit l'un des Anglais d'une voie sépulcrale.

— Les châteaux hantés, je connais, dit Thomas en se levant. Bonsoir, je vais me coucher.

— Attends, attends, Thomas, j'ai bientôt fini. Ce ne sont pas des histoires. Si tu vas un jour à la Garet-el-Djenoun, la montagne des génies, tu entendras les cris des Djenouns. Les Touaregs le savent, ils n'aiment pas s'approcher de cette montagne.

— C'est une légende, dit Thomas en se rasseyant. C'est le vent dans les failles rocheuses qui fait des bruits ressemblant à des plaintes.

— Thomas, les Touaregs savent des choses que nous ignorons. Quand le jour s'est levé, reprit Radich, le brouillard était toujours aussi épais. Ils auraient dû attendre que le soleil le disperse avant de se déplacer. Mais l'immobilité leur pesait. Ils pensèrent avoir été victimes d'une hallucination, comme ça arrive dans le désert. Alors ils se mirent à explorer le sommet.

Au bout d'un moment, ils se perdirent de vue. Ils s'appelaient de temps à autre pour savoir s'ils avaient trouvé des traces, les signes d'une présence.

Annie et Pierre s'arrêtèrent. Il était dangereux de se déplacer sans visibilité.

— Ce sont les Anglais qui ont disparu ? demanda Thomas qui avait un peu perdu le fil de l'histoire.

— Oui, poursuivit Radich. Annie et Pierre les entendirent appeler une dernière fois, « Venez !...Venez ! ». Et puis quelques secondes de silence, suivies de sons étouffés, et plus rien. Ils n'arrivaient pas à définir d'où étaient venus les appels.

A dix heures, le brouillard était toujours aussi dense. Ils continuèrent à appeler sans obtenir de réponse. Les Anglais engagés dans la voie de descente ne devaient plus les entendre. Le mieux était de redescendre aussi.

Dans le brouillard, les Français ne trouvèrent pas l'itinéraire suivi à la montée et commencèrent à descendre tout droit.

Annie marchait devant. La pente plongeait de plus en plus. Elle prit conscience de leur erreur et se retourna pour dire à Pierre de faire demi-tour. Des pierres roulèrent sous ses pieds. Elle perdit l'équilibre et tomba. Surpris, Pierre ne put enrayer sa chute et fut entraîné à sa suite. Ils pensèrent que tout était fini pour eux. Ils allaient être précipités dans le vide quand la corde se coinça sous un rocher et interrompit la chute au bord d'un ressaut vertical. Pierre avait déjà la moitié du corps au-dessus du vide. Il était terrifié et n'osait plus bouger.

Annie, bloquée quelques mètres plus haut, l'aida à remonter jusqu'à elle. Leurs bras, leurs mains étaient écorchés, leurs vêtements déchirés. Mais ils ne souffraient d'aucune blessure grave.

— Ils étaient au bord d'un ressaut vertical. Comment ont-ils fait pour descendre ? demanda Thomas.

— Le bas du ressaut se perdait dans le brouillard, reprit Radich. En cherchant une faille où se glisser pour continuer la descente, ils ont trouvé un piton avec un anneau de rappel planté dans une fissure, m'ont-ils raconté. Il était évident que d'autres étaient déjà passés par là. Ils ont alors décidé de suivre le même itinéraire.

Le rappel, poursuivit Radich, aboutissait sur une large vire ensoleillée. Bien entendu, Pierre et Annie ne connaissaient pas ce versant de la montagne mais ne seraient, pour rien au monde, remontés au sommet. Un autre piton de rappel leur indiqua le chemin et, à la fin de la journée, ils avaient atteint le pied de l'Ilamane.

Ils étaient épuisés et la nuit n'était plus loin. Après avoir édifié une murette pour s'abriter du vent, ils se sont blottis l'un contre l'autre et se sont endormis.

Le froid les a réveillé. La lumière de la lune baignait le pierrier. L'Ilamane luisait comme un bouclier d'argent. Soudain, des pierres se sont mises à tomber et puis d'autres encore, de plus en plus nombreuses. Bientôt une véritable avalanche de pierres a dévalé le versant. Des blocs ont rebondi non loin d'eux. Ils ont attrapé leurs sacs et sont partis à toute vitesse. Et ils sont arrivés au camp, comme je vous l'ai dit.

— Les Anglais, que sont-ils devenus ? On les a retrouvés ? demanda Thomas.

— Non, on ne les a jamais revus, ni retrouvé un sac ou une corde. Ils ont disparu corps et biens.

— Au centre de la montagne, dit Line en frissonnant.

— Leur disparition est une affaire mystérieuse, ajouta Radich.

Thomas haussa les épaules.

— Ils sont tombés dans une faille rocheuse. Il n'y a rien de mystérieux. Un jour quelqu'un découvrira deux squelettes encordés. C'est peut-être toi qui les retrouveras, Radich ! Je vois ça d'ici « Le guide saharien Radich AKALESSA face à face avec la cordée fantôme de l'Ilamane. » Un scoop de première ! Tu deviendras célèbre.

— Il est une heure, dit Line. Si on allait se coucher ?

— On n'a pas encore bu le thé, remarqua Radich.

— Il est froid maintenant, dit-elle. Bonne nuit, Radich.

— Que la nuit vous soit paisible. Puis, avant qu'ils ne s'éloignent : Vous allez escalader l'Ilamane, alors ne plaisantez pas trop sur le sort des Anglais. Ils n'aimeraient peut-être pas ça.

Cette nuit-là, Line fit un cauchemar. Elle tombait dans une faille rocheuse. Sous ses pieds, dans des profondeurs insondables, une lune argentée tournoyait sur elle-même. Deux cadavres encordés flottaient dans le vide. Ils tendaient vers elle leurs visages momifiés aux orbites vides. De leurs bras décharnés, ils lui faisaient signe de les rejoindre. « NON ! NON ! hurlait-elle. Je ne veux pas ! » Ils montaient vers elle et, d'une voix sépulcrale, lui disaient : « Ne reste pas dans la faille, viens avec nous sur la lune. On t'attend depuis si longtemps. » La lune devenait alors rouge sang. « NOOON !! ! Je veux sortiiir ! »

Thomas, qui dormait dans la pièce à côté, se réveilla en sursaut. Il se leva et s'approcha de Line.

— Qu'est-ce que tu ne veux pas Line ? Où veux-tu aller ?

— Ne me touchez pas ! cria-t-elle de plus belle en le repoussant, les yeux grands ouverts.

— Réveille-toi ! lui dit-il en la prenant par la main. Elle le regarda, le visage couvert de sueur.

— Les Anglais !... Thomas.

— Quoi les Anglais ?

— Les Anglais sont au centre de la montagne !

— Allons bon ! Toi aussi...

— Je les ai vus, Thomas !

— Tu as rêvé Line. C'est seulement un mauvais rêve.

— Ils sont morts, Thomas.

— Bon d'accord, ils sont morts. Alors laisse-les reposer en paix, sur la montagne, ou au centre, comme tu voudras. De toute façon, ce n'est plus leur problème et encore moins le tien. Et maintenant essaie de dormir.

— Radich avec ses histoires macabres finit par me ficher la trouille. Tu crois que c'est une histoire vraie ?

— Line, je vais te dire quelque chose de vrai. Tu sais quoi ? Je veux dormiiir !!

— Oh ! Thomas, ça t'ennuierait de dormir à côté de moi, comme au bivouac.

— Non, fit-il en poussant un grand soupir. Mais fais-moi de la place. Ils ne sont pas larges les lits de ton guide saharien.

Thomas commençait à s'endormir. Mais Line s'agitait, elle n'avait plus sommeil :

— Thomas, tu dors ?

— Quoi encore ?

— Elle est vraiment belle, la fille dont parlait Radich ?

— Quelle fille ?

— Tu sais bien, celle que tu as vue. La fille à la moto !
— Encore un mot et je vais coucher dehors.
— Non ! reste avec moi. Bonne nuit, Thomas.
— C'est ça, bonne nuit, dit-il en soupirant.

Après avoir escaladé l'Hadriane et l'Iharem, Line et Thomas montèrent à l'Assekrem contempler le massif de l'Atakor : une gigantesque projection de lave figée, d'aiguilles déchiquetées, taraudées par les vents et les millénaires qui s'étendait à leurs pieds à perte de vue.

Thomas était émerveillé par ce paysage lunaire, il aurait aimé fuir vers ces espaces intemporels, comme les navigateurs solitaires ayant rompu toute attache affective voguent vers des horizons sans cesse renouvelés.

Saisir la lumière et la garder en soi. Posséder cette force intérieure qui fait de l'ascèse une jouissance sublime. Il sentit naître une passion nouvelle, une exaltation mystique qui lentement le submergeait. Il la refoula au plus profond de lui, conscient qu'elle le dévorerait s'il n'y prenait garde.

Les Alpes lui semblaient lointaines. Le souvenir de Laure lentement s'estompait. Ne plus penser à elle, ne plus la sentir aussi présente en lui l'attrista. Soudain, il eut envie de partir, de rentrer à Chamonix au plus vite. Mais il leur restait encore à gravir l'Ilamane.

Radich agrandissait la murette du bivouac du côté exposé aux vents dominants, un rituel qu'il accomplissait chaque fois qu'il accompagnait des clients au pied de l'Ilamane. Il choisissait les pierres qui s'emboîtaient en laissant le moins de jeu possible.

Avec le temps, le bivouac, situé à une centaine de mètres de la piste, était devenu confortable. Il était visible de loin, mais personne n'aurait osé le squatter. On savait qu'il était à Radich. De même pour la réserve de bois alimentée à chacun de ses voyages.

Thomas monta au pied de la paroi reconnaître le départ de l'itinéraire. Radich lui avait dit :

— Ne te fatigue pas, Thomas. Depuis le temps que j'amène des grimpeurs ici, je sais par où il faut passer. Même si je ne suis jamais monté là-haut.

Mais Thomas voulait voir par lui-même. Une idée lui trottait derrière la tête : faire découvrir à son guide saharien les joies subtiles de l'escalade, et les petites peurs qui font trembler les jambes sur les prises du rocher. Il devait, pour mettre son projet à exécution, improviser un itinéraire exposé, mais relativement facile. Radich, léger et souple, avait une poigne d'acier. Thomas se doutait bien que la voie normale n'opposerait aucune difficulté à un homme tel que lui, rompu à la dure vie du désert. Il pourrait ainsi, au cours de ses méharées, raconter à ses clients une histoire authentique arrangée à sa façon. Line ne se doutait de rien, allongée sur son sac de couchage, elle somnolait à l'ombre de la murette.

Radich alluma le feu et prépara le repas du soir : des pâtes. Des sucres lents, comme l'avait exigé Thomas, soucieux de leur forme physique.

Dès les premières fraîcheurs de la nuit, Line et Thomas se glissèrent dans leur sac de couchage. Radich, en prévision de l'ascension, avait troqué sa djellaba pour un pantalon de toile et sa chèche pour un passe-montagne. Il s'enroula dans sa couverture de laine doublée de poils de chameau confectionnée par ses femmes pour les nuits froides de l'Atakor. Une couverture lourde, encombrante, mais chaude, et comme Radich ne s'éloignait jamais à plus de vingt-cinq mètres de son Land Rover, il n'avait pas à la porter bien longtemps.

Dans leur sac de couchage, appuyés contre la murette du bivouac, ils regardaient mourir le feu. Les dernières flammes et les braises projetaient sur leurs visages des lueurs mouvantes. Sur la voûte du ciel, les étoiles brillaient d'un éclat tranchant. Line et Thomas s'endormaient quand Radich leur dit :

— Je vais vous raconter…

— Oh !… laisse-nous dormir ! dit Line d'une voix suppliante. Demain on se lève tôt.

— Que vas-tu nous raconter ? demanda Thomas dans un bâillement à se démonter la mâchoire.

— Je voulais vous parler de l'alpiniste suédois. Celui qui m'a donné son piolet et ses crampons. Mais si vous voulez dormir !…

— Ça m'intéresse ! dit Thomas. Raconte, je t'écoute.

— J'étais allé chercher des clients à l'aéroport, commença Radich, quand un type blond aux yeux bleus, dont la tête se perdait dans le ciel, m'a abordé. Il était immense. Il devait bien mesurer près de deux mètres, si ce n'est plus. Je n'avais jamais vu un type aussi grand.

Line se retourna en rabattant le capuchon de son sac de couchage sur la tête. Elle pesta, menaçant sans obtenir d'écho d'aller dormir plus loin si ça devait continuer longtemps

— Il parlait bien français, continua Radich ignorant les reproches de Line. Il cherchait un guide pour le conduire dans l'Atakor. Je n'étais pas libre avant une semaine, mais je l'ai invité à venir prendre une tasse de thé au magasin en espérant lui vendre quelque chose.

Il avait un équipement complet de haute montagne et des vivres pour huit jours. Thomas, comment veux-tu que je gagne ma vie si les touristes amènent leurs vivres ?

— Tu lui as vendu autre chose !

— Il a bu trois tasses de thé sans rien acheter.

— Il t'a quand même donné un piolet et des crampons, non !

— Thomas, une paire de crampons, ici, à Tamanrasset, et rien c'est pareil ! Qui les achètera ?

— Au prix où tu les vends ! personne. Mais, que voulait-il faire avec ce matériel ?

— Gravir le glacier de l'Atakor.

Thomas éclata de rire.

— Ton Suédois s'est trompé de massif.

— C'est ce que je lui ai dit. Il ne m'a pas cru et m'a montré des photos du mont Kenya et du Kilimandjaro.

« Vous plaisantez, m'a-t-il dit. Il y a des glaciers en Afrique. En voici la preuve. »

Je lui ai répondu que c'était une question d'altitude, que le Kenya culminait à cinq mille mètres et le Kilimandjaro à près de six mille.

Il ne me croyait toujours pas. Des amis lui avaient assuré qu'il y avait dans le Hoggar un glacier qui s'appelait l'Atakor. Après tout, il verrait bien par lui-même. Il m'a demandé de le déposer sur la piste le plus près possible de l'Atakor. Ensuite, il se débrouillerait.

Il était têtu comme un âne. Je ne pouvais prendre la responsabilité de le laisser seul sur la piste. Mais j'ai compris qu'il partirait, d'une façon ou d'une autre. Je lui ai vendu une carte en indiquant les points d'eau. Au moins, il ne mourrait pas de soif.

— Ouais, alors, qu'a fait le grand Suédois ?

— Personne dans Tamanrasset ne voulait l'accompagner. On lui trouvait un air bizarre. Un type trop grand avec des yeux bleu pâle, qui affirme qu'il y a un glacier dans le Hoggar, c'est pas normal.

— C'est vous qui êtes anormaux ! Je vais dormir plus loin ! s'indigna Line en s'éloignant du bivouac, son sac de couchage sous le bras. Vous n'avez aucun respect pour le sommeil des autres. Les refuges sont pleins de types de votre espèce. Demain je ne monterai pas avec vous, voilà !

— Méfie-toi des Djenouns. Ne t'éloigne pas du bivouac, lança Thomas en riant. Et, s'adressant à Radich : Viens-en au fait, il faut dormir. Demain on grimpe.

— Il a quand même réussi à acheter un âne pour porter son matériel, reprit Radich. Une vieille bourrique prête à crever. Son propriétaire en a tiré plus d'argent que s'il l'avait vendue pour faire des saucissons. Tu as déjà mangé des saucissons d'âne ?

— Les saucissons, on n'en a rien à faire !... dit Thomas en soupirant. Alors le Suédois est parti seul ?

— Oui, il est parti seul à pied en tirant son âne qui rechignait à avancer. Tu penses, son nouveau maître ne lui inspirait pas confiance avec son ombre qui s'étirait sur la piste à n'en plus finir. Et puis les cheveux blonds, il n'avait pas l'habitude d'en voir. Et il se parfumait. Des odeurs inconnues par ici. C'est pas bon pour les ânes et les chameaux. Ils n'aiment pas ça.

— S'il te plaît, écourte un peu.

— Vous les gens du Nord, vous n'aimez pas palabrer. C'est important la palabre ! Il faut savoir prendre le temps de parler.

— Oui, Radich, mais à minuit ce n'est plus l'heure. Maintenant on dort. Tu me raconteras la suite demain soir.

— Attends, j'ai fini. Dix jours plus tard, des Belges en Land Rover l'ont trouvé sur la piste. Il revenait vers Tamanrasset. Il n'avait plus que le piolet et ses crampons qui pendaient à son sac. L'âne s'était enfui avec son chargement. Des mauvaises langues dirent qu'il serait revenu de nuit chez son ancien maître, qui ne s'en vanta pas. Une bonne affaire : il récupéra ainsi son âne et le matériel du Suédois. Les Belges le ramenèrent chez moi. Il n'était pas en trop mauvais état, à part ses cheveux hirsutes et ses vêtements poussiéreux. Il m'a offert son piolet et ses crampons en me disant qu'il n'était pas digne de les garder puisqu'il n'avait pas su trouver le glacier de l'Atakor. Comme je voyais qu'il ne voulait pas en démordre, je lui ai dit que, depuis quelque temps, le soleil tapait dur par ici et que le glacier avait dû fondre. Il a été ravi. Ça le confortait dans son idée. Tu sais ce qu'il m'a répondu ?

— Non. Mais tu vas me le dire très vite. Je veux dormir !

— Il m'a dit : « Vous voyez, il y avait bien un glacier dans l'Atakor ! Et vous ne vouliez pas me le dire. » Le lendemain il a pris l'avion pour l'Europe et je ne l'ai jamais revu.

Une lueur rose nimba le sommet de l'Ilamane. Le soleil ne tarderait pas à poindre au-dessus des montagnes.

Thomas fulminait. Il ne s'était pas réveillé et Radich, peu pressé d'affronter l'Ilamane, faisait le mort sous sa couverture. Line avait mal dormi. Elle était d'une humeur massacrante et n'en finissait pas de s'extirper de son sac de couchage.

— Si vous dormiez le soir au lieu de jacasser, on serait en forme le matin ! C'est toi qui devais nous réveiller, Thomas. Tu es le guide ! non ? Le thé, Radich ! C'est pour quand ?

Radich sortit de sous sa couverture et fixa Line de ses yeux noirs.

— Si tu n'étais pas ma cliente et mon amie préférée, je te dirais bien d'aller te faire…

— D'aller faire quoi !!! Vas-y, ose le dire !

— Oh là là ! Vous n'allez quand même pas vous battre de si bon matin, intervint Thomas.

— Tu entends comme elle me parle ! s'exclama Radich. Un Targui lui aurait tranché la gorge !

— Ouais, mais tu n'es pas un Targui, ricana Line.

— On n'a plus le temps de faire le thé, dit Thomas. Chacun sa gourde d'eau, quelques pâtes de fruit dans le sac, et on y va.

— Je ne monterai pas sans avoir pris mon thé, dit Line d'un ton boudeur.

— Tu sais que tu es très pénible quand tu t'y mets ! Fais-lui son thé, Radich. Et dépêchez-vous, je vous attends au pied du mur. J'emporte les cordes et le reste du matériel. N'oubliez pas vos chaussons d'escalade et les baudriers, ils sont dans le Land. Puis, après quelques pas, il se retourna vers Line :

— Tu as raison. C'était à moi de vous réveiller. Mais ne vous attardez pas, si vous ne voulez pas grimper en pleine chaleur.

En approchant du socle de l'Ilamane, Thomas vit, loin sur sa droite, une forme qui se glissait entre les rochers. Un mouflon ou une gazelle, se dit-il sans y prêter davantage attention.

Lorsque Line et Radich atteignirent le pied de la paroi, Thomas avait déjà escaladé une trentaine de mètres, planté un piton pour le relais, puis était redescendu pour les attendre.

— Tu t'es trompé, dit Radich en arrivant. La voie est plus à droite.

— Non, je ne me suis pas trompé. Nous allons ouvrir la variante Radich AKALESSA, annonça Thomas.

Radich, la tête rejetée en arrière, scruta la muraille. Il n'avait jamais observé le rocher de l'Ilamane avec autant d'attention.

— Tu crois que je pourrai monter là ? dit-il en s'adressant à Line.

— Puisque Thomas le pense ! Prends tes chaussons, ton baudrier et le casque. Ne perdons pas de temps, le guide va devenir désagréable.

Radich blêmit et sans dire un mot laça ses chaussons en jetant un regard vers son Land Rover au bas des éboulis. Il regrettait d'être monté, de ne pas avoir prétexté un mal de ventre ou une rage de dents pour rester au bivouac. Maintenant, c'était trop tard, il perdrait la face.

Thomas attacha les extrémités des deux cordes à son baudrier d'escalade. Il encorda Radich sur la corde rouge et Line sur la bleue afin de les faire monter ensemble. Radich d'abord, Line à quelques mètres derrière lui. Elle pourrait, de cette façon, le conseiller lors d'un passage un peu difficile.

— Tu vas faire comme moi, dit Thomas. Je vais monter jusqu'au relais. Regarde bien, ce n'est pas difficile. Il faut grimper en utilisant les prises à droite et à gauche de l'axe de montée. Ici, les prises sont nombreuses et le rocher n'est pas vertical. Alors évite de faire des grands pas. Monte en économisant tes forces. Dans ce genre de passage, les bras maintiennent l'équilibre, et ce sont tes jambes qui soulèvent ton poids.

Thomas grimpait lentement, expliquant comment poser les pieds et saisir les prises avec les mains. Radich l'observait avec attention. Il savait qu'il pouvait lui faire confiance. Il éprouvait malgré tout une certaine inquiétude. Là, ça irait, mais après... Il leva la tête vers les hauteurs en avalant sa salive. Thomas vit son visage tendu.

— Radich, c'est moi qu'il faut regarder. Là-haut, on verra quand on y sera.

— Je ne te quitte pas des yeux, bredouille-t-il.

Thomas arrivé sur la terrasse du relais tira les cordes à lui. Ce premier passage était décisif. Si Radich s'y prenait mal, il le redescendrait et continuerait l'ascension avec Line. Il tendit la corde.

— A toi, tu peux monter !

Radich appuya ses deux mains sur le rocher. Il lui était arrivé de grimper sur des blocs de deux ou trois mètres pour imiter ses clients. Un jeu amusant dans lequel il était très adroit. Mais cette fois, le bloc faisait quatre cents mètres de haut. Il pouvait encore renoncer, mais ce serait avouer sa peur, et Line ne manquerait pas de le lui rappeler à la moindre occasion. Son image en souffrirait. L'orgueil fut plus fort que la peur. Il gravit précipitamment les quatre premiers mètres.

— Pas si vite, lui cria Thomas. Prends le temps de regarder ce que tu fais.

Radich ralentit, mais il avait hâte d'arriver sur une surface horizontale, où il pourrait poser ses pieds bien à plat. Line montait derrière lui.

— Tu vois, dit Thomas quand il l'eut rejoint, c'est facile et tu t'y prends remarquablement bien. Tu deviendras vite un bon grimpeur.

— J'aimerais grimper comme toi et escalader mes montagnes, dit-il sans cacher sa fierté.

— Quand on arrivera au sommet, tu auras déjà beaucoup appris. Observe bien les manœuvres de corde, comment j'assure.

Line arriva à son tour sur la terrasse.

— Pourquoi grimpe-t-il si vite ? dit-elle sur un ton de reproche en s'adressant à Thomas. Il ne prend même pas le temps de regarder le rocher

— Oh ! C'est facile, dit Radich en haussant les épaules.

Ils gravirent ainsi deux cents mètres. Thomas tirait à chaque relais les deux cordes. Radich avait laissé ses frayeurs au pied de l'Ilamane où le soleil enflammait les éboulis. La corde, maintenue tendue, lui donnait confiance. Mais ses chaussons qui lui comprimaient les orteils le gênaient et il se dit qu'il aurait été plus à l'aise pieds nus.

Parfois, dans sa précipitation, un de ses pieds glissait et une vive émotion le rappelait à l'ordre. Il s'arrêtait un instant, se reprenait et regardait vers le bas. La fuite de la paroi prolongée par la pente d'éboulis, avec sous ses pieds Line en premier plan, creusait le vide et faisait naître en lui des sensations nouvelles, joie et frayeur mêlées. Ça doit être ça ce qu'ils appellent le vertige, se dit-il. Il crut comprendre Line et Thomas, leur monde qui n'était ni la terre ni le ciel, mais la verticale.

Dans l'action, Line avait retrouvé la forme des grands jours. Elle talonnait son compagnon au risque de se faire marcher sur les doigts et lui disait à voix basse, pour que Thomas n'entende pas :

— Tu traînes ! Tu transpires la peur, ça se voit ! Allons dépêche-toi, froussard !

Exaspéré, il répondait :

— Je te préviens, si tu continues, tu vas prendre un coup de pied !

Thomas souriait. Leur dispute infantile était signe de bonne humeur. Il se doutait bien qu'ils s'étaient connus plus intimement que Line ne voulait le laisser paraître. Il la découvrait sous un jour nouveau. Elle était heureuse entre son guide saharien et son guide des étendues verticales. Lui aussi se sentait bien sur cette montagne sans histoire, au cœur de cette orgie de lumière. Cette montagne vierge de passé tragique, malgré la disparition de la cordée anglaise. « Ne pas avoir de passé, se dit-il, de racines qui emprisonnent l'esprit. De souvenirs trop lourds. »

La paroi devint déversée, coupée de toits infranchissables. Thomas pénétra dans une faille sinueuse qui se glissait entre les surplombs. Line protesta.

— Pourquoi ne traverses-tu pas vers la droite ? Ça semble plus facile.

— Je suis mon intuition. Au-dessus, ça doit passer sans trop de difficulté.

— Et si ça ne passe pas ?

— Eh bien, on redescendra pour chercher ailleurs.

La faille, large d'un mètre, s'élargissait plus haut. Son flanc droit orné de prises facilitait l'escalade. Une brise légère courait au fond dans l'ombre fraîche. Thomas montait vite. Il installa le relais à la sortie et leur dit de monter.

Line, impatiente de découvrir ce que la faille avait dissimulé, doubla Radich. Outré qu'elle ne respecte plus les consignes du guide, il la menaça de tirer sur sa corde.

— Il faudrait déjà que tu me rattrapes, pour tirer sur ma corde. Grimpe et tais-toi, lui dit-elle moqueuse.

Radich grinça des dents. L'insolence de cette femme dépassait les bornes.

— Si un jour je t'épouse, je te dresserai, moi. Tu verras !

— Tu peux y compter, lança-t-elle. Regarde où tu mets tes pieds. Tu grimpes comme une patate.

C'était plus qu'il ne pouvait en supporter. Il se dressa sur la pointe des pieds et… décrocha.

— Tiiire la corde ! hurla-t-il à Thomas.

— Tu vois, je te l'avais dit, ricana Line.

— Vous n'avez pas fini de vous chamailler, lança Thomas penché au-dessus de la faille.

— On passe par où, maintenant ? s'enquit Line d'un air innocent en atteignant le relais.

— Que lui as-tu encore fait ? demanda Thomas en hissant Radich d'un bon mètre.

— Rien ! C'est un horrible macho. Où comptes-tu nous faire passer ?

— Là, à gauche.

Il lui indiqua une dalle inclinée à soixante-dix degrés, qui formait la partie supérieure d'un surplomb.

— Au-dessus ça ne passe pas ? s'inquiéta Line en regardant à l'aplomb du relais.

— Non. Il faut traverser horizontalement à gauche pour rejoindre le bas de la rampe inclinée que tu vois. Après, je pense que c'est facile jusqu'au sommet.

— La dalle est lisse ! Il n'y a pas de prise. Radich ne passera jamais par là !

— Mais si. Il traversera. On va l'encorder entre nous deux. Il sera assuré des deux côtés. Elles sont petites, mais il y a des prises. Regarde bien.

Dans la faille, Radich avait repris pied sur les prises. Il restait immobile devant la corde qui, il se demandait pourquoi, pendait mollement au-dessus de lui.

— Oooh Thomas ! Tire la corde, supplia-t-il.

— Pas de panique ! Je t'avais oublié. Tu peux monter. Je tire.

Au relais, Radich ne dit pas un mot. Les lèvres pincées, il jeta un regard noir à Line puis lui tourna le dos.

Après avoir changé leur encordement, Thomas commença la traversée de la dalle. Il posait ses pieds sur des prises presque invisibles, les mains à plat sur le rocher à la recherche de vagues adhérences.

— Regarde bien, Radich. Ce n'est pas vraiment difficile. C'est une question d'équilibre sur le bout des pieds.

Thomas se demandait si Radich s'en sortirait aussi bien qu'il l'espérait. Après tout, une fois engagé, il serait bien obligé d'aller jusqu'au bout.

Dix mètres plus loin, de l'autre côté de la traversée, Thomas planta deux solides pitons dans une fissure. Le relais était sûr.

— A toi, Radich. Tu peux venir !

S'il ne panique pas, se dit-il, tout ira bien. Le passage est exposé, mais simple. Il vaudrait mieux qu'il ne regarde pas vers le bas. Mais ça, je ne peux pas le lui dire, il serait effrayé. Dire à quelqu'un de ne pas regarder sous ses pieds ne peut qu'augmenter son angoisse.

Radich déglutit.

— J'ai soif. Donne-moi ta gourde, Line.

— Après m'avoir menacé de coup de pied, tu oses me demander ma gourde !

— Tu sais bien que ce n'était pas sérieux, fit-il dans un sourire crispé. On ne frappe pas une femme, même avec…

— Une rose, ça pourrait l'abîmer, acheva Line. Avec un bâton, oui ! Où est ta gourde ?

— Dans mon sac.

— Eh bien sors-la !

— Il faut que je pose mon sac. Thomas va s'impatienter !

— Je suis bien bonne, hein ! ronchonna-t-elle en lui tendant la sienne.

— Je te revaudrai ça au sommet.

— Alors, tu viens ? cria Thomas.

— Oui… oui j'arrive. Puis, s'adressant à Line : Tu ne veux pas lui dire que j'ai envie de pisser.

— Allons bon, et quoi d'autre !... Ah ! Ah ! tu as peur, hein !

— S'il te plaît, Line, j'en ai pour une minute.

— Thomas !

— Ouais.

— Attends un peu, Radich se concentre. Mais qu'est-ce que tu fais, Radich ? dit Line en le voyant se contorsionner pour tenter de défaire les boutons de sa braguette. Tu ne vas quand même pas uriner sur mes pieds. Tu vois bien qu'il n'y a pas la place, ici. Attends au moins d'être de l'autre côté.

— Je vais me retourner... Je n'y arrive pas, les sangles du harnais coincent mon pantalon.

— Ce que tu essaies de faire, en présence d'une dame, est très incorrect. Tu n'as aucun savoir vivre. Tu devrais avoir honte, dit Line en prenant un air scandalisé, mais en riant intérieurement. Allez, traverse. Plus tu attendras, plus ce sera difficile.

— Je te dis qu'il faut que je pisse !

— Allons, dépêche-toi ! On ne va pas passer le reste de la journée ici.

— Alors, vous venez ? demanda Thomas qui s'impatientait.

Il tira légèrement sur la corde. Radich hésita encore un instant. Le regard moqueur de Line et l'impatience de Thomas lui firent prendre conscience de sa peur. Blessé dans son amour-propre, il traversa trois mètres sans trop savoir ce qu'il faisait, puis s'arrêta, regarda Line sur sa minuscule plate-forme et amorça un mouvement dans sa direction. Mais la corde, maintenue tendue par Thomas, lui ôtait toute possibilité de revenir en arrière. Line tenait aussi sa corde légèrement tendue. Il était bien assuré, mais s'il venait à glisser, il passerait quand même sous le surplomb. Une éventualité qui le fit frissonner.

Radich possédait des ressources physiques et nerveuses exceptionnelles. Il n'allait pas offrir ce spectacle à Line. Il serra les dents et reprit sa progression.

— Doucement, regarde bien où tu mets tes pieds, dit Thomas.

Line maugréait. « Il ne va quand même pas traverser sans faire un petit pendule ! »

— Regarde la voiture en bas, comme elle est loin. On dirait un jouet.

Radich ne l'écoutait pas. Il regardait le rocher juste à la hauteur de ses pieds. Il appliqua les paumes de ses mains et ses doigts comme pour les incruster dans la roche et avança encore de deux mètres.

Il lui restait encore cinq mètres à traverser. Il se déplaçait doucement, comme l'avait recommandé Thomas. Malgré lui, il regarda le vide qui s'ouvrait entre ses pieds : la pente d'éboulis, le Land Rover minuscule. L'abîme prend la tête, attire le regard ! combien de fois ne l'avait-il pas entendu dire ? Il revit le visage ensanglanté d'un grimpeur venu lui annoncer, au pied de l'Adriane, que son compagnon de cordée était tombé. Le vide, disait-il, l'avait attiré. Il était tombé et la corde s'était rompue. Lui-même avait fait une chute au cours de la descente. Il s'en était sorti s'en trop savoir comment. A cette évocation, il sentit ses jambes devenir molles. Ça peut casser une corde, se dit-il. Il stoppa net au milieu de la dalle, ses jambes parcourues de tremblements fléchirent.

— Je vais tomber, gémit-il. Thomas je vais tomber !

— Alors, tu dors ? Tu veux passer la journée sur cette dalle ? dit Thomas d'un ton bourru.

— Je viens, répondit-il d'une voix à peine audible, je viens.

Line, redevenue maternelle, l'encourageait :

— Tu es presque arrivé. Tu es formidable, Radich. Ne crains rien, tu es bien assuré.

Stimulé par ses paroles, il finit par maîtriser le tremblement de ses jambes et acheva la traversée.

En arrivant près de Thomas, il poussa un grand soupir.

— C'était difficile. J'ai eu peur. J'ai bien cru que j'allais tomber.

— C'est bien, Radich. Tu t'es bien défendu. Ce passage n'est pas facile. Et, s'adressant à Line : A toi ! Récupère le piton avant de traverser.

Line retira le mousqueton et essaya de desceller le piton avec le marteau pendu à sa ceinture. Mais le piton tenait bon. Elle jeta un rapide coup d'œil vers Thomas qui regardait vers le haut et renonça à l'extraire. Elle raccrocha vite le marteau à sa ceinture.

— Ça y est, dit-elle en s'engageant sur la dalle.

Assurée sur une seule corde, elle regarda le vide. C'est quand même impressionnant, pensa-t-elle. Elle respira et expira profondément plusieurs fois, ferma les yeux afin de mieux se concentrer et se libérer de ses craintes. Puis elle commença à traverser.

Dans un style parfait, sans interrompre un seul instant l'enchaînement de ses mouvements, elle atteignit le milieu de la dalle, là où Radich s'était arrêté. La dalle, légèrement bombée en cet endroit, était raide et n'offrait que de minuscules prises.

Line, s'immobilisa à son tour et chercha où poser ses pieds. « Qu'est-ce qui m'arrive ? Voilà que je doute de moi. Ce petit relief, là à cinquante centimètres. Il est petit, mais bien découpé. Il faut que je fasse un croisement de pied pour y poser le droit... il n'y a rien pour se tenir avec les doigts... c'est lisse comme du marbre. »

Son immobilité s'éternisait. Elle essayait de refouler la peur qui lentement s'insinuait dans son esprit. « Comment ont-ils fait ? Enfin quoi, ils sont passés ! »

— Ça va, Line ?

— Ouais... enfin... pas très bien. Comment as-tu fait ? Je ne sens pas le mouvement.

— Pose ton pied gauche en adhérence sur la dalle et porte le droit sur la prise.

— Mais, je n'ai rien pour les mains !

— C'est un mouvement d'équilibre sur les pieds. Ce n'est pas vraiment difficile.

Line hésita, amorça un mouvement du pied gauche et revint vivement dans sa position première. Elle porta son poids d'un pied sur l'autre pour soulager ses jambes. Elle savait qu'elle ne pourrait pas rester longtemps dans cette position et instinctivement regarda le relais qu'elle venait de quitter. « Que m'arrive-t-il ? Il faut que je me sorte de là. »

Le soleil au zénith déversait ses torrents de lumière. Figée comme une statue de marbre, Line sentait des contractions douloureuses durcir ses mollets.

Radich buvait de grandes goulées d'eau tiède à sa gourde enfin sortie du sac. Soulagé d'avoir réussi, il fanfaronnait, réglait ses comptes avec Line. Dans un grand geste du bras, il tendit sa gourde dans sa direction.

— Viens boire à la source de mon cœur, ma belle marmoréenne.

— Line, ne reste pas sur place, répéta Thomas. Tu as déjà franchi des passages plus difficiles. Allez, viens !

Elle regarda Thomas, essaya un sourire qui reflétait plus son angoisse que sa joie de se trouver dans cette traversée.

— Thomas, je vais tomber… tiens la corde…

— Mais non, tu ne vas pas tomber, dit Thomas d'un ton rassurant. Ne reste pas immobile. Viens !

— Je ne peux pas !

— Mais si tu peux. Déplace ton pied.

Line transpirait. Ses mains humides n'adhéraient plus sur le rocher. La sueur coulait sur son visage. La peur l'oppressait. Sa respiration devenait haletante.

Radich s'était tu. Il n'avait plus envie de rire. Il ressentait l'angoisse de Line. Son visage virait au gris.

— Thomas, fais quelque chose, ne la laisse pas tomber, dit-il à voix basse.

Thomas comprit qu'elle allait lâcher prise. Elle était restée trop longtemps immobile sur la pointe des pieds.

Il dit sèchement à Radich, qui, le front appuyé contre le rocher, n'osait plus regarder Line :

— Recule-toi, tu me gênes !

— Thomas, elle va tomber ! elle n'a qu'une corde ! Elle peut casser.

— Mais non, elle ne cassera pas. Pousse-toi, tu me gênes, répéta-t-il. Line !

— Oui.

— Tu ne peux plus attendre. Il faut que tu essaies de passer. Si tu glisses, tu penduleras sous le surplomb. Mais tu ne heurteras pas le rocher. Tu ne risques absolument rien.

— Je vais essayer. Tiens bien la corde.

Line hésita encore, puis elle porta son poids sur son pied droit et remua sa jambe gauche pour la libérer de l'ankylose, posa la partie antérieure du pied en adhérence sur la dalle et amena vite le droit sur la minuscule prise. Trop vite…

— Ça y est… attent…

Elle n'eut pas le temps d'achever. Son mouvement trop précipité la déséquilibra. Elle bascula sur la gauche et disparut sous le surplomb.

— LIIINE !… hurla Radich.

— Tu n'as pas fini de gueuler !

— Où est Line ! Line est tombée !…

— Elle est sous le surplomb, au bout de la corde. Ça va, Line ? tu n'as rien ?

— Ouais… Ça va…

— Comment c'est là-dessous ? plaisanta Thomas.

— Impressionnant !… mais j'aimerais bien ne pas y rester trop longtemps.

Dans ce genre de situation, Line était imbattable. L'émotion de la chute passée, elle récupérait très vite.

— Radich, tu amènes la corde à toi à mesure que je la hisse.

— Oui, Thomas, gémit-il.

— Allez ! Oooh, oh… Alors, tu la tires cette corde !

— Oui.

A courtes brassées, Thomas remonta Line. Au bout de quelques mètres, il s'arrêta et reprit son souffle.

— Tu es lourde. Il faudra te mettre au régime. Tu entends Line ?..

— Ouais… TIIIRE la corde !

La tête de Line apparut au bord du surplomb, et son buste émergea du vide.

— Je suis peut-être lourde, mais il faudra te faire les bras. Je trouve que ça ne monte pas vite. Guide, où sont tes forces d'antan ?

— Tu veux que je te fasse redescendre sous le surplomb, dit Thomas en relâchant la corde de dix centimètres.

— NOOON ! ARRÊTE… Sors-moi vite de là.

— Bon, alors repousse-toi du rocher pendant que je te hisse comme un sac.

— Un sac de quoi ?

— De plumes, pardi !

Elle arriva enfin sur le relais et appuya sa tête contre le rocher. Thomas attacha sa corde au piton.

— Je ne comprends pas ce qui m'est arrivé. J'ai eu très peur. Ce pendule sous le surplomb est terriblement impressionnant.

— Au-dessus c'est moins difficile, dit Thomas. Ça va aller, Line ?

— Oui, ça va. Ouf…

Radich lui tendit sa gourde.

— Tiens, bois un peu. Tu dois avoir soif.

— Ce n'est pas de refus. Merci, tu es gentil.

— Ah ! Je suis gentil !… Et tout à l'heure, dans la faille, et avant la traversée, tu te souviens de ce que tu m'as dit ?

— Radich…

— Quoi, Radich !…

— Vous n'allez pas recommencer ! rugit Thomas avant que Radich n'ouvre la bouche. Je ne veux plus vous entendre. Vous réglerez vos différends plus tard.

— Oui, guide, dit Line en maugréant. Mais ce mec est insupportable.

— Ça suffit, soupira Thomas. Radich reste encordé au milieu. Line, tu suis derrière. Ne marchez pas sur la corde pendant que je monte. Laissez-la bien filer.

A deux heures de l'après-midi, ils arrivèrent au pied d'un mur d'une vingtaine de mètres. A peine vertical et muni de bonnes prises, il n'opposa aucune difficulté à Thomas.

Le sommet arrondi était maintenant devant lui. Sous un gros bloc, il plaça un coinceur et y mousquetona la corde de Radich. Il sortit la gourde de son sac et à grandes lampées en but la moitié. Il prit dans sa poche la petite boîte de beedies, l'ouvrit, en alluma une et tira la corde.

— Tu peux monter, lança-t-il à Radich au pied du mur.

Les aiguilles de l'Atakor se dressaient jusqu'aux horizons noyés de brume nacrée. Thomas ressentit un court instant une onde de bonheur. L'immensité le comblait. Vivre libre, dans la splendeur de la nature était, pour lui, le plus grand luxe qui soit. Et soudain son visage se durcit, ses yeux se noyèrent de larmes. « Laure, pourquoi ce sommet sans toi » et une angoisse lui vrilla le cœur.

— La corde !... Tire la corde, brailla Radich.

« Comme j'aimerais être seul sur cette montagne », pensa Thomas en tirant la corde.

— Alors, tu dormais ? grinça Radich en arrivant au sommet. La corde pendait à côté de moi pendant que je grimpais.

— Non, je ne dormais pas. J'étais ailleurs.

— Où ailleurs ? Il n'y a rien ailleurs. Rien, hors les rochers et du sable, du sable et encore du sable.

— Passe la corde de Line dans le mousqueton et fais-la monter, dit Thomas en détournant son visage.

— Comment fais-tu le nœud sur le mousqueton ?

— Oui, bien sûr…

— Tu as les yeux humides, Thomas. Ça ne va pas !

— Si… de la poussière en arrivant au sommet, dit-il en lui montrant comment réaliser un demi-cabestan.Tu vois, quand tu tires la corde vers toi, elle vient facilement. Et si Line glisse, tu la retiens sans effort. Le nœud freine la corde dans l'autre sens. Maintenant, amène la corde à toi et dis-lui de monter.

— Tu peux monter, Line.

— Plus fort, elle ne peut pas entendre au bas du mur.

— TU PEUX MONTER. JE T'ASSUUURE !!!

— Tu n'aimes pas le sable, dit Thomas, toi qui vis dans ce pays ?

— Ce n'est pas un pays, Thomas. C'est un désert. Évidemment, j'aime le désert, reprit-il après un instant de silence, puisque je suis venu vivre à Tamanrasset, mais avec mes chameaux et des gens autour de moi. J'ai horreur de la solitude.

— La solitude, le silence, c'est nécessaire de temps à autre, pour se retrouver, penser librement, sans contrainte.

— La solitude, le silence ! s'exclama Radich, pour penser qu'il nous faudra un jour mourir. Moi, j'aime le bruit, la musique. Chez moi, la radio marche du matin au soir. Le bruit, c'est la vie, Thomas !

— La radio toute la journée remplit la tête. Elle tue le temps. J'aime aussi la musique. Mais pas n'importe quelle musique.

— Line m'a raconté ce qui t'est arrivé. Je comprends un peu ta façon de penser. Cependant…

— Elle parle trop ! coupa sèchement Thomas.

— Merci, les copains ! brailla Line en émergeant à son tour sur le sommet avec une poignée d'anneaux de corde à la main. Pour ce qui est de l'assurance, on ne peut pas demander mieux. Ah ! C'est le fameux « Targui » qui m'assurait ! Thomas, comment peux-tu lui confier une corde ? Je suis sûre qu'il espérait me voir tomber !

— Une grimpeuse comme toi ne tombe pas dans un passage aussi simple, fit Thomas en riant.

— Ah ! Ah ! Line ne tombe pas ! Ça c'est la meilleure, s'esclaffa Radich.

— C'est tout ce que vous trouvez à dire en arrivant sur un sommet ? dit Thomas.

— C'est vrai, remarqua Line, on est au sommet. Radich, c'est formidable ! Tu as gravi l'Ilamane, et par une voie nouvelle.

Radich se précipita vers elle.

— Line, c'est le plus beau jour de ma vie. Il faut que je t'embrasse.

— Pouah ! Tu es plein de poussière et tu sens le bouc. Quand tu seras propre, on en reparlera peut-être. C'est Thomas qu'il faut remercier.

Radich se tourna vers Thomas et déclara d'un ton solennel :

— A partir d'aujourd'hui, tu es mon frère. Ma maison est la tienne aussi longtemps que tu voudras. J'en fais le serment.

— Merci, Radich. Je suis très sensible à ce que tu viens de me dire.

— A Tamanrasset, on fera une grande fête. Un énorme méchoui. J'inviterai tous mes amis pour leur dire que moi, Radich Akalessa, j'ai ouvert une voie sur l'Ilamane.

— Parce que c'est toi qui as ouvert la voie ! Line était scandalisée.

— C'est Thomas, bien sûr. Mais, ça, ils n'ont pas à le savoir. Il faut que je pense à mes affaires. A ma réputation.

— Tu es gonflé. Et tu oses parler d'affaires sur un sommet.

— Comme c'est sa première ascension, dit Thomas, on l'appellera « la voie Radich ». A présent, il faut descendre si on veut être en bas avant la nuit.

— On fait d'abord la photo du sommet, dit Line sur un ton adouci en posant son sac.

Elle sortit son appareil photo, sa gourde et rangea son casque au fond.

— On peut finir les gourdes ? Thomas.

— Garde un peu d'eau pour la descente. Et tu remettras ton casque, jusqu'au pierrier.

— Il fait chaud sous ce machin en plastique. Regarde, je transpire, mes cheveux sont mouillés !

— Moi aussi je transpire. Allez, fais ta photo et on s'en va.

— Oh, là, là… Qu'il est pénible, grommela-t-elle.

Elle prit plusieurs clichés.

— Tu crois que tes photos seront bonnes en les prenant face au soleil ? lui fit remarquer Thomas.

— Ah ! oui… Bon, je les refais. Mettez-vous là. Voilà ! Comme ça. Souriez !… Thomas, ne fais pas cette tête d'enterrement, souris. Radich relève ton casque, je ne vois pas tes yeux. Thomas, avant tu faisais toujours des photos en montagne. Et tu n'as même pas emporté ton appareil, dit encore Line en appliquant son œil sur le viseur.

— Prends ta photo et descendons.

« Des photos, pourquoi faire ? pensait Thomas. Avant, je faisais des photos. Des photos de Laure. Des photos de bivouac. Des photos d'escalade... Des photos qui font mal maintenant. » Encore une, disait Laure en soulevant ses cheveux, le visage tourné vers lui. Quand on sera vieux et tout ridés, Thomas, on se souviendra qu'on a été jeunes et beaux. »

Le jour tirait à sa fin lorsqu'ils arrivèrent au camp. Les sommets auréolés de lumière rose se détachaient sur le ciel indigo. Line assoiffée se précipita sur la réserve d'eau, abritée dans un creux de rocher qui lui gardait une relative fraîcheur. Enfin désaltérée, elle dit à Thomas :

— Tu ne vas pas rester seul, ici !

— Si. J'ai envie de rester seul. De grimper seul. Il reste assez de vivres et d'eau pour plusieurs jours.

— Mais s'il t'arrive quelque chose !...

— Il ne m'arrivera rien. Radich viendra me chercher dans trois jours.

— Tu devrais arrêter de grimper en solo. Depuis que Laure et Paul ne sont plus là, tu pars trop souvent seul en montagne.

— Ne t'inquiète pas pour moi. Je sais ce que je fais.

— Fais attention Thomas, tes amis et moi, nous avons besoin de toi.

— Tu es gentille, Line. Je te promets que je serai prudent.

Thomas regarda le Land Rover s'éloigner dans le crépuscule avec un soupir de soulagement. La nuit tombait, il était temps d'allumer un feu et de piocher dans les vivres pour préparer un souper.

La lune montait derrière l'Ilamane. Les aiguilles de lave nimbées de lumière opalescente se dressaient comme des spectres venus d'un autre temps.

Un long frisson parcourut Thomas. Il se réveilla grelottant. Il s'était endormi sur son sac de couchage.

A demi allongé, appuyé sur un coude, il fixait sans les voir les dernières braises du feu. Il s'assit et s'ébroua. Il était deux heures du matin. Il ralluma le feu et prépara du thé.

Puis comme l'immobilité devenait pesante, il chargea son sac, corde de rappel, pitons et mousquetons, anneaux de sangle, marteau, chaussons d'escalade, lunettes de soleil et gourde de thé. Il changea la pile de sa lampe frontale et partit en oubliant son casque.

Il montait lentement. Il ne ferait pas jour avant plusieurs heures. Il crut voir sous le socle de l'Ilamane l'éclat d'une lampe. Il s'arrêta et resta un long moment aux aguets, mais plus rien. Sans doute un reflet de lune sur une pierre récemment brisée.

Le vent de la nuit était froid. En attendant l'aube, il se blottit dans un renfoncement rocheux au pied de la paroi.

Au-delà des éboulis, la lune répandait sa lumière cendrée. Son regard se perdit au loin dans le décor sans relief et son esprit se mit à vagabonder : Il revoyait Lima, l'océan Pacifique, Paracas et les oiseaux de mer, des millions d'oiseaux, la cordillère des Andes, les lagunes de Llanganuco et Huaraz la ville indienne au pied du Huascaran. Le Népal, Calcutta, la foule grouillante. Bombay, la Porte de l'Inde, l'océan Indien et Shelly la belle indienne…

La lumière blanche grimpa le long des éboulis. L'astre nocturne apparut au-dessus de l'Ilamane. La lune nue, perdue, comme la terre dans l'infini, songea Thomas en l'observant.

Il pensa à Louis Tremaz, le guide, l'ancien des Houches, retiré dans sa ferme devenue trop rustique avec le temps et le manque d'argent. Louis aimait lui parler des étoiles. Il les avait vues si souvent, là-haut, quand il partait avec ses clients à une heure du matin pour l'Aiguille-Verte ou le mont Blanc.

« Tu vois, Thomas, disait-il, la terre est un point minuscule qui erre dans l'espace sans limites. C'est une île isolée, sans rivage à l'horizon. Et nous, nous sommes moins gros que des microbes. Nous faisons grand cas de nos personnes et nous ne sommes rien. Des parasites qui sucent le sang de la planète, comme les puces un chien. »

Jusqu'à soixante-dix ans, Louis conduisit allègrement ses clients au mont Blanc. Mais, si solide que l'on soit, l'usure des articulations se fait durement sentir et s'il marchait maintenant avec une canne, c'était moins pour le tassement de ses vertèbres au cours des milliers d'heures de galopade sur les sentiers escarpés du massif que pour l'arthrose de ses genoux qui craquaient quand il se redressait.

Un jour, Thomas lui avait proposé de réparer la serrure de sa porte qui depuis longtemps ne fermait plus.

« Ce n'est pas la peine, avait répondu Louis, je la tiens fermée de l'intérieur avec une bûche. Pour ce qui me reste à vivre... Bientôt je n'en aurai plus besoin... Et si des voleurs viennent, il faudra qu'ils portent leur manger, disait-il en riant. Et s'ils veulent boire, ils ne trouveront que la source derrière la ferme. Ils seront bien attrapés ! »

Thomas lui avait présenté Laure et Paul.

« Qui c'est celle-là ? avait demandé Louis.

— C'est mon amie, elle grimpe en montagne avec moi.

— Et lui, il n'est pas d'ici ! Il est guide ?

— Non. Mais il grimpe et connaît la montagne aussi bien que moi.

— Et de quoi vit-il ?... S'il est toujours là, dans la vallée ! Un amateur, avait-il continué sans attendre de réponse, ne peut pas connaître la montagne comme un guide. »

Il s'exprimait d'une voix sourde en prenant parfois un air bougon. Puis, parlant plus pour lui-même que pour son interlocuteur, il s'était lancé dans une longue évocation de la profession : la montagne, les mauvaises saisons, les difficultés et le client dont il faut prendre soin en même temps que l'on s'occupe des autres paramètres.

En écoutant Louis, d'une oreille distraite, Thomas s'était demandé comment il pourrait expliquer à ce guide, qui avait trimé plus de soixante ans sur les sommets pour gagner maigrement sa vie, que Paul était assez fortuné pour n'avoir pas à travailler. Paul avait fait les Beaux-Arts. Ses seules passions étaient la sculpture et la musique, jusqu'au jour où Thomas lui avait fait découvrir la montagne. Entre l'hiver et l'été, il y passait six mois par an.

« Ah ! De mon temps, avait continué Louis, on ne grimpait pas comme aujourd'hui. On n'allait pas n'importe où et par n'importe quel temps. »

Thomas aurait aimé lui dire que les guides étaient toujours aussi prudents, conscients de leurs possibilités et de celles de leurs clients. Que la profession, en ce sens, n'avait pas changé. Mais il savait que Louis n'aimait pas être contredit et que parler, se remémorer les temps anciens lui faisaient du bien. Quand il racontait ses courses, il n'était plus ici, mais là-haut sur les arêtes avec ses clients au bout de la corde.

Une fois où Thomas était resté plusieurs jours sans venir le voir, Louis s'était inquiété de son absence prolongée.Thomas avait conduit un client dans la face ouest du Dru et bivouaqué au rappel pendulaire, aux deux tiers de la paroi. Le lendemain, ils étaient arrivés trop tard au refuge de la Charpoua pour descendre le soir même à Chamonix.

Thomas lui avait raconté sa course.

« Vous comprenez, Louis, ce client était un ami. Il voulait faire la face ouest et il n'avait encore jamais bivouaqué en montagne. C'était une belle occasion. Surtout que le bivouac après le rappel pendulaire est minuscule, un nid d'aigle. Il y a juste la place de s'allonger à deux. On est au bord du vide. La vue sur la vallée est formidable. »

Louis l'avait patiemment écouté, puis il lui avait dit :

« Vous êtes comme les aigles. Vous ne vous plaisez que dans ces parois verticales en plein ciel. Vous y dormez, vous y mangez…, un jour, il vous poussera des plumes. Ah, j'en ai connus des aigles comme vous. De mon temps, il y en avait aussi. Ils ne faisaient pas ce que vous faites, mais ils étaient forts aussi ! Ils aimaient aller là où personne n'osait poser le pied. C'était des aigles, comme vous, répétait-il. Mais regarde la brave Josine, où il est son mari !... Elle est seule maintenant avec ses deux marmots, et elle tire plus souvent le diable par la queue qu'elle ne danse de bonheur. Vous vivez comme des aigles, mais n'oubliez pas que les aigles meurent aussi.

« Un jour, j'en ai vu un précipité par une violente rafale contre une muraille. On dit que ça n'arrive jamais. Et pourtant, ce jour là c'est bien arrivé. Il était peut-être vieux et malade, mais il s'est bien fait avoir. Oui, répéta Louis, les aigles meurent aussi. »

Quelque temps plus tard, en se rendant aux Houches, Thomas avait trouvé la porte et les volets clos. Il avait frappé sans obtenir de réponse.

Il était descendu au village, à l'hôtel « des Fiz » où travaillait Josine. Tous les trois jours elle montait le ravitaillement de Louis. Elle ne l'avait pas vu depuis l'avant-veille. Il devait dormir encore, mais elle était quand même inquiète. Louis à quatre-vingt-treize ans avait le sommeil léger. Ils étaient retournés ensemble à la ferme. Thomas avait de nouveau frappé à la porte sans obtenir davantage de réponse. Alors, il l'avait secouée violemment. La bûche qui la retenait à l'intérieur était tombée, et ils étaient entrés. Ce matin-là, Louis Tremaz ne s'était pas réveillé. Il était allongé paisiblement dans son lit, les yeux fermés. L'ancien guide des Houches était parti voir sur les arêtes, qu'il avait tant parcourues, si les montagnes de sa jeunesse n'avaient pas trop changé.

Le jour s'était levé. Thomas indécis se demandait quel itinéraire il allait suivre pour atteindre le sommet. En regardant le pierrier, il aurait aimé qu'un beau glacier prolonge le socle de l'Ilamane.

« Je ne vais pas faire comme le Suédois et chercher un glacier dans l'Atakor. Je voulais être seul, qu'importe la voie. » Il décida de prendre le même itinéraire que la veille, simplement pour le plaisir de grimper. Il ouvrit son sac, sortit ses chaussons, et constata l'absence de son casque.

Thomas enchaînait les mouvements sans marquer d'arrêt. Il grimpait en s'écartant du rocher pour bien voir le vide entre ses pieds et bientôt des ondes d'allégresse le parcoururent.

Il s'arrêta au milieu de la traversée, où Line avait basculé dans le vide, et se mit à jouer les funambules, à défier le vide. Il posa la pointe de son chausson sur la prise minuscule et y porta tout le poids de son corps. Puis l'autre pied contre la dalle, pour ne pas basculer sur le côté. Lentement, il se repoussa en arrière et écarta ses mains du rocher. En appui sur un seul pied, il regarda le pierrier, deux cent cinquante mètres plus bas. Une ascendance lui caressa le visage. Le temps s'immobilisa. Soudain sa gorge se serra. Il sentit son sang refluer au centre de son corps. Une pulsion de mort le traversa. Un spasme violent serra son estomac et un goût de bile monta dans sa bouche. Ses jambes fléchirent lentement…

Un hurlement venu du fond de son être explosa dans sa tête. Son cœur se mit à battre follement. Il se ressaisit, appliqua ses mains sur la dalle et, les jambes tremblantes, acheva la traversée.

Il était neuf heures quant il atteignit le sommet où le soleil dardait ses rayons brûlants. Il s'assit, retira sa chemise et s'allongea sur la dalle. « Le soleil est dangereux en altitude », avait-il dit à Line qui, pour se défaire de sa peur, aurait voulu s'allonger au soleil. « La mort aussi est dangereuse », dit-il à haute voix en éclatant de rire. Puis il s'efforça de faire le vide dans sa tête et s'endormit.

— Thomas, tu ne devrais pas t'exposer ainsi au soleil.

Il entendit la voix, lointaine comme dans un rêve. N'ouvrit pas les yeux.

— Tu ne crains pas les ultraviolets ? insista la voix derrière lui.

Cette fois, il ouvrit les yeux et se redressa.

— Bonjour, Thomas.

Il se retourna lentement. Elle était là, assise sur un bloc, à quelques mètres de lui.

— Bonjour…, dit-il timidement.

— Nous nous sommes vus à Tamanrasset, devant le magasin d'alimentation.

— Oui, je n'ai pas oublié, fit-il regrettant aussitôt sa réponse précipitée.

Elle portait un pantalon de toile blanche et une chemise de coton bleu. Sa longue chevelure noire soyeuse, doucement agitée par le vent, encadrait l'ovale de son visage. Mais, ce sont ses yeux qui attirèrent son regard. Radich n'avait pas menti. Ils étaient à la fois étranges et magnifiques, d'un bleu profond nuancé de violet.

— Je m'appelle Alizée, dit-elle dans un sourire. Mais tu peux m'appeler Maria, si tu préfères.

— J'aime bien Alizée. Pourquoi Maria ?

— C'est mon prénom et celui de ma mère. Quand j'avais trois ans, mes parents m'ont emmenée avec eux au Pérou. Nous avons descendu l'océan Atlantique, franchi le cap Horn et remonté le Pacifique jusqu'à Lima. Mon père est un grand marin. Il a une véritable passion pour la mer. Au passage du cap Horn, l'océan était calme et nous avions le bon vent. Il m'a prise entre ses mains et soulevée vers le ciel en disant : « Les alizés sont avec nous. C'est toi, Maria, qui nous porte bonheur. Tu es Alizée, la fille du vent. » Et depuis, il m'a toujours appelée Alizée.

Fasciné, Thomas ne pouvait détacher son regard du sien. Il se sentait hypnotisé. Sa vue se troubla, ses pensées glissèrent malgré lui vers des horizons infinis. Il vit les eaux marines des grands fonds. Un long fuseau doré incliné sur les flots, ses voiles blanches déployées. Une voix caressa son esprit :

« Tu es un homme libre, Thomas. Tu es riche de tous les grands espaces… Mais tu ne peux toi-même décider de ta mort. Elle ne t'appartient pas. »

« Que m'arrive-t-il ?… » Il pressa ses mains sur ses tempes. « Cette vision… ce mirage maritime sur le sommet de l'Ilamane… cette voix dans ma tête… une hallucination. » Sa vue redevint claire. Il observa Alizée. Ses yeux bleu-violet !

— Je crois que je suis resté trop longtemps exposé au soleil, dit-il doucement.

Elle se leva, un sourire indéfinissable sur les lèvres. Le

vent souleva ses cheveux d'ombre et les fit retomber en cascade sur ses épaules.

— Viens, dit-elle. Nous allons redescendre.

— Par où es-tu montée ?

— Un peu plus à gauche que toi. Hier, je vous ai vus grimper.

— Tu étais là ?

— Je suis dans l'Atakor depuis trois jours.

Thomas se souvint de la lumière entrevue sur la piste le premier soir. De l'éclat de lumière qu'il avait pris pour un rayon de lune.

— Que fais-tu seule dans ce massif désertique ?

— Je cherche des météorites.

— Des météorites ? dit Thomas étonné.

— Oui. Il en tombe un peu partout sur la terre. Mais elles sont plus faciles à trouver dans les zones désertiques, comme l'Atakor.

Et, changeant de sujet, elle enchaîna :

— Je suis déjà passée là où vous êtes montés.

— Alors ce n'est plus une première, dit Thomas en souriant. Radich va être déçu. Tout Tamanrasset doit parler de son exploit à l'Ilamane. Lui qui croyait devenir un héros national !

— Il ne mérite pas tant d'honneur, dit Alizée. Il vole ses clients et bat ses femmes. Tu devrais être plus sévère avec lui.

— Tu n'es pas d'une touchante sollicitude envers lui, dit Thomas en riant. Tu ne crois pas que tu exagères un peu ?

— Viens, Thomas, on va descendre par « la voie Radich », dit-elle sans répondre à sa question.

— Tu veux descendre par où je suis monté ? dit-il interloqué.

— Ce n'est pas un problème pour toi.

— Non, bien sûr ! Mais ce serait plus rapide par la voie normale.

Sans plus attendre, Alizée se dirigea vers la sortie de la voie. Thomas observa sa démarche. Elle se déplaçait avec la légèreté, la grâce d'une danseuse avec ses chaussons d'escalade en toile bleue. Il la rattrapa et lui fit remarquer que, malgré toutes les précautions habituelles en montagne, celui qui descend le dernier risque fort de faire tomber des pierres sur le premier.

Redescendre une voie qu'il venait de gravir était un jeu auquel il s'était adonné lorsqu'il était plus jeune, avec ses compagnons d'escalade, dans le calcaire des Calanques et les parois du Vercors. Mais c'était une autre époque, celle où, entre grimpeurs amateurs, ils se lançaient des défis sur du rocher solide.

Thomas commençait à regretter de ne pas avoir refusé d'emblée l'idée de cette étrange jeune femme qui, contrairement à ses habitudes en montagne, le mettait en situation d'infériorité. Il n'aimait pas que l'on prenne des décisions à sa place sur un terrain où il se savait maître. Thomas sentait qu'il subissait, bien plus que son charme, l'influence de sa volonté. Il allait dire : « Descends où tu veux, moi je prends la voie normale », mais elle était déjà en bas du mur. Son agilité, sa vélocité le laissèrent pantois.

Thomas avait déjà vu, dans les écoles d'escalade et sur les hautes falaises calcaires, des adolescentes grimper avec la souplesse, la légèreté, la grâce de leur âge. Elles semblaient glisser sur les surfaces rocheuses comme des araignées d'eau sur le miroir d'un lac. Mais jamais avec une telle maîtrise et une telle rapidité sur un rocher aussi fragile, et au-dessus d'un vide de quatre cents mètres. Un spectacle à ne pas manquer, se dit Thomas et, sans plus se poser de question, il commença à descendre.

Thomas fit les premiers pas lentement puis, sûr de son équilibre, accéléra sa progression. Quand il arriva au pied du mur, Alizée était déjà trente mètres plus bas. Il l'appela et lui demanda de l'attendre. De la main, elle lui fit signe de la rejoindre.

Il continua à descendre avec d'infinies précautions. Ils étaient dans la partie la plus facile de la voie, mais la plus délitée. Seul, il aurait été plus libre de ses mouvements et faire chuter quelques pierres n'aurait présenté aucun danger. Les animaux qui vivent en montagne entendent de loin le sifflement des pierres et décampent bien avant qu'elles ne touchent le sol. Mais évidemment, s'il avait été seul, l'idée ne lui serait pas venue de descendre par cette voie.

En montant, il est facile de reconnaître les prises dangereuses, celles qui se détachent de la masse compacte dès qu'on les saisit ou qu'on y pose un pied pour leur confier son poids. En descendant, c'est une tout autre affaire. Il faut s'écarter du rocher, regarder en dessous, heurter les prises avec le bout du pied afin de s'assurer qu'elles ne bougent pas, tester les prises de main en les frappant avec la paume.

Il rejoignit son étrange compagne.

— Fais quand même attention. Malgré toutes les précautions que je prends, une pierre peut tomber.

— Si tu étais assez maladroit pour en faire tomber une, ce qui n'est pas le cas, je serais assez adroite pour l'éviter. On continue ? dit Alizée d'une voix chantante.

— Oui, bien sûr, on continue.

La dextérité d'Alizée l'émerveillait. La fluidité, la précision de ses gestes atteignaient la perfection. Aucun écart ou mouvement d'amplitude qui désarticule le corps et le rend disgracieux. Là où une prise faisait défaut, elle compensait par un appui. Ses doigts semblaient plus effleurer le rocher que l'agripper. La légèreté de ses déplacements tenait de la magie. Elle se promène sur un rocher quasiment vertical, pensa Thomas.

La traversée, elle ne la fit pas face au rocher sur la pointe des pieds et les mains à plat sur la dalle, mais de côté, les doigts de la main gauche frôlant à peine la muraille. Comme on peut le faire en marchant sur l'extrême bordure d'un trottoir pour vérifier son équilibre. Thomas l'admirait et regrettait en même temps d'être privé de cette incroyable dextérité. Il se sentit lourd et besogneux.

Alizée s'arrêta à l'extrémité de la traversée et l'observa. Son regard le gêna. Il se sentit humilié, comme un grimpeur dans une école d'escalade, entouré de ses fidèles admirateurs, devant un passage qu'il n'arrive pas à franchir.

— Tu grimpes comme un professionnel, un responsable de cordée, dit Alizée. Quand tu es seul, oublie le vide. Oublie que tu peux tomber et tu seras libéré. Ton équilibre en sera meilleur.

« Cette fille est exaspérante. Comment pourrais-je oublier le vide et la chure ? Elle est complètement inconsciente et finira par se tuer. Et que fait-elle seule dans ce désert. Des météorites ?... et quoi encore. » Il se morigéna : « J'ai de mauvaises pensées. C'est elle qui a raison. »

— Je ne suis pas inconsciente, Thomas. Et je peux t'apprendre beaucoup, si tu le veux.

— Mais, je n'ai rien dit !

— Non, tu l'as pensé ! Enfin je suppose, fit-elle évasivement.

— Comment... Je l'ai pensé !

Ses mots se perdirent dans le vide. Elle s'était glissée dans la faille, descendant avec cette virtuosité que Thomas n'essayait plus de comprendre. Elle ne l'attendit pas et il la perdit de vue. « Comment peut-elle savoir ce que je pense ? » bougonna-t-il.

Il s'engagea à son tour dans la faille et précipita sa descente. Il glissa, se rattrapa. « Du calme, Thomas, dit-il à haute voix, tu vas te casser la gueule. » Il s'arrêta un instant et repartit plus lentement. « Quand tu es seul, oublie le vide. Oublie que tu peux tomber. Ouais, n'oublie surtout pas que tu peux tomber...! Évidemment quand on est seul, que risque-t-on à part sa vie ? La prudence serait de ne jamais mettre les pieds en montagne, même sur un sentier. »

Maintenant, Thomas descendait à un rythme plus soutenu que celui de la veille. Il s'arrêta sur la dernière terrasse, trente mètres au-dessus des éboulis, et aperçut le premier piton planté à la montée, que Line n'avait pu retirer. Mais peut-être l'avait-elle laissé pour indiquer le début de l'itinéraire.

Le soleil était encore haut. Mais, à cette altitude, un vent léger apportait un semblant de fraîcheur. Il but quelques gorgées de thé et s'assit adossé contre la muraille. Finalement, c'était une bonne idée de descendre cette paroi, se dit-il en allumant une beedie. Il chercha Alizée du regard, mais ne la vit pas. Il se souvint d'une autre descente avec un client, qui aurait pu mal se terminer, quatre ans plus tôt.

Mauricio Di Angelo, un industriel italien de Turin, alpiniste le temps de ses loisirs, avait engagé Thomas pour gravir quelques parois rocheuses afin de parfaire son entraînement. Il projetait d'escalader, avec des amis plus libres de leur temps et de ce fait mieux entraînés, la face nord de la Civetta, une paroi des Dolomites haute de mille deux cents mètres, surnommée par les grimpeurs italiens : « la Paroi des Parois ».

Après plusieurs week-ends passés à grimper sur de petites parois calcaires et granitiques, ils gravirent la face ouest du Dru. Di Angelo surmonta allègrement les passages les plus athlétiques. A Turin, il entretenait sa forme en fréquentant assidûment une salle de musculation et les pistes de jogging. Avant qu'il ne reparte pour l'Italie, Thomas proposa à son client une dernière ascension dans la chaîne des Fiz. Cette longue barrière calcaire qui domine le Plateau d'Assy et s'étire jusqu'au du col d'Anterne.

Ils avaient gravi cinq cents mètres sans s'arrêter. Di Angelo, en premier de cordée, surmontait habilement les difficultés lorsqu'à une centaine de mètres du sommet, après un regard vers le haut de la paroi, il s'arrêta, comme un jouet électrique soudain privé d'énergie. Appuyé d'une main contre le rocher, le visage livide, il se délesta de son petit déjeuner. A Thomas, inquiet de ce qui lui arrivait, il répondit sans hésiter et sans fausse honte :

— J'ai peur, Thomas. Il faut redescendre. Je n'irai pas plus loin.

Thomas connaissait bien cette peur, le « mal des rimayes », qui peut survenir à la suite d'une fatigue excessive, ou, après une marche d'approche nocturne, lorsque la paroi se dessine, masse sombre dans la nuit. Cela lui était déjà arrivé avec d'autres clients qui tout à coup refusaient d'aller plus loin. Mais, après un temps de repos et un gobelet de thé chaud, la cordée repartait. Et Thomas savait ce qu'il fallait dire pour que les craintes de la nuit se diluent dans les lueurs de l'aube.

Certes, les cent mètres de schiste noirâtre, où suintaient des écoulements d'eau, n'étaient guère engageants. Mais il n'avait aucune raison d'avoir peur. Son niveau technique lui permettait d'enlever haut la main cette dérisoire barre de schiste. Thomas le tiendrait, corde tendue, le hisserait si nécessaire.

Mauricio Di Angelo ne voulut rien entendre. Cette paroi prenait dans son esprit des proportions démesurées faisant resurgir les terreurs de l'enfance. Elle lui rappelait une combe de sinistre réputation au-dessus de son village natal, où une cascade tombant d'une haute barre de schiste s'engouffrait, avec un fracas infernal, dans un abîme que l'on disait sans fond, le Trou du Diable, où, de tout temps, les désespérés étaient venus mettre fin à leurs jours. Enfant, il avait vu un homme se précipiter dans les eaux écumantes et disparaître en tourbillonnant dans les profondeurs du gouffre.

Persuadé que la mort l'attendait sur ce mur de schiste, Mauricio Di Angelo s'assit. Et malgré toute la diplomatie, les paroles rassurantes de son guide, il refusa de faire un pas de plus vers le haut. Thomas dut se résoudre à redescendre la paroi. Il planta un piton dans une fissure et installa la corde de rappel. Di Angelo, dans une attitude volontairement prostrée, le visage enfoui dans ses mains, l'observait entre ses doigts.

Descendre cinq cents mètres en rappel ne l'enchantait guère, finalement ses vomissements étaient peut-être dus à une mauvaise digestion. D'ailleurs, l'estomac libéré, il se sentait déjà mieux. Il n'était plus du tout sûr que la mort rôdât sur la muraille. Il allait proposer, non sans un peu de gêne, de sortir par le sommet. Mais Thomas annonça sur un ton n'admettant pas la moindre controverse :

— Monsieur Di Angelo, la corde de rappel est en place. Nous devons descendre au plus vite si nous voulons être en bas ce soir.

Alors il n'osa plus rien dire, et tantôt en rappel, tantôt en désescalade, ils commencèrent la descente.

Ils étaient à une centaine de mètres du pied de la muraille quand leur retraite faillit se terminer en catastrophe. Thomas faisait descendre Di Angelo dans une cheminée de vingt-cinq mètres en le tenant, depuis le haut, sur la corde tendue qui filait entre ses mains. Après avoir recommandé à son client, arrivé au pied de la cheminée, de ne plus bouger, il s'engagea lui-même dans la descente.

Thomas était à mi-hauteur de la cheminée quand Di Angelo, voulant se déplacer malgré les recommandations de son guide, se prit les pieds dans la corde, trébucha et tomba deux mètres plus bas sur une terrasse, heureusement assez large pour interrompre sa chute. Thomas, brusquement tiré vers le bas, se rattrapa de justesse. Ils en furent quittes pour une belle peur.

Thomas ouvrit les yeux et se redressa sur son perchoir. Le soleil déclinait à l'horizon. Il consulta sa montre. Quatre heures. « Je me suis endormi », se dit-il en regardant vers le bas des éboulis. La moto d'Alizée était garée près d'un bloc, à une cinquantaine de mètres de la murette.

« Pourquoi ne s'est-elle pas installée au bivouac de Radich ? » Il vit Alizée sortir derrière les rochers et regarder vers la muraille. Elle agita le bras dans sa direction. Thomas lança un long cri que l'écho renvoya vers les hauteurs, puis il acheva la descente et courut jusqu'au bas des éboulis.

— Tu voulais bivouaquer là-haut ? dit Alizée.

— Pas vraiment. Mais, j'ai mal dormi la nuit dernière et je me suis assoupi. Pourquoi t'installer ici ? Le bivouac de Radich est plus confortable et on y est à l'abri du vent.

— Je n'aime pas ce qui touche à Radich, mais puisque tu sembles y tenir…

— Tu as vraiment un dent contre lui ! La disparition des Anglais sur l'Ilamane serait-elle la raison de ton animosité ?

Elle lui tendit un gobelet de thé et éluda la question.

— Je prends mes affaires et on va derrière la murette.

Thomas n'insista pas, mais se promit de lui reparler de cette étrange disparition.

La soirée fraîchissait. Le vent du désert venait buter sur les contreforts de l'Atakor et déposer un goût de sable sur leurs lèvres. Thomas alluma le feu et cala sur deux pierres la bouilloire pleine d'eau. Alizée, assise sur un foulard de soie mordoré, les jambes repliées sous elle, contemplait les petites flammes jaunes. Thomas, de temps à autre, l'observait discrètement, émerveillé par la délicatesse, les lignes pures de son visage. Ils restèrent ainsi longtemps silencieux.

La nuit s'était épaissie d'un coup. Thomas fut surpris de voir le ciel aussi sombre. Une nappe nuageuse occultait les étoiles. L'eau se mit à chanter dans la bouilloire. Des bouffées de vapeur soulevaient le couvercle qui retombait avec un petit bruit d'aluminium.

— Que vas-tu nous préparer ? demanda Alizée.

— Que dirais-tu d'une bisque de homard !

— Ça va nous donner soif, mais ce sera sûrement très bon. Qui a eu l'idée d'apporter de la bisque ?

— Line. C'est Line. Elle a souvent de bonnes idées, même si elles paraissent parfois surprenantes. Il reste de l'eau au moins pour trois jours. Tu vois, Radich a quand même des côtés positifs. Il a su prévoir largement.

— J'ai aussi une réserve dans les sacoches de la moto. Organiser, prévoir, poursuivit-elle, est une qualité qu'on ne peut pas lui retirer. Mais pour le reste… C'est un misogyne.

— Tu parles français sans accent. Quel est ton pays d'origine ? La France ?

— Je suis née…

Elle se tut un instant.

— Je suis née et j'habite à Madrid.

— Alors tu es espagnole, dit-il se sentant ridicule d'avoir souligné une évidence.

— Dans la mesure où il suffit de naître et d'habiter dans un pays pour en porter la nationalité, reprit Alizée.

Thomas enregistra l'ambiguïté de sa réponse, mais ne posa pas d'autre question.

La bisque de homard se révéla délicieuse. Une boîte de thon au naturel fut engloutie, puis quelques fruits secs et une orange achevèrent le dîner. Alors qu'ils se glissaient dans leurs sacs de couchage, le plafond nuageux se morcela et les étoiles apparurent dans le ciel.

Thomas demanda :

— Tu as l'intention de rester longtemps dans l'Atakor.

— Quatre ou cinq jours, je ne sais pas encore. Demain on peut grimper ensemble, si tu veux. Je connais des belles voies à gauche de celle que tu as faite avec ton amie Line.

— Oui, j'aimerais bien, dit Thomas.

Un nuage irisé coiffa le sommet de l'Ilamane. L'ombre d'un grand oiseau surgi des vapeurs nacrées glissa dans le ciel nocturne où il sembla se dissoudre.

— Tu as vu cet oiseau, Alizée ?

— Oui, c'est sans doute un oiseau de nuit.

— Il m'a semblé d'une taille impressionnante.

— C'est la lune qui lui donne cette impression.

— Je ne savais pas qu'il y avait des oiseaux d'une telle envergure dans l'Atakor, insista Thomas.

— Je suppose, dit-elle, qu'il y en a dans tous les massifs du monde.

Thomas ne trouvait pas le sommeil. Il observait le nuage sur le sommet. La funeste aventure des alpinistes anglais lui revint à l'esprit. Une histoire incompréhensible. L'Ilamane n'est pas une montagne assez vaste pour que l'on ne retrouve pas les corps au pied de l'une de ses murailles. A moins qu'il ne renferme une faille géologique, pensa-t-il.

Un long cri traversa la nuit. Thomas sursauta. Il se redressa et explora le ciel. L'instant d'un éclair, il crut voir un oiseau au plumage argenté fondre sur la paroi.

— Tu as entendu ! s'exclama Thomas. Il se passe quelque chose d'anormal. Regarde comme le nuage brille sur le sommet ! Et cet oiseau, d'où vient-il ?

— De ton imagination, Thomas.

— Je n'ai rien imaginé ! J'ai bel et bien vu cet oiseau et entendu son cri.

— Les Djenouns peuvent se manifester sous des formes différentes.

— Je ne crois pas aux esprits.

— Si tu crois en Dieu, tu dois bien admettre que les esprits existent. Depuis que l'homme espère en son immortalité, poursuivit Alizée, des milliards d'êtres humains sont morts sur cette planète. Où seraient leurs âmes, si ce n'est dans une autre dimension. Un autre univers.

— Je crois que Dieu existe… enfin… j'aimerais que ce soit vrai. Mais les esprits ? Les Djenouns… ici ?

— Sans doute vont-ils d'un monde à l'autre par des « passages » que seuls ils peuvent franchir. Mais, comme toi, Thomas, je n'ai pas de réponse.

— Sur le Garet-el-Djenoun et l'Ilamane y aurait-il des « passages » vers d'autres mondes ? demanda encore Thomas à voix basse, comme s'il craignait d'être entendu au-delà du bivouac.

Alizée ne répondit pas, elle s'était endormie ou feignait de l'être. Thomas n'insista pas. Il se remémora les heures qu'il venait de passer depuis sa rencontre avec la jeune femme. Son extraordinaire virtuosité sur le rocher. Il se rappela qu'elle ne lui avait pas dit son nom de famille et qu'il n'avait pas dit le sien, mais peut-être le connaissait-elle déjà. Il crut entendre des battements d'ailes au-dessus du bivouac. Il rabattit le capuchon de son sac de couchage sur son visage et s'efforça de ne plus penser à rien.

Il s'endormit et fit un rêve.

Il marche dans une forêt pétrifiée. Des arbres nus, dépourvus d'écorce, dressent leurs squelettes d'ivoire dans un ciel gris. Des lambeaux de vêtements accrochés aux premières branches suinte un liquide noir et visqueux, qu'il suppose être du sang. Des algues desséchées, véhiculées par les vents de lointaines contrées, s'accrochent sur les plus hautes branches. Thomas avance sur un sol de basalte couvert de sable blanc, où ses pieds s'enfoncent jusqu'aux chevilles.

Au cours de sa marche, dans une direction qu'il estime être le nord, car un air vif lui glace le visage, il découvre de gigantesques efflorescences de glace ayant, par mimétisme, pris la forme des arbres.

Des oiseaux noirs, d'une taille démesurée, posés sur les branches translucides, le suivent de leurs regards inquiétants.

Le sable devenu plus épais ralentit sa marche. Il se déplace maintenant avec une extrême lenteur. Dans le ciel de grands oiseaux planent silencieusement.

Après un temps indéfinissable, il atteint la lisière de la forêt. Devant lui s'étend une longue plage de sable blanc, où viennent mourir les vagues d'un océan aux eaux vertes. Il entend, sur sa gauche, un appel lointain et croit y reconnaître son nom. Il oblique dans cette direction, gravit une dune et aperçoit une montagne neigeuse.

Le décor se transforme. Il est sur un glacier dans un dédale de crevasses insondables. Ses pieds glissent sur la glace vive d'une telle transparence qu'il peut voir, à de grandes profondeurs, des corps allongés, d'autres désarticulés, parmi lesquels il reconnaît ceux de Laure et de Paul. Il s'agenouille et se met à gratter avec ses ongles la glace qui soudain devient opaque. Il se redresse et porte son regard vers le sommet de la montagne où, malgré la distance, il voit les silhouettes de Laure et de Paul qui marchent sur l'arête neigeuse. Ils s'arrêtent et se tournent vers lui et lui font signe de les rejoindre.

Sa vision change. Il est maintenant derrière eux, sur la corniche. « Revenez, la corniche est dangereuse. » Ils lui sourient et continuent à avancer. Alors, il se met à crier : « Arrêtez-vous ! Elle va casser !... » Une lumière violente l'éblouit.

Thomas se réveilla en sursaut. Il chercha Alizée mais ne la vit pas. La moto était toujours là. Il se demanda pourquoi Alizée ne l'avait pas réveillé... Il ranima le feu où quelques brandons fumaient encore et prépara du thé.

— Bonjour, dit Alizée en contournant la murette du bivouac. Tu dormais si bien que je n'ai pas voulu te réveiller.

— Je pensais que tu voulais grimper sans moi.

— Ça t'intéresserait de pénétrer au centre de la montagne ?

— Tu connais une grotte ?

— Oui, un gouffre, dans l'Ilamane.

— Dans l'Ilamane ?... Ah, oui, Radich nous a parlé du centre de la montagne en évoquant la disparition des alpinistes anglais. Mais lui si bavard n'en a pas dit plus.

— Personne ne connaît ce gouffre. Radich se doute de quelque chose. Mais pour lui c'est l'antre des Djenouns, alors il préfère ne pas en parler.

— Où se trouve l'entrée ? Sur l'autre versant ?

— Il y a une entrée sur ce versant. Mais, on ne peut pas la voir d'ici. Elle est cachée derrière une lame de rocher où ne passe aucune voie d'escalade, et une autre se trouve près du sommet, sur l'autre versant.

— Pour descendre dans un gouffre, il faut du matériel. Nous n'en avons pas, à part les cordes et quelques pitons.

— Ce n'est pas nécessaire. Prends tes chaussons, ta lampe frontale, ton baudrier, un descendeur et une gourde d'eau. Tu n'as besoin de rien d'autre. J'ai laissé mon sac avec quelques vivres, une gourde de thé et deux cordes de cinquante mètres au pied de la paroi. Nous ne serons pas de retour avant demain matin.

— Demain matin ! Et on n'emporte pas de sac de couchage ! s'exclama Thomas.

— Nous avons deux cordes à porter, ton pull-over suffira. Thomas, il faut laisser un message à Line, acheva-t-elle.

— Ce n'est pas nécessaire. Ils ne seront pas là avant demain soir.

— Ils seront là ce soir. Ton amie doit s'inquiéter.

Thomas rédigea un message à l'attention de Line en se

demandant dans quelle aventure Alizé allait l'entraîner. Il posa le message en évidence sur son sac de couchage au pied de la murette, une pierre posée dessus afin que le vent ne l'emporte pas, et glissa discrètement dans son sac à dos, un marteau d'escalade, quelques pitons et mousquetons, ses poignées autobloquantes et une dizaine de sangles en Nylon de différentes longueurs.

— Et les casques ! On ne les prend pas ?

— C'est un poids inutile. Nous n'en avons pas besoin.

— Toi non plus, tu n'aimes pas les casques, grommela-t-il en bouclant son sac. Voilà, je suis prêt pour l'inconnu.

Elle le regarda en souriant et partit d'un pas léger.

Ils escaladèrent la muraille jusqu'au bas de la fissure où Line et Radich s'étaient chamaillés. Puis Alizée s'engagea dans une traversée vers la gauche, sur un mur vertical muni d'aspérités.

Ils progressèrent le corps écarté du rocher, rejeté en arrière sur le vide. De temps à autre Alizée se retournait pour observer Thomas, ce qui l'exaspérait sans qu'il n'en laissât rien paraître.

Bientôt, ils prirent pied sur une étroite bordure et la suivirent sur plusieurs mètres. Puis elle s'élargit et devint une confortable corniche de cinquante centimètres où ils purent avancer en s'appuyant d'une main au rocher. Vingt mètres plus loin, la corniche se redressa à quarante-cinq degrés. Sur la roche rugueuse, les chaussons d'escalade adhéraient bien.

Ils grimpèrent encore une quarantaine de mètres et se glissèrent derrière une grande lame de rocher décollée de la paroi. Une surface plane large de deux mètres, longue de cinq à six mètres, fermée à l'autre extrémité par un amoncellement de gros blocs, formait une terrasse entre la paroi et la lame de rocher. Ils avancèrent encore de quelques pas et se trouvèrent devant une ouverture de forme ovale, haute de deux mètres, en partie obstruée par des blocs de rocher.

Alizée posa son sac et commença à retirer les blocs en les faisant rouler sur la terrasse.

— Tu veux t'introduire dans cette faille ? dit Thomas en l'aidant à dégager les derniers rochers.

— Non, mais c'est par là que nous sortirons, lorsque nous aurons pénétré dans la montagne par l'autre entrée sous le sommet.

— Et maintenant ? demanda Thomas en scrutant le haut de la paroi où s'étiraient des fissures et des dièdres, coupés de surplombs.

— Monter tout droit, dit-elle en suivant le regard de Thomas, nous obligerait à utiliser les cordes et nous prendrait trop de temps. Nous allons redescendre la corniche et emprunter un itinéraire plus facile.

« Facile. Que veut-elle dire par facile ? » se demanda Thomas.

Ils descendirent la partie inclinée, face au vide. Les pieds près du bord extérieur, se fiant à l'adhérence de leurs semelles et veillant à ne pas être déséquilibrés par le choc d'une épaule ou du sac contre la muraille. Un pied qui glisse sur une surface trop lisse ou qui s'accroche à un relief aigu risquait de provoquer un dangereux déplacement du corps, et Thomas serait bien descendu face au rocher ou de côté une main en appui sur la rampe, mais de quoi aurait-il eu l'air devant

Alizée légère comme un papillon et défiant tous les risques.

— Cinquième degré inférieur. Il y a aussi du quatre ! dit Alizée sans se retourner.

— Quoi ?

— Je réponds à la question que tu allais me poser.

— Habituellement, lança Thomas, je m'encorde dans la quatre comme dans le cinquième inférieur.

— Évidemment. Comment pourrais-tu faire autrement avec Line et tes clients ? Mais lorsque tu es seul, à quoi servirait une corde !

— Parce que je suis seul ? Je ne l'avais pas remarqué, fit-il feignant la surprise. Alors, pourquoi ces deux cordes de cinquante mètres, qui alourdissent nos sacs ?

Alizée s'arrêta et se retourna.

— A l'intérieur de l'Ilamane, il y a des grandes failles. Il faut quatre rappels, dont un pendulaire pour les descendre. C'est impressionnant, mais sans danger réel, acheva-t-elle en reprenant sa descente.

Ils arrivèrent vite sur la partie horizontale de la corniche. Thomas posa son sac. Alizée garda le sien.

— Si tu ne me fais pas confiance, on peut redescendre, dit-elle un sourire distant sur les lèvres.

Il ne répondit pas et sortit une beedie de sa poche, la porta à ses lèvres et chercha son briquet.

Alizée commença à gravir les premiers mètres avec sa grâce habituelle. S'apercevant que Thomas ne la suivait pas, elle s'arrêta et regarda entre ses pieds : il était assis sur la corniche et l'observait en fumant sa beedie dont l'odeur vint lui chatouiller désagréablement le nez.

— On se retrouve au sommet, dit-il avec un petit signe amical de la main.

Alizée franchit le sommet et descendit d'une trentaine de mètres sur l'autre versant. Elle s'assit près d'un monticule de pierrailles, appuya son dos contre son sac, ferma les yeux et attendit.

Thomas s'approcha sans faire de bruit, posa son sac avec précaution et explora du regard les lointains où pointaient des aiguilles volcaniques. Il sentait qu'il aimait de plus en plus ces montagnes arides, ce monde de lumière démuni de végétation.

— C'est beau l'Atakor, dit Alizée en ouvrant les yeux.

— Tu ne dormais pas ?

— Non. Tu vois, ce n'était pas si difficile.

— Non, pas vraiment, à part que le quatrième degré est plutôt rare dans ton itinéraire et que la définition inférieure de ton cinquième degré est à remplacer sans se tromper par supérieur. Alors, cette entrée ?

— Elle est là, sous les pierrailles.

Thomas ne fut pas long à déplacer les pierres masquant l'entrée d'un étroit boyau.

Alizée s'approcha de l'ouverture, sa lampe frontale fixée sur la tête. Elle s'agenouilla et pénétra dans le boyau à reculons en tirant son sac.

— Tu veux vraiment que nous rentrions dans ce trou noir.

— Bien sûr ! On est venus pour ça !

— Allons-y, dit-il après un temps d'hésitation. Mais pourquoi à reculons ?

— Nous n'avons pas la place de nous retourner et il faut refermer l'entrée. Donne-moi ton sac et ramène les pierres sur l'ouverture.

— On va s'enfermer dans ce trou… Et si on ne trouve pas la sortie…

— Aurais-tu peur du noir ?

— Du noir profond et inconnu, oui, dit-il en prenant sa lampe et en lui tendant son sac.

Il se glissa dans le boyau et rassembla les pierres devant lui, laissant une petite ouverture par où la lumière pouvait filtrer, se disant qu'un rayon de soleil, si mince soit-il, doit se voir de loin dans l'obscurité. Puis il recula dans le boyau jusqu'à son sac posé sur le sol. Thomas redressa le buste. L'étroit passage était devenu une galerie. Alizée l'attendait à une quinzaine de pas. Il se mit debout et avança avec précaution. Alizée tendit les bras horizontalement pour lui signifier de s'arrêter. Thomas fit encore un pas afin d'être à sa hauteur et dirigea le faisceau de sa lampe vers le bas. Il se perdit dans les ténèbres d'un gouffre.

— Alizée, tu peux me dire ce qu'il y a là-dessous ? dit-il d'une voix sourde.

— Nous sommes sur la voûte d'un gouffre qui plonge bien plus bas que le socle de l'Ilamane.

— Bien plus bas ! C'est-à-dire ?

— Environs mille mètres.

— Mille mètres ! Comment le sais-tu ?

— Je suis descendue au fond de ce gouffre, Thomas.

— Mais il faut un matériel important, des treuils, des câbles, une équipe de spéléologues. Une expédition qui ne serait pas passée inaperçue. Une montagne creuse ! Le monde entier le saurait.

Alizée le laissa parler sans l'interrompre.

— Thomas, il existe d'autres montagnes creuses sur la

planète. Des montagnes intérieurement fendues de haut en bas. Je connais un passage qui permet de descendre au fond de ce gouffre, sans aucun équipement. Mais nous n'irons pas cette fois-ci. Elle prit un temps de réflexion et ajouta : Plus tard, peut-être.

— Oui, peut-être, souligna Thomas. C'est ici que les Anglais ont fait le grand saut ?

— Ils étaient encordés, le premier a dû se retourner vers son compagnon et aveuglé par sa lampe a fait un pas de trop et l'a entraîné avec lui dans l'abîme.

Thomas imagina l'effroyable chute dans les ténèbres. Il se retourna pour voir la lumière du jour, mais une courbe de la galerie l'avait escamotée.

— L'endroit est sinistre. J'ai vraiment l'impression de me trouver dans une tombe.

— Une tombe bien plus majestueuse que les pyramides d'Égypte, dit Alizée en riant.

— Ça te fait rire !

— Les deux alpinistes qui sont en bas n'en ont plus rien à faire.

Thomas dirigea le faisceau de sa lampe devant lui. Le rayon lumineux s'arrêta au-delà du gouffre sur le sol de la galerie qui reprenait une dizaine de mètres plus loin. Il éclaira les murs de chaque côté de la galerie. Ils lui semblèrent lisses, sans aspérités sérieuses auxquelles s'accrocher.

— C'est là que tu as l'intention de passer ? Le sol de la galerie est d'une cinquantaine de centimètres d'épaisseur à peine. Et ce trou a été formé par l'effondrement du sol... Ce qui veut dire... Que le vide est sous nos pieds. Mais tu es folle à lier, dit Thomas en reculant précipitamment de quelques pas.

— Voyons, on n'est pas si lourds, plaisanta Alizée.

— Mais, comment veux-tu faire ? les murs sont lisses. Et sous les murs on ne voit rien. Le vide s'étend des deux côtés. C'est impossible !

— C'est logique, Thomas, nous sommes sur une voûte. Regarde à la hauteur de tes pieds, au bas du mur de gauche. Tu ne vois pas cette dentelle d'aspérités formées par l'effondrement du sol ? Elles sont assez larges pour s'y suspendre avec les mains.

— Parce que tu as l'intention de traverser sur les mains, le corps dans le vide, et pendant dix mètres !

— Je l'ai déjà fait. C'est facile, regarde.

Alizée s'agenouilla sur le sol, laissa glisser son corps dans le vide et pendue par les mains commença à traverser l'abîme.

— On a des cordes dans les sacs. Reviens, Alizée, on va s'encorder ! supplia Thomas, en vain.

Elle allait d'une aspérité à l'autre en balançant son corps. Sa chevelure ondulait au rythme de ses mouvements. Malgré son inquiétude, Thomas retenait en lui les mots d'admiration qu'il aurait aimé lui dire, craignant de la troubler, de la déconcentrer dans sa traversée périlleuse. A quelques mètres du but, elle s'arrêta et monta sa jambe droite à la hauteur de sa tête pour poser un pied sur une aspérité afin de soulager ses bras de son poids, le buste dans une position quasi horizontale, elle respira et expira profondément plusieurs fois. Puis elle acheva la traversée et se rétablit dans la galerie.

Elle posa son sac, s'assit au bord du gouffre, les pieds dans le vide et braqua sa lampe sur Thomas. Ils s'éclairèrent et s'aveuglèrent mutuellement.

— C'est à toi, Thomas.

— Et si tu revenais maintenant que je connais l'endroit, on pourrait aller grimper ailleurs, au soleil ?

— Mes bras sont trop éprouvés, mentit-elle.

— Je crois surtout que tu as plus d'un tour dans ton sac pour m'obliger à te suivre. J'ai bien envie de te laisser seule dans ton antre, essaya-t-il de plaisanter.

— Un guide n'abandonne jamais son compagnon dans une position fâcheuse.

— Faudrait savoir qui est le guide, ronchonna Thomas en s'agenouillant à son tour sur le bord de la galerie.

Quand Thomas fut suspendu aux premières aspérités, il lui sembla que toutes les ténèbres de l'abîme traversaient son corps. Il fit les premiers cinq mètres le dos tendu comme un arc. Comme Alizée, il s'arrêta, monta un pied sur une prise minuscule et souffla un grand coup libérant sa tension nerveuse. Il se suspendit de nouveau sur les mains, lorsque, soudain, un bruit sec sortit de la roche. Il s'immobilisa et vit avec effroi, dans le faisceau de sa lampe, une fissure courir le long de la paroi.

— Ne t'arrête pas, Thomas. Viens vite ! Vite ! dit Alizée d'une voix blanche.

Le cœur battant à tout rompre, il accéléra le déplacement de ses mains sans balancer le corps pour ne pas en augmenter le poids. Un deuxième craquement élargit la fissure qui fila jusqu'à la galerie où Alizée recula de quelques pas. Persuadé qu'il allait disparaître dans le gouffre, au bord de la panique,

Thomas précipita sa traversée sans plus de précaution jusqu'à la fracture de la galerie où il projeta ses bras tendus, saisissant de justesse le rebord. Il fit un rapide rétablissement suivi d'un roulé-boulé, bousculant Alizée pour s'éloigner du bord.

— Ouf ! fit-il dans un grand souffle. Je ne t'ai pas fait mal ?

— Non, dit-elle en rajustant la lampe sur la tête de Thomas. Viens voir. Ce n'était pas ton heure.

Thomas avança sur les genoux au bord du gouffre et dirigea sa lampe sur la traversée qu'il venait de franchir. Toute la frange des aspérités avait disparu. Il ne restait plus qu'un angle arrondi entre les deux galeries.

Il resta la tête au-dessus de l'abîme à l'écoute de l'impact des rochers mille cinq cents mètres plus bas. Au bout d'un temps qui lui parut long, il entendit un lointain et faible grondement. Il s'attarda encore, fasciné par les invisibles profondeurs où deux hommes avaient péri, où lui-même avait failli plonger pour l'éternité. Mille cinq cents mètres de chute dans le noir absolu avant l'éclatement final !

— Nous pouvons poser les chaussons d'escalade et prendre les trainings, dit Alizée le tirant de ses pensées sinistres. Il n'y a plus de passage difficile d'ici la sortie.

Thomas sortit la gourde de son sac. Après tant d'émotion, ils avaient la gorge sèche.

— Reste toujours derrière moi, dit Alizée en marchant sur un sol légèrement incliné.

— Oh, je n'ai pas l'intention de te doubler ! Et d'une voix à peine audible : Et en marchant derrière toi, je peux admirer ton adorable chevelure.

— Que disais-tu, Thomas ?

— Rien. Je parlais tout seul.

— Mes cheveux te plaisent ?

— Oui. Ils sont magnifiques.

— Tu peux les toucher, si tu veux.

— Je n'oserais pas. On se connaît encore si peu.

— Tu oseras bientôt, dit Alizée sans s'arrêter.

La pente s'accentua en obliquant à droite. Ils débouchèrent dans une profonde et large faille se resserrant vers le bas. D'énormes blocs, issus d'anciens éboulements du plafond, leur permirent de descendre rapidement d'une trentaine de mètres.

Alizée, sautait de l'un à l'autre avec une légèreté et une souplesse époustouflante qui sidérait encore Thomas, pourtant déjà habitué aux performances physiques de cette femme qui l'entraînait dans ce monde de ténèbres où seul il n'aurait jamais osé s'aventurer. Les blocs s'espacèrent, devinrent encore plus gros. Coincés les uns sous les autres tout en étant décalés, ils formaient un escalier géant avec le vide comme contremarche.

Thomas suivait Alizée, rassuré de s'être éloigné du gouffre, en sachant que s'il venait à rater un seul bloc, il n'aurait, à moins d'un miracle, aucune chance de se rattraper.

Alizée l'attendait sur la dernière marche de cet étonnant escalier. Elle avait sorti la corde de cinquante mètres de son sac. Thomas vit tout de suite la sangle en Nylon passée dans l'anneau du piton enfoncé entre le bloc et le mur de la faille.

— C'est toi qui as planté ce piton, il est solide ?

— Il l'est. Tu peux le vérifier avec le marteau que tu as dans ton sac.

— Comment le sais-tu ?

— Je t'ai vu le glisser, en cachette, avec des pitons et des mousquetons, dit-elle, un sourire moqueur sur les lèvres.

— Décidément, on ne peut rien te cacher ! C'est sur ces blocs que nous allons faire le prochain relais ? demanda Thomas en regardant en bas. Ils me paraissent bien loin.

— Pas plus de quarante mètres. Mais, ils ne sont pas à notre verticale. Il faut faire un petit pendule de cinq à six mètres.

— Tu appelles ça un petit pendule ! La corde sera juste assez longue. Et tu es venue seule dans ce trou ! S'il t'était arrivé…

— Pourquoi m'arriverait-il quelque chose ?

Il ne répondit pas et sortit la seconde corde du sac, vérifia le piton et la sangle en Nylon, passa l'extrémité d'une corde dans la sangle du piton et la noua avec l'extrémité de l'autre corde. Puis il les laissa filer dans le vide, l'une après l'autre pour qu'elles ne s'emmêlent pas et s'assura qu'elles ne se coinceraient pas en les tirant depuis le bas.

— Le rappel est en place, Alizée.

Ils ajustèrent leurs baudriers et y fixèrent les descendeurs.

Les cordes ondulaient doucement dans le vide six mètres à gauche du relais où ils allaient prendre pied. De l'autre côté, à droite, le mur s'achevait quelques mètres plus loin dans les ténèbres.

Thomas orienta son faisceau lumineux dans cette direction. Il comprit que les blocs qu'il venait de descendre et celui qui était sous leurs pieds dominaient l'abîme monstrueux. Devinant ses pensées, Alizée lui dit :

— Nous sommes descendu sur le flanc du gouffre. Mais après ce rappel, nous nous en éloignerons. Je descends la première, reprit-elle en passant les cordes dans son descendeur.

— La première fois, comment as-tu osé te lancer seule dans cette aventure ? Tu as pris d'énormes risques ! Tu ne pouvais pas savoir où aboutissaient ces failles !

— Tu aurais fait comme moi, Thomas. Avec trois cordes on peut en laisser une en place et la fixer en bas pour la remonter avec les poignées autobloquantes, comme les spéléologues.

— Mon Dieu, la traversée avec un sac aussi lourd !

— Je l'ai faite trois fois, dit-elle en commençant à descendre sur le rappel. J'ai transporté tout le matériel jusqu'ici et je suis revenu plus tard. Mais cette fois c'est la dernière, lança-t-elle, quinze mètres plus bas.

— N'oublie pas que les deux extrémités du bas ne sont pas nouées ensemble pour qu'elles ne se vrillent pas, lui cria-t-il.

A la hauteur du relais, Alizée bloqua le rappel sur son descendeur et commença à s'en approcher en poussant sur ses pieds appliqués sur le mur. Elle en était encore à deux mètres lorsque son poids la ramena en arrière. Comme sur une balançoire, elle partit au-dessus du gouffre et revint aussi vite. La main droite sur les cordes, le corps presque à l'horizontale, elle courut littéralement sur le mur pour amplifier le pendule et repartit de nouveau en arrière. Au troisième essai, elle put s'accrocher au bloc et s'y rétablir, en poussant un cri de triomphe qui résonna étrangement dans la faille.

Thomas voulut répondre à son cri de joie, mais seul un râle indéfinissable sortit de sa gorge asséchée.

Alizée attacha le rappel à son baudrier et se cala dans un espace entre le mur et un bloc.

— A toi ! lança-t-elle.

Un large sourire illumina le visage de Thomas, quand il comprit qu'il n'aurait pas à faire le pendule pour la rejoindre. Par précaution, afin que le rappel ne se coince pas en le tirant du bas, il mit son foulard de soie entre le rocher et les cordes là où elles risquaient le plus de frotter. Il descendit les premiers mètres lentement, le regard rivé sur le piton, et se laissa glisser, pressé d'atteindre le relais.

— Tu m'as bien dit qu'il n'y avait plus de difficulté ? demanda Thomas en tirant lentement sur un brin du rappel, pour s'assurer qu'il venait bien, avant de lâcher l'autre.

— Tu doutes encore de moi ?

— Non, mais par moments tu m'inquiètes. Et si le rappel se coinçait.

— Tire-le, se contenta-t-elle de répondre.

Il lâcha l'une des cordes qui s'éloigna du relais et commença à rappeler l'autre. Elle glissa dans la sangle en Nylon sans opposer la moindre résistance et tomba en sifflant. Il ressentit entre ses mains serrées la secousse de la corde, lorsqu'elle se tendit dans le vide sous le bloc. Thomas la tira à lui tout en regardant vers le haut, et vit son foulard de soie glisser du rocher, se déployer, comme les ailes d'un papillon et s'éloigner dans l'abîme où il le suivit du regard jusqu'à la limite du faisceau de sa lampe.

Il plia les deux cordes.

— Le prochain rappel est tout près, dit Alizée en s'éloignant.

Thomas prit les cordes sur son épaule et la suivit sur le sol devenu horizontal et couvert de débris de roches. Vingt mètres plus loin, elle s'arrêta. Le sol s'interrompait net.

— C'est ici. La sangle est autour d'une pierre dans cette fissure, dit-elle en lui montrant une fracture du mur au bord du vide, un mètre cinquante au-dessus du sol. Thomas examina la pierre. Il essaya de la faire bouger, mais elle semblait bien coincée. Il prit la sangle d'une main et se pencha sur le vide.

— Il est long ce rappel ? demanda-t-il en devinant (sa lampe faiblissait) une surface plate en saillie sur un flanc de la faille.

— A peine cinquante mètres, dit Alizée.

— A peine !... Et s'il en avait fait cinq de plus, comment aurais-tu fait ?

— La question ne s'est pas posée, répondit-elle dans un éclat de rire.

— Ouais. Au moins, il a l'avantage d'être à notre verticale.

Il ajouta une deuxième sangle, les réunit avec un mousqueton dans lequel il passa le rappel. Les cordes glisseraient ainsi plus facilement.

— Je descends le premier. Je suis plus lourd que toi. Si la pierre devait céder...

— Toute seule et sans corde, je n'aurais plus qu'à sauter dans la faille en priant pour qu'il me pousse des ailes pendant la chute, tu ne crois pas !

— Alors, je t'assure sur une des cordes pendant que tu descends sur l'autre.

— Voyons, Thomas ! Elle est solide cette pierre ! je l'ai coincée à coups de marteau.

— D'accord, d'accord, vas-y. J'ai hâte de sortir de ce trou, et à la grâce de Dieu, grogna-t-il.

— Là où nous sommes, il ne peut pas nous voir.

— Tu as raison, nous sommes déjà dans un tombeau.

Alizée s'éloigna dans le vide, freinant à peine sa descente, trop vite au gré de Thomas. « Doucement », murmurait-il, sans quitter des yeux la pierre coincée qui ne bougeait pas d'un millimètre.

Les cordes se détendirent.

— Arrivée ! A toi ! cria Alizée depuis son balcon vertigineux.

Sa voix lui parvint déformée par l'écho. Thomas souleva le rappel pour s'assurer qu'il était bien libre et l'engagea dans son descendeur. Il se pencha en arrière et crut entendre un raclement dans la fissure. Il se redressa vivement, examina de nouveau la pierre, la toucha. « Ce sont les sangles ou le mousqueton qui ont fait ce bruit en frottant sur le rocher. Ou peut-être est-ce dans ma tête. Je suis comme un débutant qui fait son premier rappel. J'ai la trouille », se dit-il. Et il se laissa glisser, lentement pour ne pas imprimer de secousse sur l'amarrage, en prenant soin de bien séparer les deux brins afin qu'ils ne se vrillent pas l'un autour de l'autre.

Alizée le regardait et ne souriait pas de la lenteur de sa descente. Elle éprouvait même une certaine anxiété. Elle le savait courageux et techniquement très fort et comprenait sa prudence.

— Les deux autres sont du même genre ? demanda Thomas en arrivant sur l'étroit balcon.

— Non, les amarrages sont sur piton.

— J'en suis ravi. Oh ! deviendrais-tu prudente ! s'exclama-t-il, en remarquant la sangle qui la reliait à un piton.

— Tu ne trouves pas que cette terrasse est un peu juste ! pour deux.

— Pour moi, elle l'est, admit-il. Mais pour toi, c'est un boulevard. Je ne pensais pas te voir un jour accrochée à un piton.

— Deviendrais-tu arrogant ! On ne sait jamais, si l'idée te venait de te débarrasser de moi d'un coup d'épaule, volontairement maladroit !

— Tant que nous sommes dans le ventre de cette montagne, tu n'as rien à craindre. Après…

Elle se dressa sur la pointe des pieds et l'embrassa sur la joue.

— Je me demande si tu es une fée ou un démon, dit Thomas en la serrant contre lui sans lâcher le rappel de l'autre main. Ou peut-être bien un Djenoun.

Elle fronça les sourcils.

— Ne prononce par leur nom tant que nous sommes ici. Ils sont partout, Thomas.

— C'est bien ce que je disais.

Il l'embrassa à son tour, et commença à tirer le rappel.

Le nœud reliant les cordes n'était plus qu'à quelques mètres de Thomas, lorsqu'elles résistèrent à sa traction. Il imprima de longues ondulations sur la corde et tira de nouveau. En vain. Il tira encore plus fort en y mettant tout son poids, mais elle ne vint pas.

— Elle est coincée là haut, dit-il d'une voix sans timbre. Il faut que tu m'aides, Alizée, mais je vais d'abord m'attacher à ce piton.

Il vérifia avec son marteau la solidité du piton et sortit de son sac les poignées autobloquantes et une sangle assez longue pour s'attacher lui-même tout en lui laissant assez de manœuvre pour se déplacer.

Ils fixèrent les poignées sur le rappel et tirèrent de toutes leurs forces. La corde souple s'allongea, mais ne se décrocha pas, malgré leurs efforts répétés. Thomas sentait une sueur froide lui couler dans le dos, à l'idée d'avoir à remonter sur cinquante mètres une corde qui pouvait lâcher d'un seul coup, quand il arriverait sous le relais.

— On se repose un moment, dit-il.

Alizée lui tendit sa gourde. Ils burent quelques gorgées et mangèrent des biscuits vitaminés et des nougats qui leur donnèrent soif. Ils burent de nouveau et changèrent les piles de leurs lampes frontales.

— Cette fois, la corde va venir ! dit Thomas.

Il fit glisser la poignée le plus haut possible sur la corde, pendant qu'Alizée se suspendait dessus.

— Fais comme moi, pends-toi sur la corde.

— C'est bien ce que je fais ! Thomas.

— Allez, tire, Alizée.

— Je tire !

— De tout ton poids !

— Pardon, Thomas.

— Quoi ! pardon !

— De ne pas être plus lourde !

Thomas pouffa de rire et lâcha la poignée. La corde libérée de son poids tira Alizée vers le haut.

— Heureusement que je suis attachée au piton, dit-elle en riant à son tour.

— Alizée ce n'est pas le moment de plaisanter. Si la corde reste bloquée là haut...

— Je monterai la débloquer.

— Et tu crois que je te laisserai...

— Je suis la plus légère, s'empressa-t-elle de dire.

— Nous n'en sommes pas là. Allez, on tire !

Ils répétèrent plusieurs fois la manœuvre. Thomas commençait à désespérer, quand soudain, la pierre qui tenait le rappel se délogea de la fissure. Ils se retrouvèrent assis sur leur perchoir et la corde, les anneaux et le mousqueton leur tombèrent dessus dans un grand froissement d'air. La pierre, comme un boulet de canon passa près d'eux en sifflant, rebondit d'un mur à l'autre et disparut dans la faille.

Thomas examina l'extrémité de la corde. En se vrillant, elle avait fait une demi-clé sur le mousqueton.

— Tu crois que c'est un esprit malin (il évita de prononcer le nom fatidique) qui nous a fait cette farce ?

— On ne peut pas savoir, répondit Alizée.

Le dernier rappel les déposa sur un sol caillouteux. Ils plièrent les cordes, les rangèrent dans les sacs et se mirent en marche, Alizée en tête.

Ils escaladèrent des rochers qui se dressaient devant eux, passèrent sous d'autres, coincés quelques mètres plus haut. La faille se resserra et se transforma en une étroite galerie. Des fractures assez larges pour y pénétrer s'ouvraient de chaque côté. Alizée obliqua dans l'une d'entre elles, et Thomas sentit un air froid courir sur son visage.

— Nous sommes près de la sortie, dit-elle.

Il fut surpris de voir la nuit lorsqu'ils sortirent de la faille. Le temps avait fui sans qu'il s'en aperçoive.

— Quelle heure peut-il être ? demanda Thomas, j'ai laissé ma montre au bivouac.

— Environ neuf heures. Nous sommes partis tard ce matin. Le temps passe plus vite qu'on ne le croit dans l'obscurité.

Ils éteignirent leurs lampes pour ne pas attirer l'attention de Line et de Radich de retour au bivouac, ainsi qu'Alizée l'avait prévu. Des lambeaux nuageux restaient encore accrochés au sommet. Thomas inhala à pleins poumons l'air sec et frais de l'Atakor et l'expira profondément pour chasser les miasmes des failles de l'Ilamane qui, lui semblait-il, occupaient toutes les cellules de son corps. Il s'approcha du vide et plongea son regard vers le bas du pierrier où s'agitaient des lumières. Alizée le rejoignit.

— Ils sont bien une dizaine, dit Thomas. Mais qui sont tous ces gens ?

— Un groupe d'alpinistes ou de randonneurs.

— On ne peut pas descendre maintenant, dit Thomas. Ils nous repéreraient aussitôt. Radich se demanderait ce qu'on peut bien faire aussi tard sur l'Ilamane. Cette montagne n'est pas si haute qu'on y passe la nuit.

— On va attendre la lune. Allons à l'intérieur. Ici nous aurions froid.

Alizée se glissa dans l'ouverture, ralluma sa lampe et s'avança dans la faille. Thomas la suivit à contrecœur. Il préférait la fraîcheur de la nuit à la tiédeur des entrailles de la montagne.

— Tu crois qu'il est nécessaire d'aller aussi loin ?

— Là, dit-elle en s'arrêtant, nous ne sentirons pas le froid. Je te réveillerai le moment venu. Garde le secret sur ce gouffre, dit-elle encore.

Puis elle s'allongea sur le sol dur, et la tête sur son sac s'endormit.

Thomas lutta contre le sommeil. Il craignait de replonger dans ses habituels cauchemars. Il se remémora les heures qu'il venait de vivre avec Alizée. Mais bientôt, il se sentit sombrer dans une paisible torpeur et se dit, dans un dernier bâillement, qu'Alizée y était peut-être pour quelque chose.

Au pied du pierrier, tous dormaient d'un sommeil profond. Radich avait tenu en haleine toute la soirée un groupe de randonneurs parisiens en commentant son exploit, sans en omettre les plus petits détails. Seuls ceux qui n'étaient pas à son avantage avaient quitté sa mémoire lors de son retour à Tamanrasset, et Line s'était bien gardée de le reprendre lorsque, dans son récit, il oubliait de citer le rôle du guide.

Line en voulait à Thomas de l'avoir laissée seule avec Radich pour rester avec cette fille qu'il connaissait à peine.

Elle avait espéré que Thomas, avec le temps, se rapprocherait d'elle. Que leur amitié se transformerait peu à peu en un sentiment plus profond, et voilà que cette fille au prénom incroyable et venue d'on ne savait où s'accrochait aux basques de son guide. Le message de Thomas était clair : « Ne vous inquiétez pas. Je suis avec Alizée. Nous reviendrons demain » et il avait rajouté : « la fille à la moto ». « Je reviens demain », l'aurait moins tourmentée, mais ce « Nous » lui poignardait le cœur. Et cette moto, dressée sur ses deux roues, près de la murette du bivouac, qui semblait la défier. Que s'était-il passé dans ce bivouac ?

Alizée sortit de la faille. Le dos appuyé au rocher, elle attendit que la lune efface les derniers pans d'obscurité sur la paroi, puis elle rejoignit Thomas et le réveilla. Il surgit brutalement de son sommeil en se cognant la tête contre le mur.

— Que se passe-t-il ? dit-il la bouche pâteuse en se frottant le crâne.

— C'est le moment. La paroi est bien éclairée. On met les chaussons ici, continua-t-elle, dehors il vaut mieux éviter d'allumer les frontales.

— Je boirais volontiers une gorgée d'eau, dit-il en sortant sa gourde. Tu veux boire ?

— Merci, j'ai déjà bu. Tu veux manger quelque chose ?

— Non, je n'ai pas faim. On verra plus tard, en bas.

Sur le replat, devant l'entrée de la galerie, il fit quelques mouvements d'assouplissement. Il lui semblait ne pas avoir grimpé depuis une éternité. Alizée le pressa :

— Dépêchons-nous. Tu t'échaufferas en descendant.

Il émit un vague grognement. Ses orteils comprimés dans les chaussons lui faisaient mal. Il maudit la présence de Line et de Radich qui l'obligeait à grimper au clair de lune. Il aurait aimé s'attarder à l'entrée de la galerie. Attendre le grand jour et descendre sans avoir à se presser.

Alizée entama la traversée. Thomas la suivit de près en se promettant, s'il voyait mal les prises, d'allumer sa lampe. Ce ne fut pas nécessaire, les aspérités de la roche se dessinaient bien dans la clarté lunaire. Ils atteignirent le pied de la paroi avant les premières lueurs du jour.

Ils descendirent les éboulis, en obliquant sur leur droite, pour rejoindre la piste trois cents mètres en amont du bivouac de Radich. Ils marchèrent lentement, en posant leurs pieds délicatement entre les pierres pour ne pas faire de bruit.

Soudain, Thomas se baissa prit une grosse pierre et la projeta contre un bloc où elle se brisa avec fracas. Le choc résonna dans la nuit, et une lampe s'alluma au bivouac.

— Pourquoi fais-tu ça ? dit Alizée.

— Pourquoi ! Parce que j'en ai rien à faire de ce que peuvent penser les autres. Je vais où je veux, quand je veux, sans avoir de comptes à rendre à qui que ce soit.

— Thomas, il était convenu de ne pas attirer leur attention.

— C'est vrai. J'ai tort de m'emporter, dit-il d'un ton bourru, mais je n'ai vraiment pas envie de jouer aux Indiens sur la piste des bisons.

— Bien sûr, mais je ne voulais pas compliquer tes rapports avec Line. Ils vont te poser des questions. Ils voudront savoir ce que nous avons fait ou trouvé pour rester aussi longtemps dans la montagne.

— Nous leur dirons que nous avons trouvé une caverne avec des dessins rupestres !

— Nous allons attendre ici. Nous rejoindrons tes amis quand il fera jour.

Il s'assirent sur une pierre plate derrière un bloc. Alizée garda le silence, le regard perdu vers de mystérieux horizons intérieurs. Thomas éprouvait tout à coup un sentiment de solitude. Il ne savait rien de cette jeune femme qu'il suivait depuis deux jours au gré de sa volonté. Cette femme qui semblait deviner trop facilement ses pensées.

Une brise aigrelette annonça le jour. Le crépuscule du matin peignit les montagnes de teintes grises. Bientôt le soleil brûlerait les roches de l'Atakor.

Thomas sortit de son immobilité. Il étendit les jambes, remua les bras et les épaules, frotta le bout de son nez glacé et rompit le silence :

— Tu étais au sommet, Alizée, lorsque les Anglais sont tombés dans le gouffre ?

Alizée, plongée dans sa méditation, sembla ignorer sa question. Elle resta un long moment silencieuse avant de lui répondre.

— Des alpinistes ont dû découvrir l'entrée. Ils ont retiré les blocs et ne l'ont pas refermée. Les Anglais, pour leur malheur, l'ont trouvée à leur tour. Ils ont pénétré à l'intérieur et, comme tu le sais, sont tombés dans le gouffre.

— Tu étais là-haut et tu n'as rien fait pour les empêcher de pénétrer dans ce boyau ?

— Il y avait du brouillard. Je ne pouvais pas voir ce qu'ils faisaient. Ensuite, il était trop tard. J'ai obstrué l'ouverture pour que les deux autres ne commettent pas la même erreur. Je ne pouvais révéler ma présence sans leur parler de la disparition de leurs amis et du gouffre. Trop de gens auraient connu son existence, ce qui n'aurait pas rendu la vie aux deux alpinistes.

— Alors pourquoi en avoir parlé à Radich ?

— Je savais qu'il se garderait bien de le répéter à qui que ce soit. Les autorités lui auraient posé des questions embarrassantes et peut-être soupçonné, qui sait, d'avoir assassiné les Anglais, arrivés au camp avant les Français, pour les dépouiller. Mais parle-moi de toi. De ta vie à Chamonix au milieu de tes montagnes.

Et Thomas lui raconta son métier de guide, ses parents disparus, Paul et, après un court silence, Laure. Son désarroi depuis sa fin tragique. Tout en parlant, il se demandait comment il pouvait dévoiler ce qui n'appartenait qu'à lui-même à cette jeune femme dont il ignorait l'existence quelques jours plutôt. Mais le temps était sans doute venu de libérer son esprit. D'éloigner cette souffrance et il sentait qu'Alizée possédait un pouvoir bénéfique.

Il parla longtemps sans qu'elle l'interrompît une seule fois. Puis quand il se tut, Alizée lui dit :

— Laure aura toujours une place unique dans ta vie, même si un jour tu aimes une autre femme. Depuis sa disparition, tu as en toi une pulsion de mort. Souviens-toi de la traversée dans la paroi où, en appui sur un seul pied, tu cherchais la rupture d'équilibre. Je n'étais pas loin de toi, si tu avais regardé sur ta gauche, tu m'aurais certainement aperçue. Mais tu ne le pouvais pas. Ton esprit était dans ce no man's land entre la vie et la mort. Je ne sais pas si j'ai eu une influence réelle sur toi, mais j'ai pensé très fort « Tu ne dois pas faire ça », et tu as réagi. Tu as besoin de moi, Thomas, et j'ai besoin de toi, continua-t-elle en se levant et en rejetant ses cheveux en arrière. Cependant, si tu le souhaites, je disparaîtrais de ta vie et tu m'oublieras.

Thomas frissonna. Il ne savait si c'était le souvenir de son désir de mourir, la fraîcheur du matin ou la pensée de ne jamais revoir Alizée. Il se leva, fit un pas vers elle et prit doucement sa tête entre ses mains.

— Je ne veux pas que tu t'éloignes de moi. Non, plus maintenant, murmura-t-il dans un souffle, et il l'embrassa.

— Les voilà ! cria Radich en gesticulant. Les voilà ! Line, réveille-toi ! C'est Thomas et la fille. Ils viennent de l'Ilamane Alors, tu sors de ton sac ! Line, c'est Thomas ! Il revient !

— Tu n'as pas fini de hurler ! Mais tu es dingue, mon vieux.

Les randonneurs qui bivouaquaient à quelques dizaines de mètres s'agitèrent, quelques-uns émergèrent de leurs douillets sacs de couchage.

— Que se passe-t-il ? demanda l'un d'eux.

— Thomas revient, dit Radich plus calme.

— Eh bien, laisse-le revenir, reprit-il, furieux d'être réveillé.

Alizée et Thomas, encore à une centaine de mètres du bivouac, marchaient sans se presser en affichant une attitude ostensiblement décontractée qui n'échappa pas à Radich. Il comprit qu'il n'avait pas intérêt, malgré la dévorante curiosité qui lui rongeait l'estomac, à poser des questions sur leur nuit quelque part autour de l'Ilamane.

Ils avaient dû se douter qu'il allait revenir avec Line plus tôt que prévu, et avaient passé la nuit à roucouler, à se réchauffer mutuellement dans une anfractuosité au pied de la paroi ou derrière un bloc. Mais pourquoi avoir laissé les sacs de couchage ? S'il essayait d'aborder la fille de front et le ton haut, elle se moquerait de lui devant tout le monde, ça il en était sûr. Il devait prendre au contraire un air désinvolte, si jamais elle s'adressait à lui.

— Bonjour, dit Thomas avec un large sourire en arrivant au bivouac. Comment vas-tu, Radich ? Vous avez bien fêté cette première à Tamanrasset ?

— Ça va, répondit Radich d'une voix sombre, surpris par l'air triomphant de Thomas.

— Bonjour. Vous avez passé une bonne nuit ? s'enquit Alizée d'une voix légère.

« Elle se fiche de moi », pensa Radich en regardant ailleurs, le visage fermé.

— Tu penses mal, Radich, attaqua Alizée.

— Je n'ai rien dit, grogna-t-il en lui tournant le dos.

— Où est Line ? demanda très vite Thomas.

Il l'avait vue étendue dans son sac de couchage. Elle faisait semblant de dormir à poings fermés. Mais il voulait briser net cette discussion qui, il le sentait, allait s'envenimer. La tension d'Alizée l'inquiétait.

— Elle est là, dit Radich — soulagé d'échapper à l'animosité d'Alizée —, en balançant un coup de pied dans le sac de couchage. Il avait sans le vouloir tapé un peu fort.

Line s'attendait à une amicale caresse de la part de Thomas pour la tirer de son « profond sommeil ». La réaction fut foudroyante :

— Mais il est timbré, ce type !!! Tu aurais pu me casser un bras ou une côte ! Il faut être complètement malade pour donner un coup de pied à une femme. A une

CLIENTE ! hurla Line en s'extirpant à moitié nue de son sac de couchage.

Radich, le visage gris, resta figé sous l'insulte. Il se devait de réagir. Il allait balancer un autre coup de pied à Line, quand Alizée lui dit doucement :

— Voyons, Radich, qu'as-tu l'intention de faire avec cette jambe qui te fait si mal ?

Les randonneurs se rapprochèrent. Ils regardaient, ébahis, cette scène qui prenait une drôle de tournure.

Soudain, Radich tomba sur le derrière en hurlant. Il se prit à deux mains le mollet de la jambe qui allait frapper Line.

— Aïe !... ma jambe. Ooooh ! ma jambe. Aïe !...

C'est ainsi que Thomas découvrit les moyens de défense d'Alizée.

— Comment as-tu fait, demanda-t-il à mi-voix en se penchant vers son oreille.

— Plus tard, souffla-t-elle.

« Elle peut, par suggestion, déclencher des douleurs intolérables », pensa-t-il. Il comprit pourquoi Alizée voyageait seule. Elle n'avait rien à craindre d'un éventuel agresseur.

— Si on préparait un thé, dit Thomas.

Alizée regarda Thomas en souriant, et Radich cessa de gémir.

— Qu'est-ce qui m'est arrivé ? dit-il le visage bouleversé.

— C'est ta méchanceté qui ressort par ta jambe, gloussa Line en se frottant les côtes.

— Mais, qu'est-ce qui se passe ? demanda l'un des randonneurs interloqué à Alizée.

— Comment, vous êtes encore là ! répondit-elle sur un ton glacial. Vous attendez que le soleil soit au zénith pour partir !

Le randonneur s'éloigna sans demander son reste. Cette femme brune avait quelque chose d'inquiétant dans son regard violet.

— Alizée, viens t'asseoir sur mon sac de couchage pendant que je prépare le thé, dit Line avec un sourire charmant.

Radich se dirigea clopin-clopant vers son Land Rover et revint avec une bouteille de rosé à la main.

— Pour arroser la première, dit-il en tendant la bouteille à Thomas et en faisant une grimace qui voulait être un sourire.

— Voilà une bonne idée, Radich. Mais après le thé si tu veux bien.

« Finalement, tout s'arrange pour le mieux », se dit Thomas. Il regarda l'Ilamane en pensant aux deux alpinistes anglais qui reposaient dans leur pyramide céleste. « Peut-être n'est-ce là qu'un lieu de passage et qu'ils vivent dans la gloire et la félicité dans l'un des mondes de l'au-delà. Là où un jour je retrouverai Laure pour l'éternité. »

III

Il était dix heures du matin quand Thomas traversa la clairière pour rejoindre son chalet quitté depuis de longs mois. Les lumières de l'automne éclairaient le faîte des épicéas et des mélèzes dorés qui bientôt perdraient leurs aiguilles. Dans la clairière, l'herbe jaunissait et les fleurs fanées aux tiges brisées annonçaient l'arrivée de l'hiver. Sur le mur du chalet, les rosiers remontants luttaient contre les premières gelées nocturnes et brandissaient encore quelques boutons écarlates qui ne s'épanouiraient pas.

Après son voyage dans le Hoggar, Thomas avait séjourné dans un petit hôtel de la Côte basque. Il aimait l'Océan, l'air chargé d'iode, le fracas des rouleaux sur les plages désertées. Il aimait marcher, courir dans l'écume des vagues mourantes ; le vent du grand large qui dépose sur le visage des particules d'eau salée.

Il chercha la clé du chalet dans son sac et ne la trouva pas immédiatement. Il vida le sac sur les marches du perron. Elle était tout au fond, dans un étui à lunettes, avec quelques billets de banque et un chèque en réserve au cas où son portefeuille viendrait à disparaître. Il gravit l'escalier et introduisit la clé dans la serrure. Une onde de tristesse le submergea.

Thomas eut envie de fuir, de repartir vers l'Océan ou n'importe où ailleurs. Il se reprit, tourna la clé, poussa la porte et sans entrer redescendit ranger ses affaires dans le sac.

Il pénétra enfin dans le chalet. Après avoir ouvert en grand la baie et les fenêtres de la salle de séjour, il vint s'asseoir devant la longue table de noyer dont il caressa le bois lisse où s'était déposée une fine couche de poussière. Il se demandait ce qu'il allait faire. Il y avait bien le courrier sur un coin de la cheminée, où la femme de ménage l'avait déposé. Mais il n'avait pas envie de l'ouvrir.

Thomas se leva, prit un chiffon dans un placard et se mit à astiquer la table, à la frotter avec une ardeur excessive. Il ne voulait penser à rien d'autre qu'à cette table. Cette table de ferme centenaire achetée par son père chez un antiquaire de la ville.

« Une table sans aucun style si ce n'est paysan, disait sa mère.

— Une table autour de laquelle plusieurs générations d'hommes, de femmes et une multitude d'enfants ont pris leurs repas ; autour de laquelle on a célébré des mariages, des baptêmes et passé des veillées d'hiver. Une table chargée d'histoire », répondait son père.

La sonnerie du téléphone tira Thomas de ses pensées. Il mit un temps avant de se décider à décrocher. C'était Line.

— Bonjour, Thomas. Comment s'est passé ton séjour solitaire sur la Côte basque ? commença-t-elle sans lui laisser le temps de dire un seul mot.

— Très bien. Et toi, ton retour à Paris… Tes clients ne t'ont pas oubliée ?

— Oh, non. Ça ne risque pas. Ils sont plus malades que

jamais. Traumatisés par les factures, les impôts de fin d'année. Au fait, Thomas, je te remercie pour la carte que tu ne m'as pas envoyée.

— Line, je n'ai envoyé de carte à personne.

— Personne !... Tu es bien sûr ?... Même pas à...

— Même pas.

— Ah bon !... Bon voilà. Je voudrais faire la face nord des Drus cet hiver. Au mois de février si possible. Tu crois que c'est dans mes cordes ?

— Oui, si les conditions de la montagne sont bonnes, le beau temps stable et si tu t'entraînes sérieusement d'ici là.

— Thomas, je fais deux fois par semaine le tour du quartier en courant et je grimpe tous les dimanches sur les rochers de Fontainebleau.

— Alors, tu seras plus en forme que moi. Tu passeras devant.

— Bon, je te quitte. Un client m'attend. Je te rappellerai... mais tu peux m'appeler, toi aussi.

— Ça coûte cher le téléphone !...

— Deviendrais-tu avare ?

— Comme Radich ?

— Ça va... arrête de me charrier. Ciao, je t'embrasse et n'oublie pas de m'appeler. Ah, pense à m'envoyer ta facture pour le voyage au Hoggar.

— Pour cette fois c'est gratuit, répondit Thomas. C'est moi qui te suis redevable.

— Comment ça redevable ?

— Oui, sans toi je n'aurais jamais rencontré Alizée.

A l'autre bout du fil, il entendit un rugissement de tigresse suivi de :

— Espèce de petit…

Il raccrocha vite pour ne pas en entendre d'avantage.

L'appel de Line l'avait détendu. Il ouvrit les portes et les fenêtres des chambres, sentit qu'il avait faim et descendit vers la ville où il trouverait encore un restaurant ouvert en cette période de l'année.

Le ciel se couvrit presque chaque jour. Les Aiguilles blanchirent et la neige descendit à dix-huit cents mètres, à la hauteur de Montenvers d'où elle ne reculerait plus. Le froid devint plus vif et la terre gela en profondeur. Une garantie pour la longévité des pistes tard dans la saison. La neige adhérerait sur les grands versants, mais il faudrait qu'il en tombe une bonne épaisseur pour calmer l'inquiétude des commerçants et des écoles de ski, comme chaque hiver quand les neiges de Noël se font attendre. La météo annonçait bien son arrivée pour les fêtes, mais, par expérience, on savait que ce n'était pas une garantie.

Thomas écrivit une longue lettre à Alizée. Un mois s'était écoulé depuis qu'il s'étaient quittés sur l'aéroport de Tamanrasset. Alizée était repartie à la recherche de ses météorites. Il lui avait conseillé d'être prudente. Qu'elle n'était pas à l'abri d'un chauffard. Elle avait ri et l'avait embrassé en lui disant « A bientôt, Thomas », comme lors de leur première rencontre devant l'épicerie de Tamanrasset.

Thomas lui décrivit sa vallée, la plus belle du monde. Les montagnes qu'il aimait. Les Drus, l'Aiguille-Verte, les Grandes Jorasses, le Grépon et l'Aiguille de Roc. Le mont Blanc qu'elle devait absolument gravir. Il l'emmènerait au sommet par une des belles voies italiennes. Assis à son bureau, il évitait de lever la tête, de regarder la photo sur le mur. Une photo prise dans la face est du Grépon où la lumière incidente donnait un étonnant relief au visage de Laure, une étrange apparence de vie. Sa main droite fine, aux longs doigts fuselés, à quelques centimètres de la roche, s'apprêtait à saisir une prise. Une photo tellement réaliste, qu'il lui semblait parfois voir la main achever le mouvement interrompu. Il écrivit Laure au lieu d'Alizée. Il déchira la lettre, la jeta dans la corbeille et sortit sur le balcon, les larmes aux yeux.

Il neigeait. Les flocons tombaient doucement sur la rampe du balcon. Bientôt la vallée serait enveloppée de neige et les grands sapins décorés de ferrets de glace ressembleraient à des arbres de Noël. Les skieurs afflueraient de partout et ce serait la fête dans la vallée, dans les chalets illuminés et sur les plus belles pistes des Alpes.

Laure était encore trop présente. Il n'avait pas eu le courage de décrocher les photos des murs de leur chambre. Laure nue, sur l'arête, devant le refuge. Son parfum embaumait lorsqu'il ouvrait l'armoire, les tiroirs de la commode où étaient rangés ses vêtements. Il éprouvait le besoin de les voir, de les toucher, de respirer l'odeur de Laure. Il ne pouvait se résoudre à les enfouir dans une malle au grenier, comme l'avait suggéré Line. Se débarrasser de ce qui avait appartenu à Laure relevait encore du sacrilège. A cet instant, Alizée lui semblait une intruse tentant de l'éloigner de sa vie passée. De cet amour qu'il ne pourrait jamais oublier.

Il rentra au chalet et recommença sa lettre qui resta plusieurs jours sur la table. Elle risquait de transformer sa vie et c'est ce qui l'inquiétait. Tirer un trait sur son passé avec Laure, il devait le faire. Alizée était une nouvelle espérance. Il porta la lettre à la poste, hésita, puis finalement la laissa tomber dans la boîte.

Une semaine plus tard, il reçut un mot d'Alizée qui s'étonnait de son silence. Elle lui disait combien elle serait heureuse de venir à Chamonix l'été prochain. Mais que, dans l'immédiat, le plus important était ses études de géologie. Il la trouva un peu distante. Avait-elle oublié ses paroles au pied de l'Ilamane : « Tu as besoin de moi et j'ai aussi besoin de toi », n'était-ce pour elle que des mots rassurants, comme on en prononce parfois pour réconforter un ami dans la détresse.

Après les chutes de neige presque ininterrompues de janvier, avec, en altitude, un fort vent du nord qui balayait les parois rocheuses de neiges hivernales, le beau temps s'installa sur le massif du Mont-Blanc.

Et, en ce début de février, la température était presque estivale. Seuls les jours plus courts, la fraîcheur des soirées et les nuits rappelaient qu'on était encore en plein hiver.

Line descendit du train avec sa bonne humeur habituelle, son sac à dos et un grand sac de voyage en toile bourré de vêtements, entassés pêle-mêle, qu'elle n'utiliserait pas.

— Ah, que c'est bon de retrouver la montagne ! dit-elle en embrassant Thomas qui l'attendait sur le quai de la gare.

— Où vas-tu avec ces gros sacs ? Tu pars en Himalaya ? fit-il en les lui prenant des mains.

— C'est bien toi qui m'as dit qu'un bon alpiniste n'a jamais froid parce qu'il sait bien s'habiller ?

Un groupe de voyageurs, le visage fatigué par une nuit sans sommeil, chargés de bagages et de skis, bouscula Line qui pivota sur elle-même, et serait tombée sur le derrière si Thomas ne l'avait retenue. Des skis s'écroulèrent sur le quai. L'un des voyageurs se prit les pieds dedans et s'étala de tout son long.

— Mais quels sauvages !... s'écria Line. Vous ne pouvez pas regarder où vous marchez, bande d'abrutis !

— Abrutie toi-même !... rugit un barbu grisâtre, l'air menaçant.

Thomas s'interposa vivement.

— Vous n'allez pas vous chamailler par un si beau jour, dit-il bonhomme.

Il prit Line par le bras et l'entraîna vers la sortie où se pressait le flot, skis brandis comme des hallebardes, cognant d'un côté et de l'autre, dans des mouvements désordonnés. Avant la fin de la matinée, ils seraient sur les pistes d'Argentières, du Brévent ou de la Flégère et quelques-uns, le soir même, à l'hôpital une jambe dans le plâtre.

Thomas servit un copieux petit déjeuner à Line, qui somnolait dans une chaise longue sur la terrasse ensoleillée. Elle avait peu dormi, malgré une couchette retenue longtemps à l'avance. Le train était bondé. Les voyageurs excités se levaient, se recouchaient, commentaient à voix haute leurs vacances de l'an passé.

— On devrait sortir au sommet et redescendre dans la journée, dit Thomas lorsqu'elle ouvrit un œil. La paroi semble aussi sèche qu'en été.

Line s'étira en repoussant la couverture que Thomas avait étendue sur elle.

— Quand partons-nous ? demanda-t-elle.

— Demain soir, nous dormirons à la gare supérieure des Grands Montets et nous descendrons de nuit sur le glacier du mont Blanc, pour être au lever du jour au pied de la face nord.

Ils n'emportèrent aucun équipement de bivouac, juste les vestes en duvet et un réchaud fonctionnant avec des petites cartouches de gaz. Des raquettes à neige pour aller au pied de la paroi et redescendre le glacier de la Charpoua et la Mer-de-Glace. Des vivres énergétiques sous forme de tablettes et quelques sachets de thé et de bouillon.

L'ascension se déroula sans incident, mais sur la partie supérieure de la face nord, la glace qui encombrait les fissures et les cheminées retarda leur progression. Et Line, contrairement à son habitude, n'était pas dans sa meilleure forme. Trois mille sept cents mètres, c'est déjà une belle altitude quand on arrive directement de Paris.

Il faisait nuit lorsqu'ils franchirent le sommet. Il leur restait à descendre les huit cents mètres de la face sud pour rejoindre le glacier de la Charpoua et le refuge sur la rive opposée.

Line était fatiguée et Thomas regretta de ne pas avoir emporté les sacs de couchage.

A vingt-trois heures, ils atteignirent les Flammes de Pierre, l'arête entre le versant Charpoua et le glacier des Drus. Cinq cents mètres les séparaient encore du glacier de la Charpoua. La nuit était noire, sans lune. La vallée de

Chamonix, deux mille quatre cents mètres plus bas, éclairée par les réverbères et les lumières des chalets avivées par l'éclat de la neige, ressemblait à un fleuve doré. Depuis leur balcon nocturne, ils apercevaient les dalles de protogine de la face ouest du Dru où venaient mourir de lointaines lueurs.

Line dit à Thomas :

— Restons ici pour la nuit. Le spectacle en vaut la peine ! Arriver à quatre heures du matin au refuge, pour repartir deux heures plus tard ça ne présente aucun intérêt et je suis vraiment fatiguée. Je dormirai demain soir dans le train.

— Line, jusque-là, dans l'action nous n'avons pas senti le froid, mais si nous restons immobiles, la nuit sera longue.

— Ça ne fait rien. Je veux rester là ! Tu me réchaufferas si j'ai froid ! C'est aussi le rôle d'un guide de réchauffer sa cliente, dit-elle avec un sourire malicieux.

— Alors, cherchons un endroit confortable pour le bivouac, dit Thomas en se décordant.

— On se décorde ?...

— Oui. Fais quand même attention en te déplaçant.

En contrebas de l'arête, derrière un ressaut rocheux, à l'abri d'une légère brise du nord, ils dégagèrent la neige et aménagèrent un emplacement pour s'asseoir. La corde et les raquettes à neige leur servirent de siège en les isolant de la roche. Après avoir enfilé les vestes de duvet et les passe-montagne en laine doublé soie, ils délacèrent leurs chaussures et glissèrent leurs pieds dans les sacs d'escalade pour les protéger du froid. Puis, Thomas alluma le réchaud.

— Thé ou bouillon, Line ?

— Les deux ! Mais d'abord le thé, j'ai très soif.

Thomas lui tendit deux tablettes énergétiques :

— Ton repas du soir. Ça ne vaut pas une tranche de jambon de Parme, ni une morceau de beaufort…

— Avec un coup de rouge ! coupa-t-elle. Mais on dit que c'est meilleur pour la forme.

Sur le réchaud, devenu performant grâce aux ingénieuses modifications de Thomas, l'eau de neige frissonna bientôt.

— Je ne mets qu'un sachet de thé, dit Thomas.

— Il va être fadasse. Tu devrais en mettre deux.

— Dans quelques heures, quand tu auras froid, tu me demanderas une boisson chaude. Il faut économiser les sachets. La nuit sera longue.

— Tu l'as déjà dit.

— Et froide, continua Thomas en lui tendant la gamelle de thé. C'est très chaud, ne la lâche pas.

— Attends, je prends mes gants… Voilà ! Tu peux me la donner.

— Il n'est pas terrible ton thé, dit Line en se brûlant les lèvres, mais il est chaud. C'est déjà ça.

— C'est de l'eau chaude avec un goût lointain de thé de Darjeeling. Allez, bois ! Il faut boire pour éliminer les toxines et ça te réchauffera.

— Tu as raison. Un goût vraiment très lointain !

— Tu sais, l'Inde, c'est loin.

Elle buvait à petits coups, l'air songeur. La chaleur du récipient traversait ses gants et lui réchauffait agréablement les mains. Elle savait que Thomas avait séjourné en Inde. Il y avait déjà fait allusion.

— Tu connais bien l'Inde ? demanda-t-elle après un moment de silence.

— Bien… non. Pour bien connaître cet immense pays, il faudrait y passer la moitié de sa vie. Je connais un peu Bénarès, Delhi, Calcutta. J'ai séjourné à Bombay quelque temps. C'est une autre planète. Un autre monde. J'avais vingt ans et une amie hindoue.

— Une hindoue !… Elle était comment ? demanda Line qui voulait en savoir plus.

— Elle travaillait à l'agence Air France au Tâj Mahal Hotel, à Bombay, où la générosité de mon père m'avait permis de séjourner. Elle était très belle dans son sari. Elle ne portait que des saris, chaque jour différents. Quand elle se déplaçait, on avait l'impression qu'elle effleurait à peine le sol…

— J'ai froid, Thomas. J'ai froid…

— Tu vois ! Je te l'avais dit que la nuit serait longue et froide.

— Oh ! ça va, avec ta longue nuit. Frotte-moi plutôt le dos.

— Line, lève-toi, saute à pieds joints, bats des bras. C'est bien mieux pour se réchauffer, mais ne tombe pas. Le glacier est encore loin et je ne tiens pas à aller te repêcher dans le fond d'une crevasse. Dans le noir, je ne te retrouverais pas avant longtemps, répondit Thomas amusé.

— Ah ! la courtoisie des guides…

— Allez, viens ! Approche-toi. Je vais te frotter le dos, dit-il en riant.

Line se serra contre Thomas et appuya sa tête sur sa poitrine pendant qu'il lui frictionnait le dos. Elle se sentait bien et serait bien restée ainsi jusqu'au matin.

— Line, tu es une amie avant d'être une cliente et je t'aime bien, tu le sais.

— Ouais… Je sais que tu m'aimes bien, dit-elle en soupirant.

— Je prépare un bouillon, dit Thomas en la repoussant doucement. Il ralluma le réchaud et remplit la gamelle de neige.

Ils restèrent un long moment sans rien dire, le regard perdu dans la nuit. D'un tacite accord, ils n'évoquèrent pas le voyage dans l'Atakor.

Le bruit de combustion du réchaud troublait à peine le silence. La flamme bleue dessinait un petit halo sur la neige. Bientôt, l'eau se mit à bouillir.

— Dans cinq minutes, ma petite Line, je vais te servir un de ces potages !… Le meilleur que tu aies jamais bu.

— Thomas ! Regarde ! Il y a des lumières en bas, sur le glacier.

Deux points lumineux se déplaçaient en amont du refuge. Ils allaient à gauche, revenaient à droite, pour reprendre un axe direct.

— Ils sont dans la zone des crevasses. C'est certainement Antoine et Laurence Valresse. Ils m'ont fait part de leur projet : Le couloir en « Y » à l'Aiguille-Verte. Ils sont à Chamonix depuis quinze jours. Ils ont fait l'ascension du mont Blanc à skis, la semaine dernière. C'est la grande forme pour eux. Mais dans le couloir la neige n'est pas encore transformée. Ils vont trouver de la glace vive et de la poudreuse et risquent d'y passer beaucoup de temps.

— Quelle heure est-il ? demanda Line.

Thomas tira sa petite montre en argent attachée à un lacet de cuir qu'il portait à son cou. Un cadeau de Laure pour son anniversaire. « Tu penseras à moi quand tu seras là-haut », lui avait-elle dit.

— Il est une heure.

— Seulement ! Elle marche ta montre ?

— Oui, très bien. Dirige le faisceau de ta lampe vers le glacier. Ils savaient que nous étions hier dans la face nord et pensaient nous trouver au refuge. Ils sauront que c'est nous.

Au fond de la nuit, la cordée s'immobilisa. L'éclat des lampes devint plus vif. Ils regardaient vers le haut et devaient apercevoir les lumières du bivouac sur les Flammes de Pierre. Line et Thomas agitèrent leurs lampes. Sur le glacier, la cordée répondit à leurs signes et reprit sa progression.

— Tu crois que ce sont eux ? dit Line.

— On ne peut pas en être sûrs. Mais, en cette saison, les alpinistes ne courent pas tellement la haute montagne. Il y a de fortes chances pour que ce soient Antoine et Laurence. Nous le saurons en consultant le livre du refuge.

— Elle s'appelait comment ton Indienne ? demanda Line, en saisissant le récipient de bouillon que lui tendait Thomas.

— Mon hindoue !... Shelly.

— Shelly ! s'exclama Line. Mais, alors ! Ce n'était pas une vraie Indienne. Même pas une Anglaise !

— Son arrière-grand-père était effectivement anglais. Mais son père et sa mère étaient hindous.

— A moitié, Thomas. A moitié, seulement. Elle était hindouiste ?... Bouddhiste ?

— Non. Shelly était chrétienne.

— Ah ! je te le disais ! Ce n'était pas une hindoue, puisqu'elle était chrétienne

— Il y a des chrétiens en Inde. Bon, si tu veux ! Elle était indienne ! Une très belle Indienne ! Mais où veux-tu en venir ! Je te trouve bien énervée. Tu devrais essayer de dormir.

— Quelle heure est-il ?

— Deux heures.

— Seulement ! J'ai froid aux pieds… Il est comment ce Tâj Mahal ?

— C'est un des plus grands, des plus fastueux hôtels de l'Inde.

— J'ai les pieds gelés, dit-elle en remuant ses jambes et en frappant ses chaussures l'une contre l'autre.

— Pose tes chaussures et frictionne tes pieds, ça va s'arranger.

Sur le glacier les deux lampes avaient disparu. Le profil de la face sud du Dru en cachait la partie haute.

« Line est une femme adorable mais, par moments, elle est vraiment teigne, pensa Thomas. Serait-elle jalouse d'une femme que j'ai connue il y a dix ans ? Et pour quelle raison ? Il n'y a rien entre nous, si ce n'est une grande amitié. » Il s'en voulait d'avoir évoqué son séjour en Inde. « On parle toujours trop », bougonna-t-il.

— Que disais-tu ? Thomas.

— Moi !… rien.

— Si ! Tu as dit : toujours trop !

— Mais non, Line. J'ai dit : toujours plus haut, soupira Thomas.

— Tu me prends pour une gourde ?

— Une gourde ! non. Une teigne ! oui.

Il se leva.

— Où vas-tu ?

— Je vais faire quelques pas sur l'arête.

— Fais attention !

— Ne t'inquiète pas, je sais où je mets les pieds, répondit-il excédé.

Il gravit les quelques mètres qui séparaient le bivouac du fil de l'arête et s'assit sur un replat.

Dans la vallée les lumières des chalets s'étaient éteintes, seuls les réverbères brilleraient jusqu'au jour. Il imagina tous ces gens allongés dans leur lit. Le rythme de la vie. Le jour debout, la nuit couchés. La moitié de la vie à dormir. Que de temps perdu avant le grand, le dernier voyage au-delà des temps.

Le vent lui glaça le visage. Il remonta le passe-montagne sur son nez. Le froid, il en avait l'habitude. Il pouvait rester ainsi immobile durant des heures.

« Bombay, la porte de l'Inde… La chaleur, ce n'est pas mal non plus », pensa Thomas.

Shelly la belle Indienne lui avait dit :

— Il faut que tu visites le marché des tissus. Tu verras des milliers de saris pendus aux étals des marchands.

Thomas s'émerveillait devant cette profusion de tissus pastel, bleu, jaune, rose… Des kilomètres de soie violine, purpurine, mordorée, moirée, chatoyante,brodée au fil d'or et d'argent. Toutes les teintes de l'Inde étaient dans cette explosion de couleur.

Les teintes de la douceur. Les teintes de la violence. L'Inde pacifique. L'Inde tragique. L'Inde des palais, des nuits étoilées et du soleil. Son imagination l'emportait dans un tourbillon de lumière et de couleurs. Il sombrait dans un vortex infini.

Un soir, à l'heure où les chaleurs accablantes reculent devant la nuit, quand un million d'Indiens sans toit viennent dormir sur les trottoirs marbrés de crachats de bétel, où se mêlent les lourdes odeurs d'épices et de misère. A l'heure où les riches de la ville se réunissent dans des clubs encore imprégnés de la colonisation anglaise, pour de fastueux banquets, Thomas et Shelly étaient partis dans un cabriolet bleu enluminé de dorure, tiré par deux chevaux blancs.

Shelly connaissait un petit restaurant au bord de l'océan Indien, à quelques kilomètres de Bombay. Le cocher, serré dans sa redingote et son turban de coton blanc, conduisait l'attelage au petit trot. Ils étaient assis l'un en face de l'autre. Shelly portait un sari de soie mauve. Des chaussures roses à talons plats. Un diamant à chaque oreille. Une opale de feu retenue par une chaîne en or pendait à son cou. Une seule bague, à l'annulaire gauche : un rubis sang de pigeon. Ses longs cheveux, rassemblés en une seule natte, étaient maintenus autour de sa tête, comme un diadème, par des épingles ornées de perles fines.

Thomas se sentait un peu gauche dans son costume en toile de coton blanc, acheté à la hâte dans un grand magasin, lorsque son père lui avait offert ce voyage pour le récompenser d'avoir choisi la carrière médicale.

— Tu es somptueuse, Shelly, dit Thomas.

— C'est pour toi que je me suis faite belle.

— Tu ne crains pas de sortir le soir avec ces bijoux ?

— Non, tu me protégeras !

— Que ferais-je contre plusieurs hommes armés de kriss ?

— Yakim, le cocher, est aussi le chauffeur de mon père. Il est toujours armé quand il m'accompagne.

— Ton père, que fait-il ?

— Il est diamantaire. Il voyage dans le monde entier. Il est actuellement aux États-Unis.

— Et ta mère ?

— Elle est morte. Elle a été tuée dans une émeute. J'avais cinq ans. Mon père ne s'est jamais remarié.

Ils restèrent un instant silencieux. Thomas s'assit à côté de Shelly et elle glissa sa main dans la sienne. Thomas lui demanda :

— Tu es riche Shelly ! Pourquoi travailles-tu ?

— Pour me distraire, ne pas être seule. Voir d'autres visages.

— Tu pourrais te marier ! Ce ne sont pas les prétendants qui doivent manquer !

Shelly songeuse n'avait pas répondu à sa question. Le cabriolet avançait en douceur sur la chaussée de bitume. Les bandages en caoutchouc absorbaient les vibrations et le bruit des roues. Thomas s'en voulait de sa curiosité pour cette jeune femme qu'il connaissait à peine.

— Pardonne-moi. Je ne voulais pas être indiscret.

— Tu ne l'est pas. Au contraire, ton intérêt pour moi me plaît beaucoup, Thomas. Je ne veux me marier ni avec un musulman, ni avec un bouddhiste. Encore moins avec un hindouiste. Quant aux chrétiens, ici, ils sont pareils aux autres. Je suis plus heureuse libre et je veux le rester !

Le cabriolet longeait l'océan depuis un bon moment quand le cocher arrêta l'attelage devant un restaurant au bord de la plage, en contrebas de la chaussée. Ils dînèrent de coquillages, de poissons et de fruits exotiques, accompagnés de thé de Ceylan.

Après le repas, ils descendirent sur la plage et suivirent, pieds nus sur le sable encore chaud, la frange de l'océan. La lune haute et ronde éclairait leur promenade nocturne et faisait naître des éclats phosphorescents dans l'écume des rouleaux.

— Si on se baignait, dit Shelly. L'eau est tiède.

— On n'a pas de maillot.

— La nuit, la plage est déserte. Aide-moi à retirer mon sari. Tiens-le comme ça.

Shelly glissa dans ses mains l'extrémité du sari et s'éloigna en tournant sur elle-même. Le sari se déploya sur le sable. Elle retira son slip, son soutien-gorge et libéra ses longs cheveux qui retombèrent jusqu'au milieu de son dos. Elle s'approcha de Thomas. Il la regardait, médusé. Ses formes étaient parfaites, pleines, harmonieuses. Ses diamants brillaient comme deux étoiles. Entre ses seins l'opale de feu s'irisait de reflets diaprés.

— Alors... Thomas ! Tu n'as jamais vu une femme nue ! Tu veux te baigner tout habillé ? dit Shelly en riant.

— Non... Enfin... Pas souvent. Mais, comme toi, jamais !

Il se déshabilla et prit Shelly par la main. Son corps trop blanc lui paraissait fade à côté de la belle Indienne et, en courant vers l'océan, la race blanche ne lui sembla pas la plus esthétique de l'humanité.

Ils plongèrent dans les rouleaux, jouèrent avec les vagues en se prenant à bras le corps et en glissant l'un sur l'autre. Quand un rouleau plus fort les séparait, ils se cherchaient dans l'écume, se retrouvaient, se ressaisissaient et s'embrassaient jusqu'à la prochaine vague. Ils étaient jeunes et vivaient l'instant présent.

Ils nagèrent vers le large. Shelly avançait vite, silencieuse, son crawl brisait à peine l'eau. Soudain, elle disparut de la surface de l'océan. Thomas éprouvait toujours une certaine appréhension à nager la nuit, loin du rivage. L'immensité de la mer, ses mystères, les ténèbres abyssales l'inquiétaient. Il imaginait quelque Léviathan venu des profondeurs rôdant sous ses pieds.

Il s'était bien passé trente secondes depuis la disparition de Shelly. Son inquiétude croissait, lorsqu'il se sentit saisi par les pieds.

Dans un éclaboussement d'écume diamantine, Shelly émergea devant lui.

— Tu m'as fait peur !... Shelly.

— Dans le noir je ne te retrouvais plus, lui dit-elle dans un éclat de rire. Retournons sur la plage. Plus loin, il y a des courants dangereux.

Ils sortirent de l'eau essoufflés. Shelly étendit son sari sur le sable. Allongés sur la soie, ils regardaient les constellations.

— La nuit, quand je vois ces milliards d'étoiles, je me dis que Dieu, s'il existe, doit avoir un sacré travail pour gérer tous ces univers. Et que la terre qui n'est, dans tout ce fatras d'explosions et de recommencements, pas plus grosse qu'un grain de silice de cette plage ne doit pas compter beaucoup.

— Thomas, Dieu est la vie. Nous sommes tous une parcelle de Dieu. Nous sommes l'univers. La vie est un miracle, un cadeau fabuleux. Tiens, donne-moi ta main.

Elle prit sa main et la posa sur son cœur.

— Le cœur qui bat cinquante ans, cent ans, enfin toute une vie, tu ne crois pas que c'est un miracle extraordinaire.

— Je ne sens rien, dit Thomas en remontant la main sur son sein. Attends, je percevrai mieux tes pulsations divines avec mon oreille.

— Tu te moques de moi. Oh ! Thomas, je t'en prie, fit-elle d'une voix faible, déjà consentante. Thomas on est venu pour se baigner... Seulement se baigner. Oh, tu es fou, dit Shelly en riant et en le repoussant.

D'un bond elle était partie en courant vers l'océan. Thomas s'était élancé à sa poursuite quand Shelly s'arrêtant net s'était tournée vers lui en ouvrant ses bras. Ils avaient roulé sur le sable. Maintenant c'est elle qui l'embrassait, le caressait. Le fracas des rouleaux sur la plage s'amplifiait, devenait musique cosmique. Les mains de Thomas glissaient sur la peau brune encore humide, le ventre plat, les cuisses...

— Thomas... Je t'aime..

— THOMAAAS !... THOMAAAS !... OU ES-TUUU ?

— Quoi !... Que se passe-t-il ? fit Thomas en se levant.

— Tu es parti depuis longtemps et tu ne réponds pas quand je t'appelle, dit-elle plus calme. J'étais inquiète.

« Oui, j'étais parti très loin », se dit Thomas, en rejoignant le bivouac. Il regarda sa montre. Trois heures. Il ne ferait pas jour avant sept heures et demie.

Line retira ses chaussures et massa ses orteils à travers les bas de laine.

— Fais attention à ne pas faire tomber tes chaussures, dit Thomas en les voyant posées à côté du réchaud au bord du vide. Mets-les derrière toi, entre ton dos et le rocher. Un faux mouvement, c'est vite fait.

— Je sais, c'est arrivé à un copain. Il s'est retrouvé en chaussettes au bivouac de la face ouest, après le rappel pendulaire.

— Et alors ? dit Thomas.

— Ils étaient deux. Ils ont continué l'ascension. En arrivant au sommet, il était nu-pieds, les orteils écorchés, blanc de froid. Il a pris ses chaussettes de rechange pour descendre jusqu'au glacier. Là, son copain lui a donné les siennes pour traverser et rejoindre le refuge.

— Et l'hélicoptère est venu le chercher !

— Non, pas du tout. Il avait les pieds en marmelade. Mais, ce n'était pas un type à se faire transporter en hélico pour une histoire de pieds écorchés. Son copain est descendu à Chamonix et, le lendemain, il est remonté avec une paire de training. Pendant quinze jours, il ne pouvait plus porter de chaussures de montagne. Mais il était fier d'avoir réussi l'ascension et d'être revenu par ses propres moyens. Pour lui, c'était une belle victoire. Après, il emportait toujours dans le fond de son sac une paire de trainings légères et…

Le bruit d'une boîte métallique qui rebondit sur les dalles de granit interrompit Line.

— Qu'est-ce que c'est ! s'écria-t-elle en connaissant déjà la réponse.

— La gamelle du réchaud, où l'as-tu mise ?

— Là, à ma droite !

— Et elle y est toujours ? Ooooh !... Meeerrde !... La gamelle est tombée.

— Bravo Line ! Heureusement que c'est la fin de l'ascension.

Ils entendirent encore le bruit lointain de la gamelle d'aluminium qui s'estompa bien avant d'avoir atteint le glacier.

— Je suis vexée ! Impardonnable ! s'écria Line consternée.

— Ce n'est pas grave. On commencera la descente un peu plus tôt, vers cinq heures.

— Thomas, si on descendait tout de suite.

— Les lampes ne tiendraient pas jusqu'au glacier. Les piles sont déjà pas mal usées. Patientons encore quelques heures. Tu devrais remettre tes chaussures. Elles vont geler et tu ne pourras plus les enfiler.

Un craquement lointain traversa la nuit. Le glacier frémissait, comme un monstrueux reptile endormi depuis la nuit des temps, rêvant d'aube nouvelle.

— Oh là là ! mes chaussures sont glacées !

— On va les réchauffer, dit Thomas.

Il alluma le réchaud et maintint une chaussure à l'envers près de la flamme pour chauffer l'intérieur de la tige. Au bout de quelques minutes, il la rendit à Line qui y glissa son pied.

— Tu es plein de ressources, dit-elle avec satisfaction. La chaussure est chaude.

— Quand on fait une ascension en altitude, dit Thomas, on devrait toujours avoir une bougie et un briquet au fond de son sac. Ce n'est ni lourd, ni encombrant et une bougie suffit pour dégeler des chaussures ou une paire de gants. Tiens, prends l'autre tant qu'elle est chaude et remets tes pieds dans ton sac.

Thomas sortit de sa poche une petite boîte en métal de couleur rose, comme on en trouve dans les tabac de luxe.

— Tu veux une beedie, Line ?

— Oui, donne-m'en une, ça me réchauffera le bout du nez. La bougie, reprit Line, c'est une très bonne idée. Mais s'il y a du vent, comment tu fais ?

— Tu me cherches, Line.

— Oui, Thomas.

Ils éteignirent leurs lampes frontales pour économiser les piles. Line s'était endormie. Dans l'obscurité, Thomas essayait de retrouver les images de la mer d'Oman. Mais le charme s'était dissous dans la nuit des Drus.

Un jour, sans doute, il retournerait à Bombay. Le marché des tissus sera toujours là. L'océan immuable battra les rivages sablonneux. Mais où seront les heures chaudes, les soirées sur la plage ? Le soleil, les étoiles, la lune ne seront plus les mêmes. Et que sera devenue Shelly après toutes ces années ?

Oui, un jour il reverrait Bombay, la mer d'Oman, mais on ne revit pas le passé. Le chemin va devant. Il ne reste derrière soi que le gouffre du temps, où s'entassent pêle-mêle bons et mauvais souvenirs.

Il s'endormit. Line, réveillée par le froid, le secoua légèrement.

— Thomas, quelle heure est-il ?

— Line, vraiment ! tu me réveilles pour me demander l'heure !

— Ouais, j'ai un train à prendre, et avec les raquettes on n'est pas encore à Chamonix.

— Ce foutu train, dit Thomas. Allume le réchaud et fais fondre de la neige, je cherche ma montre.

— Fondre la neige ! avec quoi.. ?.

— C'est vrai, la gamelle est en bas. Il est six heures. On a dormi trois heures. C'est pas mal, trois heures de sommeil, dans l'air vivifiant et le froid stérilisant ! On n'en meurt pas toujours, dit-il d'un air convaincu.

Après la nuit d'immobilité et le froid qui raidit muscles et articulations, leurs premiers pas furent hésitants. Mais, en quelques minutes, ils retrouvèrent leur souplesse et leur adresse habituelles.

Line descendait vite. Thomas, derrière elle, la dirigeait en la tenant corde tendue : « Traverse à droite. Descends tout droit. Reviens à gauche. Prends le petit couloir de neige. Fais attention, il peut y avoir de la glace dessous. » Il gardait dans une main quelques mètres de corde, enroulée en anneaux, qu'il pouvait libérer instantanément : pour sauter un petit ressaut, stopper l'amorce d'une glissade. Il se méfiait des plaques de glace sous la neige qui risquaient d'entraîner Line dans une glissade incontrôlable.

Il était huit heures quand ils atteignirent le glacier de la Charpoua. Ils chaussèrent les crampons et dans la neige profonde enfoncèrent jusqu'aux genoux. Ils purent ainsi franchir les ressauts de glace formés par les mouvements du glacier, ce qui aurait été impossible avec des raquettes à neige. Et ils arrivèrent sur le « Rognon de la Charpoua », un promontoire rocheux qui divise le glacier en deux branches.

Thomas chercha du regard la cordée de la nuit. Mais la partie médiane du couloir restait cachée par l'éperon bordant sa rive droite. Il était inquiet pour Antoine et Laurence, s'il s'agissait bien d'eux. Ils étaient acclimatés à l'altitude, mais n'étaient pas des virtuoses sur la glace, loin s'en fallait. Le couloir atteignait par endroits cinquante-cinq degrés d'inclinaison, et l'hiver, la glace vive très dure mettrait vite Antoine en difficulté. Thomas en fit part à Line qui se plaignait de ses pieds glacés.

— Je monte jusqu'à la rimaye pour voir si tout se passe bien. Tu descends au refuge. De là, il n'y aucun danger. Tu pourras te réchauffer les pieds et te faire une boisson chaude.

Il mit la corde, le réchaud, les derniers sachets de thé et de bouillon dans le sac de Line. Il garda son baudrier sur lui.

— Tu trouveras un récipient au refuge. Il s'éloigna de quelques pas. Ah, j'oubliais le briquet. Tiens, attrape !

— Non, ne le lance pas ! S'il tombe dans la neige je ne le retrouverai pas.

Il interrompit son geste, revint sur ses pas et lui tendit le petit cylindre de gaz. Un briquet, objet si ordinaire dans la vallée et tellement précieux en haute montagne, un petit tube d'énergie sans lequel une grande ascension pourrait bien échouer.

— Fais attention aux crevasses, dit Line.

Une recommandation superflue. Elle savait que Thomas était prudent et que, de toute façon, il n'en ferait qu'à sa tête.

Thomas rejoignit les traces de la cordée. La neige poudreuse plus épaisse que sur le glacier lui montait à mi-cuisses. Il s'arrêta, mit ses crampons sous le rabat de son sac, fixa les raquettes à ses chaussures et repartit d'un bon pas. Il quittait souvent la trace, coupait au plus court en évitant les prudentes traversées de la cordée, afin de gagner du temps. En moins d'une heure, il atteignit la rimaye.

La rimaye était triple. Trois larges crevasses horizontales défendaient la base du couloir. Il ne pouvait encore rien voir. Au-dessus, le couloir s'infléchissait à gauche. Il entendit des voix. La cordée ne devait pas être bien haut. Pour en savoir plus, il devait franchir la rimaye, ou escalader à droite, sous le déversoir du couloir, un ressaut rocheux enneigé d'une cinquantaine de mètres. Il opta pour cette seconde solution. Il reprit les crampons et laissa les raquettes sur la neige. En gravissant les premiers mètres, Thomas se dit que Line ne prendrait peut-être pas le soir même le train de Paris, mais qu'elle ne lui en voudrait pas d'être monté pour aider des amis en difficulté.

En arrivant au sommet du ressaut rocheux, Thomas aperçut la cordée cent mètres plus haut. Il reconnut les deux silhouettes. C'étaient bien Laurence et Antoine. Laurence était au relais au milieu du couloir, attachée de toute évidence à une broche à glace. Quelques mètres plus haut, Antoine se tenait sur ses deux piolets. Le regard fixé vers le haut, il restait immobile. Thomas lança un appel. Laurence lui répondit, sans regarder vers le bas. Elle semblait figée sur son perchoir de glace. A dix heures du matin, ils étaient bien trop bas pour espérer atteindre le sommet avant la nuit. Thomas, les mains en porte voix, leur cria :

— Descendez, il est trop tard !… Le couloir est en glace jusqu'au sommet !

Quelques secondes de silence suivirent… Et, lancé par Antoine, un non impératif, amplifié par l'écho des arêtes rocheuses bordant le couloir, lui parvint.

Ce qui suivit le fit frémir de la tête aux pieds. Était-ce sa présence qui stimula Antoine, ou le fait qu'il lui ait conseillé de redescendre qui l'engagea à commettre une grave imprudence ? Toujours est-il qu'il le vit se précipiter dans un cramponnage rapide sur la glace vive. Il avait gravi cinq ou six mètres, lorsque ses crampons crissèrent sur la surface trop dure. Tout se passa très vite. Antoine se retrouva à plat ventre dans le couloir. Il essaya, en vain, de freiner sa chute avec ses piolets et tomba droit sur Laurence.

Thomas horrifié ferma les yeux, appliqua ses deux mains sur son visage. Il ne voulait rien voir du drame qui semblait inéluctable. La broche ne va pas tenir, se dit-il. Il entendit le cri de Laurence. Un cri de frayeur et de douleur quand les pointes des crampons lui déchirèrent les avant bras, puis plus rien. Thomas retira ses mains et ouvrit les yeux. Ce qu'il vit le rassura un instant. La broche avait tenu. Antoine, une vingtaine de mètres plus bas que Laurence, s'était redressé sur ses crampons. Il n'avait plus qu'un seul piolet à la main. Au relais, Laurence appuyait sa tête contre la glace.

— Laurence ! Laurence ! braillait Antoine.

Laurence immobile ne répondait pas. Soudain, Antoine se mit à hurler :

— J'ai tué Laurence !... J'ai tué Laurence !...

« Mais non, tu ne l'as pas tuée, dit Thomas pour lui-même. Elle a enrayé ta chute en douceur, progressivement, autrement vous seriez tous les deux dans la rimaye, morts. »

Laurence, le regard fixé sur la broche du relais à moitié sortie de la glace, était terrifiée, consciente que la broche ne tenait plus que par la pression de son poids, que le moindre mouvement du corps, le glissement d'un pied la ferait sauter de son logement.

Antoine se tenait des deux mains à son piolet dont la lame était à peine enfoncée dans la glace. Choqué nerveusement par la chute, il n'osait plus bouger. Les muscles tétanisés, un léger tremblement parcourait ses jambes. La peur, un instant maîtrisée, allait bientôt se transformer en panique où tout deviendrait irraisonné. Les gestes incontrôlables. Et la chute, un instant enrayée, reprendrait sa trajectoire fatale.

Le seul bruit était celui d'un lointain souffle du vent sur les arêtes sommitales. Un léger voile de poudreuse, provoqué par la chute d'Antoine, descendait dans le couloir.

Thomas, l'estomac noué par sa propre peur, se doutait que la broche du relais avait subi de graves dommages, que c'était déjà un miracle qu'elle ait résisté aux quatre-vingts kilos d'Antoine multipliés par la vitesse de sa chute.

Antoine n'excellait pas dans l'art de planter un piton à rocher ou une broche à glace. Il manquait à ses qualités intellectuelles l'adresse de l'artisan. Il grimpait trop souvent en négligeant la sécurité. Thomas lui en avait souvent fait la remarque. « Un relais doit être solide. S'il y a un doute, plante un deuxième piton ou visse une deuxième broche. Et si c'est impossible, alors grimpe en sachant que tu ne peux commettre la moindre erreur. »

Thomas leur cria de ne plus bouger. Il tentait de monter le plus vite possible, mais les crampons légers qu'il avait choisis pour la face nord des Drus n'étaient pas les mieux adaptés pour gravir une pente de glace. Les pointes émoussées sur les rochers verglacés mordaient à peine la surface du couloir. Tous les deux pas, il plantait d'un coup sec et précis la lame de son unique piolet qui pénétrait tout juste d'un centimètre. Parfois, la surface de la glace s'écaillait et il devait s'y reprendre à deux fois. Il arriva enfin à la hauteur d'Antoine, dont le visage blême exprimait une angoisse indicible. Il essayait de parler, mais les mots restaient figés sur ses lèvres. Thomas comprit qu'il allait se laisser tomber, comme un naufragé à bout de force s'abandonne à l'océan en lâchant la planche qui le maintenait à la surface.

— Tiens bon ! Encore une minute, lui dit-il d'une voix forte.

— Vite Thomas ! finit par articuler Antoine. Je ne tiens plus. Mes jambes… mes pieds glissent !

— Tiens encore une minute ! répéta Thomas en enflant encore la voix pour le stimuler. Où sont tes broches à glace ?

— Sur mon baudrier, à ma gauche.

L'équilibre d'Antoine était tellement fragile que Thomas, à sa droite, ne pouvait décrocher une broche sans risquer de le faire bouger. Il était lui-même mal à l'aise sur ses crampons qui s'incrustaient à peine dans la glace. Il lui fallait contourner Antoine, descendre de quelques pas et remonter à sa hauteur à gauche. Ce qu'il fit en répétant :

— Tiens bon ! Surtout, n'essaie pas de te suspendre à la corde de Laurence.

Il put enfin prendre une broche sur le baudrier et, en équilibre précaire sur ses crampons, creuser avec son piolet un petit trou. Il y mit la pointe de la broche et, en la frappant avec le plat de la lame du piolet, l'enfonça de deux centimètres et la vissa jusqu'à l'anneau, dans lequel il introduisit un mousqueton. En se tenant d'une main au mousqueton, il glissa son piolet dans la ceinture de son baudrier, saisit la corde d'Antoine, la passa dans le mousqueton et la bloqua par un nœud de cabestan. Puis il s'assura lui-même.

— Maintenant, Antoine, tu peux bouger tes jambes. Mais ne tire pas la corde de Laurence. Tu pourrais la faire tomber.

— Qu'est-ce qui m'est arrivé ? Qu'est-ce que j'ai fait ? dit Antoine en déplaçant ses pieds.

Thomas ne répondit pas. Il prit deux sangles en Nylon, deux broches et quelques mousquetons sur la ceinture d'Antoine et lui demanda :

— Tu as une deuxième corde ?

— Oui, dans mon sac. Une corde de quarante-cinq mètres en sept millimètres.

Thomas ouvrit le sac sur le dos d'Antoine, sortit la corde, en attacha un brin à son baudrier et la déplia dans le couloir, et lui dit de tailler une marche assez large pour recevoir Laurence. Puis il monta jusqu'à elle.

Prostrée, la tête appuyée contre la glace, Laurence gémissait de façon ininterrompue. Thomas vit la broche à moitié sortie de la glace.

— Ça va aller, dit-il doucement. Ne bouge pas.

— Thomas… La broche ! Elle va lâcher !…

— Ça va aller. Ne bouge surtout pas.

Il tailla vite une petite marche pour poser la partie antérieure d'un crampon, mit en place une broche et s'y attacha. Il n'osait pas toucher la corde de Laurence de crainte de faire sauter la broche. Il passa, avec d'infinies précautions, un des anneaux en sangle dans la ceinture du baudrier de Laurence et le mousquetona à la broche qu'il venait de visser.

— Tu ne risques plus rien, dit-il en changeant de pied sur la marche pour soulager son mollet crispé.

Laurence cessa de gémir. Elle se redressa, changea de position, et la broche qui l'avait retenue sortit de son logement.

— Tu vois, plaisanta Thomas, elle était quand même solide. Elle a tenu le temps qu'il fallait.

— Sans toi, c'était fini pour nous, dit-elle dans un pâle sourire.

— Tu es blessée ? demanda Thomas en voyant les manches de son anorak déchirées et marbrées de sang.

— Mes avant-bras me font mal et je ne peux plus fermer mes mains.

— Ici, je n'ai rien pour te soigner. Au refuge il y a une pharmacie de secours, Line s'occupera de toi. Maintenant il faut redescendre.

— Comment je vais faire pour descendre sans me tenir sur la corde, demanda-t-elle d'une voix tendue.

Thomas la rassura.

— Tu n'auras pas à te servir de tes mains. Je te retiendrai avec la corde.

Des appels lointains parvinrent jusqu'à eux. Line, ne voyant plus revenir Thomas, remontait les traces sur le glacier.

Thomas attacha la corde de sept millimètres au baudrier de Laurence et la passa dans un mousqueton sur la broche en faisant un demi nœud de cabestan.

— Allez, maintenant c'est à toi. Tu peux te jeter dans le vide. Tu n'iras pas loin. Je te tiens, dit-il d'un ton enjoué pour la mettre en confiance.

Elle hésita un moment et, pas à pas, les jambes écartées pour conserver son équilibre, le corps légèrement en arrière, s'éloigna du relais.

A deux heures de l'après-midi, ils atteignirent le glacier où les attendait Line.

Laurence, loin des frayeurs qu'elle venait de vivre dans le couloir, se sentait mieux. Antoine était mal dans sa peau, blessé dans sa fierté. Sa confiance excessive en lui les avait conduits au bord de la tragédie. Il s'en était fallu de peu. Sans l'intervention de Thomas, ils seraient sans doute morts, étendus là, sur le glacier, où ils se trouvaient en ce moment. Ou au fond de la rimaye.

En descendant vers le refuge, Thomas, tout en sermonnant Antoine, s'efforçait de le réconforter.

— L'excès de confiance peut amener à des situations imprévues et sans issue, ou tout au moins extrêmes, lui dit-il. La peur, la précipitation, font commettre des gestes incontrôlables. Quand on grimpe en premier de cordée, on n'est pas toujours objectif. Le danger fait tellement parti du jeu qu'on finit parfois par l'oublier. Renoncer n'est pas un déshonneur. On peut toujours recommencer. Tu as eu la chance de vivre une expérience exceptionnelle qui un jour te sauvera la vie. Tu as déjà une meilleure connaissance de la glace hivernale. Et surtout de tes limites.

Grâce à la pharmacie de secours du refuge, Line donna les premiers soins à Laurence. Ses blessures étaient moins graves qu'elle ne le craignait. Des coupures assez profondes avaient endommagé ses avant-bras, mais aucune partie vitale n'était touchée. Laurence s'en sortait bien.

Il était tard pour rejoindre Chamonix le soir même. Thomas alluma le petit poêle du refuge. Il restait un peu de bois transporté par le gardien au cours de l'été. Il ne manquerait pas de le dédommager dès que l'occasion s'en présenterait. Laurence, enroulée dans les couvertures, dormait sur le bat-flanc. Assise sur un banc devant la porte du refuge, Line racontait à Antoine sa nuit glaciale sur les Drus sans omettre la chute de la gamelle.

« Un grand jour s'achève, pensait Thomas. Un de ces jours qui font de l'alpinisme une belle histoire : l'ascension hivernale de la face nord des Drus, et le bonheur, malgré les frayeurs, d'avoir sauvé deux amis en péril. »

Son regard se porta au-delà de la Mer-de-Glace vers la face est du Grépon, et un nuage sombre glissa dans son esprit effaçant le léger sourire qui flottait sur son visage.

IV

Une rumeur confuse montait de la ville. En ce début d'été, une horde bariolée de vacanciers déambulait vers la place de la poste et de l'église où des gens formaient un demi-cercle autour d'un corbillard stationné au bord du trottoir. Sur le parvis, devant la porte de l'église grande ouverte, des guides par petits groupes conversaient à voix basse...

Quand les cloches de l'église sonnèrent, un bruit s'éleva de la foule. Les touristes, avides du moindre événement, formèrent bientôt un rang serré le long de la rue menant au parvis. « Que se passe-t-il ? » demandait-on. « C'est un défilé ?... — Un défilé de quoi ? — C'est l'enterrement d'un guide ! » dit une voix. « Un guide !... Quel guide ? Il est tombé de haut ?... — Non, c'est une pierre », lança une autre voix. « Ah bon !... Où ça ?... Aux Drus ?... Au Grépon ? — A l'Aiguille du Goûter. Je l'ai lu dans *Le Dauphiné* », répondit quelqu'un.

Le cortège funèbre avançait lentement dans la chaleur accablante en direction du casino, qu'il longea à gauche pour prendre la direction du cimetière, de l'autre côté de la ville. « Oh, regardez, c'est la bannière de la compagnie des guides !... Ils sont tous en uniforme ! »

Des bruits d'obturateurs montaient des premiers rangs. « Prends vite une photo », dit à son mari une femme, dressée sur la pointe des pieds pour ne rien perdre du spectacle, qui, sous le soleil, un jour de vacances, prenait pour elle des allures folkloriques. « Tu te rends compte ? On pourra dire qu'on a vu un enterrement de guide », reprit la femme.

Le cortège s'éloigna. Les rangs se morcelèrent. La foule reprit son rythme vacancier. On avait déjà oublié. D'autres, qui n'avaient jamais connu le défunt, suivaient derrière d'un pas pesant en prenant des airs affectés. Ils allaient au cimetière pour voir encore, prendre d'autres photos, écouter l'oraison funèbre en piétinant les tombes alentours. Puis ils visiteraient le cimetière comme on visite un musée.

Thomas quitta la terrasse de *La Potinière,* haut lieu de rencontre de Chamonix, où il s'était arrêté un instant et s'éloigna dans la direction opposée sans avoir touché à son verre. Il connaissait le guide tué par la chute de pierres et le trajet si souvent parcouru derrière le cercueil d'un ami alpiniste ou d'un guide, jusqu'à avoir l'impression de suivre ses propres funérailles au long d'un parcours s'achevant dans l'argile et le limon de la montagne. Alors, un jour, il avait décidé de ne plus jamais assister à un enterrement.

Il remonta à son chalet où l'attendait un télégramme d'Alizée : « Je serai à Chamonix demain soir. Je t'embrasse. Alizée. » Son cœur bondit de joie. Il n'avait plus aucune nouvelle depuis quinze jours. Il avait tenté en vain de la joindre, son téléphone restait toujours muet. Il prit le combiné et composa le numéro enregistré dans sa mémoire. La sonnerie se prolongea, il attendit, impatient... Il allait raccrocher lorsqu'à l'autre bout de la ligne la voix chantante d'Alizée lui répondit.

— Thomas, comment vas-tu ? J'ai téléphoné plusieurs fois, mais tu n'étais pas là. As-tu reçu mon télégramme ?

— Oui, bien sûr... mais où étais-tu ? J'essaie de t'avoir depuis quinze jours. Que faisais-tu ?

— J'étais en voyage.

— Ne me dis pas que tu es retournée...

— Si, j'étais dans l'Atakor. J'ai trouvé d'autres météorites.

— Mais c'est une vraie passion !

— C'est très émouvant, Thomas, de tenir dans sa main un objet qui vient de l'espace. De millions d'années-lumière.

— Comment viens-tu ?

— En moto.

— Ne roule pas trop vite. Il y a beaucoup de voitures sur les routes en cette saison, dit Thomas en sachant qu'elle n'en ferait rien. Alizée je t'aime, dit-il encore.

— Moi aussi, Thomas. A demain soir.

Il voulait lui parler encore, il avait tant de choses à lui dire, mais elle avait déjà raccroché.

Maintenant, il voulait exorciser le chalet, libérer son esprit de Laure.

Sans plus attendre, il retira les photos des murs, les roula et les glissa dans un tube en carton et monta les ranger au grenier. Puis il vida l'armoire et la commode des vêtements et des objets qui avaient appartenu à Laure. Il les porterait plus tard à Josine aux Houches.

Thomas accomplit ce travail le cœur serré, en essayant de penser à autre chose. Mais les subtils parfums qui émanaient de l'armoire et des tiroirs l'oppressèrent. Il sortit dans la clairière, respira profondément, libérant sa poitrine comprimée par trop d'émotion. Il observa un moment les montagnes et retourna achever ce qu'il ressentait encore comme un sacrilège.

Cette nuit, il partirait seul en montagne. Il irait gravir la face est du Grépon par l'Aiguille de Roc et extirperait de la fissure où elle était enfouie l'amulette que Laure portait à son cou. L'horrible amulette incrustée dans un masque de sorcier africain offert par un client antiquaire.

La nuit était encore chargée des chaleurs du jour lorsque la sonnerie du réveil sortit Thomas de son sommeil. Par la fenêtre grande ouverte, il aperçut le ciel étoilé. Il rejeta la couverture, prit une douche froide et alluma le gaz sous la bouilloire.

Le chalet lui sembla vide et froid sans les photos de Laure. Dans la salle de séjour, près du piano de son père recouvert d'une housse, il ne put éviter de regarder la grande valise et le sac de voyage dans lesquels il avait soigneusement plié ses vêtements. Il hésita un court instant, et descendit les bagages au garage où était rangé son matériel de montagne. Il ne savait plus très bien s'il les porterait à Josine, ou les monterait au grenier.

Il mit dans son sac de montagne une corde quatre-vingts mètres en sept millimètres de diamètre pour le rappel de l'Aiguille de Roc, un baudrier, un descendeur, un marteau, une poignée de pitons, trois mousquetons et quelques anneaux en sangle de Nylon. Il ajouta une paire de crampons légers et un piolet court pour descendre le glacier des Nantillons. Une paire de gants, un anorak. Les lunettes de montagne et la lampe frontale dans la poche sur le rabat du sac. Puis il remonta préparer une gourde de thé et ajouta dans son sac un paquet de biscuit au miel.

Il était prêt. Ne restait qu'à fermer le chalet et accrocher la clé à son emplacement habituel sur la poutre.

Après avoir traversé Chamonix endormie, Thomas remontait maintenant à pas souples et réguliers le sentier de la Mer-de-Glace. La lune déversait sa lumière blanche et dessinait les longues ombres fantomatiques des épicéas. Des effluves de résine embaumaient l'air encore tiède à cette altitude. Sur le sentier, des grains de quartz scintillaient comme des diamants. Thomas voulait vivre chaque pas, chaque minute de ce pèlerinage nocturne. Après, plus jamais, il ne retournerait dans cette paroi. Il essaya d'imaginer Laure marchant devant lui mais n'y parvint pas. Les images se superposaient, devenaient floues. Il se souvint seulement d'une nuit sans lune, froide et d'un noir épais. Il se sentit vide. L'âme nue.

Au-delà des Motés, les reflets de lune révélèrent le glacier, telle une voie céleste parsemée d'étoiles jusqu'à l'infini.

Thomas avançait dans un décor qu'il ne reconnaissait plus. La nuit étrange, trop lumineuse, l'effraya soudain et une angoisse inconnue le submergea. Il précipita son allure à la limite de la course et arriva haletant sous la moraine où des échelles de fer, fixées sur des dalles de granit, donnent accès au sentier grimpant vers le versant est du Grépon. Il s'assit sur un bloc de la moraine, sortit sa gourde, but une longue gorgée, se reposa… et s'assoupit.

Il se réveilla en sursaut et regarda sa montre. Cinq heures Le jour pointait déjà. Il repartit de plus belle, gravit les échelles et le sentier jusqu'au glacier de Trélaporte où il chaussa ses crampons pour atteindre le pied de la face est du Grépon.

Thomas entrouvrit la porte du refuge de la Tour-Rouge : une petite cabane en bois au bord du vide, cent mètres au-dessus du glacier. Un abri pour quatre personnes devenu vétuste avec les années. Quelques vieilles couvertures sentant le moisis traînaient sur le plancher. Depuis la Mer-de-Glace, il n'avait vu aucune lumière signalant la présence d'une cordée dans la face est du Grépon. Il était seul et en fut soulagé. Il repoussa la porte et s'assit sur la terrasse de granit.

Sept cents mètres plus haut, l'arête crénelée du Grépon se dessinait dans le ciel du petit matin. De son point de vue, le sommet de l'Aiguille de Roc se confondait avec la paroi rocheuse, malgré la large brèche qui l'en sépare.

Thomas sortit de son sac la gourde et les biscuits. Il but quelques gorgées de thé froid, essaya de grignoter un biscuit et le posa sur la terrasse où les choucas sauraient le trouver.

Puis ce fut comme s'il essayait de gagner du temps. Il allumait une beedie qui bientôt s'éteignait, la rallumait, et ce plusieurs fois jusqu'à ce que finalement il la jette, et se décide à examiner le rocher dix mètres plus haut et repère la petite cavité dans la roche. « C'est là, se dit-il, l'amulette doit y être encore. »

Ils avaient passé la nuit dans la cabane en planches. Laure avait mal dormi. Au cours de la nuit, elle avait éprouvé un malaise n'ayant rien à voir avec l'altitude ou la fatigue.

— C'est curieux, chaque fois que je porte l'amulette à mon cou, je me sens bizarre et j'ai des maux de tête sans aucune raison. Je ne sais pas pourquoi, mais je sens que je dois m'en séparer. Tu vas rire de moi, Thomas, mais parfois j'ai l'impression qu'elle bouge.

Thomas n'avait pas ri. Son visage était devenu grave, il lui avait dit :

— Jette-la, ce n'est qu'un morceau de résine, ou de je ne sais quoi.

— Pourquoi la jeter ! Cachons-la plutôt ici, quelque part, si tu veux un jour la reprendre, tu sauras où elle est.

Un de ses client, antiquaire à Marseille, avec qui il avait gravi l'éperon central aux Grandes Jorasses, lui avait offert un masque africain rapporté du Zaïre. Un masque cubique à quatre visages, sculpté par un de ces artistes noirs inconnus qui en ont inspiré d'autres devenus célèbres.

— C'est une pièce rare, lui avait dit son client, gardez-la. Puis, après une courte hésitation : Si par la suite, vous ne voulez plus la garder, allez à Bruxelles, vous y trouverez un collectionneur qui vous en proposera un bon prix, je vous donnerai son adresse.

L'antiquaire l'avait achetée, pour une somme modique, à un père blanc qui stockait, dans les greniers de sa mission, toute une série d'objets dont la valeur artistique lui échappait : masques rituels, statuettes de bois et autres fétiches, échangés contre des vierges en plâtre, des crucifix fabriqués en série, sans valeur autre que spirituelle.

Thomas s'était demandé pourquoi l'antiquaire, spécialiste en art africain, lui avait offert un objet aussi rare. Avant de partir, celui-ci lui avait dit :

— Nous grimperons de nouveau ensemble. Avec vous, j'ai l'impression que je pourrais gravir n'importe quelle paroi. Je reviendrai sous peu. Vous pouvez me compter parmi vos fidèles clients.

L'antiquaire ne donna plus jamais de ses nouvelles. Un jour que Thomas se trouvait à Marseille, après avoir grimpé dans les calanques, il était allé lui rendre visite à son magasin. L'antiquaire s'était tué en voiture trois mois plus tôt.

Un après-midi, Laure avait décidé de nettoyer l'intérieur du masque recouvert d'une épaisse couche de poussière crasseuse. Elle n'aimait pas voir Thomas le mettre sur sa tête en s'amusant à mimer une danse païenne. En grattant avec une spatule, elle avait remarqué une petite pièce de bois rectangulaire qui semblait rapportée. Avec l'angle de la spatule, elle avait fait sauter la lamelle de bois et l'amulette était tombée.

Laure l'avait prise entre ses doigts et examinée avec attention : longue de cinq centimètres, large de deux et épaisse de cinq millimètres, l'amulette était finement ciselée. Elle représentait un personnage, apparemment une idole, au visage inquiétant. Deux petits éclats de diamant étaient incrustés à la place des yeux. Les traits du visage, la bouche, le nez, les oreilles, les bras le long du corps, les jambes, sculptés dans les moindres détails, lui donnait une étrange apparence de vie. La tête était percée à la hauteur des oreilles, comme si l'amulette fût faite pour être portée en pendentif.

Thomas avait rangé le masque sur une des étagères de la salle de séjour, parmi des poteries précolombiennes rapportées de ses voyages en Amérique du Sud. Il n'avait jamais éprouvé de malaise physique en le regardant, mais il ressentait, au contraire, une joie anormale en suivant du bout des doigts les lignes des visages exprimant sur deux faces une cruauté diabolique et, sur les deux autres, une infinie douceur. Thomas en était venu à se lever la nuit pour l'admirer. Il lui semblait par moments que les visages s'animaient sous la caresse de ses doigts, comme si le masque de bois en tirait quelque plaisir. Sa raison alors s'insurgeait, mais la sensation persistait.

Thomas en avait parlé à l'un de ses amis vivant à Abidjan qui passait ses vacances d'été dans son chalet aux Bossons. « Débarrasse-toi de ce masque, lui avait dit son ami. Ne le vends pas, ne le donne à personne, brûle-le ! La sorcellerie africaine est une affaire qu'il faut prendre au sérieux. » Thomas avait allumé un feu de branchages au milieu de sa clairière pour y jeter le masque. Le feu s'était mis à crépiter avec une telle violence qu'il avait dû s'en éloigner en courant quand une énorme gerbe d'étincelles avait jailli sur une quinzaine de mètres de hauteur.

Après avoir déposé son sac à l'intérieur du refuge, Thomas en repoussa la porte, comme s'il craignait de voir le sac rouler de lui-même et basculer dans le vide. Puis il revint sous l'emplacement de la cache et l'observa un long moment sans bouger.

« Est-ce que tu veux vraiment aller chercher l'amulette et la détruire ? » se dit-il. Non, il ne le voulait pas, mais il savait qu'il devait le faire.

Il se décida enfin et grimpa jusqu'à la cavité où il l'avait cachée sous des pierres afin que le vent et les ruissellements de pluie ne l'emportent pas. Il repoussa les pierres une à une au fond de la cache en espérant ne rien trouver. Mais le petit paquet de tissu blanc, à peine jauni par le temps, était là.

Laure avait enveloppé l'amulette dans son mouchoir pour la protéger des frictions du granit. Elle avait éprouvé, en s'en séparant, un sentiment de libération, puis de tristesse. Thomas en voyant sa mine désolée lui avait dit :

— Tu es comme une petite fille qui vient de perdre sa poupée préférée.

Elle avait aimé ce « petite fille » qu'il n'avait jamais prononcé, même dans leurs moments de tendresse, et sa tristesse s'était envolée.

Il regarda le mouchoir sans oser le prendre. Puis le toucha avec un doigt, en éloignant son visage, comme s'il craignait d'en voir, tout à coup, surgir une gorgone agitant sa chevelure reptilienne.

Enfin, il le saisit, le glissa dans sa poche et redescendit sur la terrasse.

Un vol de choucas plongeant des hauteurs en longeant la paroi dans un grand froissement d'air, comme une volée de pierraille, le fit bondir. Il se colla précipitamment contre le rocher. Les oiseaux effectuèrent une longue boucle et vinrent se poser à quelques mètres de lui. Habitués à la présence des alpinistes, ils cherchèrent des miettes sur le rocher, découvrirent le biscuit et se le disputèrent en sautillant.

Thomas sortit le mouchoir de sa poche, le posa sur la terrasse devant la porte de la cabane et recula de trois pas en frottant sa main sur son pantalon, comme si elle était souillée.

« Aurait-elle une emprise néfaste sur ceux qui l'ont possédée ? » se demanda-t-il.

Il repensa à l'antiquaire mort en voiture. A Laure sur la corniche de neige. Serait-elle morte pour avoir porté cet horrible fétiche ? L'antiquaire connaissait-il son pouvoir maléfique ? Thomas se souvint du son de sa voix quand il avait dit : « Si un jour vous voulez vous en débarrasser… » Quel beau cadeau, il m'a fait là !

Une brise légère balaya la paroi. Un voile nuageux se formait sur l'Aiguille-Verte. Des Droites au Triolet, de l'Aiguille de Leschaux aux Jorasses, les arêtes se nimbaient de rouge et de violet. « Le temps change », pensa Thomas sans y prêter autrement attention. Il se rapprocha de l'amulette et s'agenouilla.

Il ne lui restait plus maintenant qu'à déplier le mouchoir et la détruire.

« Ouvre le mouchoir, se dit-il. Il n'y a peut-être rien dans ce paquet malgré son poids. Du gravier a pu s'infiltrer entre les plis depuis qu'elle “ attend ” sous les pierres. Allons, ose la prendre entre tes doigts, tâte à travers le tissu. Tu verras bien s'il y a quelque chose de dur. Tu hésites encore !… Tu l'as mise dans ta poche et il ne s'est rien produit ! »

Il appuya ses doigts sur le mouchoir et les retira vivement. « Ce n'est peut-être qu'une pierre. Un grimpeur l'aura trouvée dans la cache et remplacée par un éclat de granit, en imaginant la tête que fera celui qui l'a mise dans la fissure ; car on ne cache pas un objet avec tant de soins, si on n'a pas l'intention de revenir un jour le reprendre.

« Tu voudrais l'écraser sans ouvrir le mouchoir et même la jeter carrément dans le vide. Tu as peur de revoir son visage grimaçant, ses yeux de diamant. Que peux-tu craindre d'un objet aussi petit ! Quel danger pourrait-il receler ? Allons, écrase l'amulette. Elle est maudite ! Non, tu dois d'abord déplier le mouchoir pour t'assurer qu'elle est bien là. Tu sais que tu finiras par le faire, alors n'attends pas plus longtemps. Il te faut une pierre pour aplatir cette maudite saloperie. »

Il se leva. Les choucas s'envolèrent, tournèrent en larges cercles au-dessus de lui et se posèrent plus loin sur une avancée rocheuse.

Il choisit une pierre assez lourde, avec une surface plate pour qu'elle entre bien en contact avec la terrasse, comme un marteau sur une enclume, pour la pulvériser d'un seul coup.

« Il ne s'est rien passé jusqu'à présent. Mais, quand tu abattras la pierre ?... C'est un aspect de la question auquel tu n'as pas osé penser. Que se passera-t-il lorsque la pierre l'écrasera ?... Bon sang, décide-toi ! Arrête de te poser des questions ! »

Il plaça la pierre entre ses genoux pour la saisir vite et déplia le mouchoir. L'amulette verte était bien là et, malgré son visage hideux, semblait inoffensive.

« Tu vois !... Ce n'est qu'un morceau de résine. »

Il prit la pierre. Soudain, les prunelles de l'amulette s'enflammèrent avec une intensité insoutenable. Il ferma les yeux, lâcha la pierre et porta ses mains à son visage.

« C'est la lumière de l'altitude qui la fait briller avec autant de violence », se dit-il. Il retira ses mains et ouvrit les yeux. L'éclat des prunelles s'était radouci.

« Écrase-la. Tout de suite. Qu'attends-tu pour prendre la pierre. »

Thomas, un sourire sur les lèvres, regardait l'amulette. Les deux éclats de diamant semblaient s'être réunis pour ne former qu'une seule gemme démesurée irradiant une lumière dans laquelle, fasciné, il sombrait.

« RÉVEILLE-TOI ! NE LA REGARDE PAS ! »

Il ferma à demi les yeux, reprit la pierre, la souleva mollement et suspendit son geste.

Il se sentait comme un bourreau qui va exécuter un monstrueux assassin doté de pouvoirs surnaturels.

La pierre se mit à vibrer entre ses doigts, il sentit qu'elle allait lui échapper... Alors, de toutes ses forces, il l'abattit.

Un cri terrifiant traversa l'espace. Il continua de frapper, de lever la pierre et de l'abattre jusqu'à ce qu'elle se brise dans ses mains. Il se redressa en tremblant de tous ses membres et, du bout du pied, poussa dans le vide les débris de granit marbrés de poudre verte.

Soudain un craquement fulgurant résonna dans la paroi. Les choucas effrayés plongèrent vers le glacier en lançant de longs cris. Thomas leva la tête. Cinq cents mètres plus haut, une large plaque de granit se détachait dans le ciel. Il bondit, ouvrit la porte de la cabane et plongea à l'intérieur. Persuadé qu'il n'échapperait pas à l'écrasement, il se colla contre la cloison adossée à la muraille, les mains appliquées sur la nuque.

Des chocs effroyables, des déchirements stridents se répercutaient dans la montagne. La cabane vibrait dans des tourbillons d'air. Une nuée de blocs rebondit et passa pardessus l'abri...

Étonné d'être encore en vie, Thomas resta immobile dans l'attente d'un autre effondrement. Il ne se passa rien. Il se leva, saisit son sac et sortit de la cabane.

Un nuage de poussière, poussé par la brise devenue plus forte, s'éloignait dans le vide. Les choucas avaient fui vers des lieux moins hostiles. Ils reviendraient plus tard reprendre possession de leur territoire.

Etreint par l'émotion, les jambes flageolantes, Thomas commença de gravir les dalles inclinées sous l'Aiguille de Roc.

Il montait vite. Le rocher était solide et pour lui, facile. Il enchaînait les mouvements sans marquer le moindre arrêt dans sa hâte de gagner les hauteurs, de s'éloigner du refuge de la Tour-Rouge.

« L'éboulement était naturel, se répétait-il, ça tombe de partout cette année. » L'amulette, il ne voulait plus y penser. Il s'efforçait d'en chasser les images en imaginant Alizée chevauchant sa moto sur les routes du Sud.

Il escalada une cheminée étroite d'une vingtaine de mètres sous le sommet de l'Aiguille de Roc et prit pied sur une petite terrasse. Il ne lui restait plus que quatre mètres à gravir pour atteindre l'ultime pointe.

Thomas posa son sac sur la terrasse et grimpa les derniers mètres sur de minuscules prises.

Il s'assit sur le sommet, une pointe de granit exiguë. Le vide l'entourait de toutes parts. Derrière lui s'ouvrait la brèche de quatre-vingts mètres qui sépare l'Aiguille de Roc du Grépon. Mille mètres sous ses pieds, la Mer-de-Glace et, plus loin, les glaciers de Leschaux et de Talèfre étalaient leurs glaces grises où traînaient des nappes de vapeur.

Les teintes rouges des arêtes se fondirent dans le gris des nuages qui s'accrochaient sur les sommets. Thomas comprit qu'il ne pourrait éviter l'orage. Il sortit la montre qu'il portait autour du cou. Il était dix heures. Il tourna son regard vers le sud, vers les arêtes de Rochefort.

Il était aussi dix heures, ce jour-là…

C'était une belle journée ensoleillée. Une de ces journées où l'on vit chaque minute dans un bonheur ineffable. Il avait beaucoup neigé au cours du printemps. Mais, dès la mi-juin, le temps s'était stabilisé au grand beau. Les pentes et les arêtes glaciaires étaient recouvertes d'une neige immaculée que les gelées de la nuit maintenaient dure jusqu'au milieu de la matinée.

Laure avait projeté de gravir la Dent du Géant et de traverser les arêtes de Rochefort avec Thomas et Paul.

Thomas qui avait pris du retard avec un client dans la face est du Moine, leur téléphona du refuge du Couvercle pour leur dire de partir sans lui. Il ne serait pas de retour assez tôt dans la vallée pour prendre le dernier téléphérique du col du Géant. Il les rattraperait le lendemain sur l'arête de neige.

Paul marchait devant Laure. Dans leur main droite les anneaux de corde et dans l'autre le piolet, ils longeaient la longue corniche de l'arête de Rochefort, vague figée, sculptée par les vents du sud, en assurant chaque pas dans la neige devenue souple sous le soleil.

Paul était coiffé d'un vieux bonnet de nuit avec un pompon qui pendait sur le côté, acheté aux Puces, à Paris, à la Porte de Saint-Ouen. « Il est chaud juste ce qu'il faut et c'est mon porte-bonheur », disait-il à Laure lorsqu'elle le menaçait de lui en offrir un avec des flocons de neige brodés sur le revers.

Thomas était sur le point de les rejoindre. Il était encore à une vingtaine de mètres derrière eux. Laure le vit arriver et se retournait déjà vers lui, lorsque qu'il entendit un bruit sec comme un claquement de fouet. Horrifié, Il vit une fissure courir le long de l'arête, passer entre la corniche et Laure, et filer sous les pieds de Paul, qui bascula en avant dans le versant sud, à l'opposé de la corniche qui s'effondrait côté nord. Laure n'eut pas le réflexe de sauter dans le versant nord pour faire contrepoids et enrayer la chute avec la corde. En une fraction de seconde, Thomas comprit qu'ils étaient perdus. Il essaya, dans une ultime tentative, d'aller saisir la corde de Laure. Mais il était trop loin. Il n'eut que le temps de faire trois pas.

Sur la neige fluide du versant exposé au soleil, Paul glissa à toute vitesse. La corde se tendit en sifflant et Laure arrachée de l'arête fut entraînée à sa suite.

Portés sur une coulée de neige d'où jaillissaient, dans l'éclat du soleil, des gerbes étincelantes, deux corps chargés de vie et d'espérance plongeaient dans l'abîme. Ils rebondirent sur les dalles affleurantes pour retomber sur des planches de neige qui, sous les chocs, se mirent en mouvement. La coulée prit de l'ampleur, s'élargit et se transforma en avalanche. Un grondement où se mêlaient des chocs sourds monta jusqu'à Thomas.

Comme après chaque avalanche, le calme revint. La montagne irradiait de lumière comme s'il ne s'était rien passé. Et pour la montagne, il ne s'était rien passé. Une cordée en chutant avait bien dérangé l'instable équilibre de la neige, mais dans quelques heures, l'ardeur du soleil aurait nivelé la surface laiteuse et il n'y paraîtrait plus.

Thomas resta longtemps prostré sur l'arête de neige, anéanti de douleur. Il connaissait trop bien la montagne et ce versant sud coupé de barres rocheuses pour savoir qu'il ne pouvait espérer aucun miracle.

A Courmayeur, dans la vallée italienne, les cloches de l'église sonnaient. C'était un dimanche, les fidèles se rendaient à la messe de dix heures.

Plus tard dans la journée, Thomas partit avec le Secours

en montagne italien explorer le bas du versant où ils auraient pu retrouver les corps. Mais ils étaient enfouis dans la rimaye comblée par l'avalanche. Seuls des traces rouges et quelques objets épars sur la neige rappelaient la tragédie.

L'endroit était dangereux. D'autres coulées pouvaient tomber des hauteurs. Il était inconcevable de s'attarder dans ces lieux, de risquer la vie des sauveteurs pour ramener des corps sans vie. Les recherches furent interrompues, puis abandonnées.

Thomas glissa sous sa chemise la montre qu'il tenait serrée dans sa main.

Un long bourrelet de brume grise roulait sur les arêtes et s'affalait sur le glacier de Talèfre. Un nuage, comme sorti du néant, flottait à mi-hauteur de la face nord des Grandes Jorasses.

Un large courant froid courut sur la paroi. Thomas frissonna. « Cette fois, c'est le mauvais temps », se dit-il.

Il redescendit sur la terrasse, sortit le rappel de son sac et vérifia les vieux anneaux de Nylon passés autour de l'unique gros bloc de rocher qui servait à cet usage. Il les estima assez solides pour son poids et y passa un des brins de la corde de quatre-vingts mètres. Puis il prit les deux brins dans sa main droite et enroula la corde en écheveau. Quand le milieu de la corde arriva aux anneaux, il lança le rappel dans le vide, entre l'Aiguille de Roc et le Grépon. La corde se déplia jusqu'à hauteur du relais, quarante mètres plus bas.

Thomas installa le baudrier autour de sa taille, passa le descendeur sur la corde et commença la descente.

Cette face de l'Aiguille de Roc, inclinée sur la brèche sans la moindre fissure, était toujours impressionnante. Thomas aimait la couleur jaune de sa pierre, l'absolu de ce mur lisse que personne ne gravirait jamais, à moins d'y percer des trous ou d'utiliser d'autres moyens artificiels.

Arrivé au bout du rappel, il imprima par d'amples mouvements des jambes et du torse un balancement sur la corde pour attraper le piton du relais à deux mètres de lui.

Un deuxième rappel l'amena au fond de la brèche devenue étroite.

Il plia la corde, la rangea dans son sac et commença à grimper vers le sommet du Grépon, cent cinquante mètres plus haut.

Dans le lointain, prélude d'un cataclysme céleste, un éclair sillonna le ciel.

L'orage se déchaîna.

Le massif sombrait dans des nuées noires chargées d'électricité. La foudre courait sur les arêtes noyées de brume. Un bruit infernal se répercutait entre les parois du Grépon et les Aiguilles de Blaitière. Sur le glacier des Nantillons s'effondraient des cataractes de nuages.

Thomas franchit la Brèche Balfour sous le sommet du Grépon. Ce n'était pas la première fois qu'il subissait un orage en montagne, mais celui-ci était d'une violence exceptionnelle. Thomas savait qu'il pouvait être foudroyé d'un instant à l'autre. Rester immobile près du sommet où les boules de feux se succédaient, et attendre la fin de l'orage, serait encore plus dangereux. Et il se lança dans une descente ressemblant plus à une chute contrôlée qu'à une désescalade.

Soudain, une violente décharge le précipita contre un bloc de granit auquel il s'accrocha le souffle coupé. Il s'en était fallu de peu qu'il ne plonge tête la première dans le versant ouest.

Au col des Nantillons, Thomas fixa les crampons sous ses chaussures et commença à descendre entre les crevasses transversales du glacier. Dans le brouillard, il ne voyait pas à plus dix mètres. Mais, il connaissait l'itinéraire pour l'avoir souvent parcouru avec ses clients.

Lorsque un violent coup de vent le déséquilibrait, il plantait la lame de son piolet dans la glace et s'accroupissait jusqu'à la prochaine accalmie.

Entre deux coups de tonnerre, il entendit des appels. Quelque part aux Grands Charmoz une cordée demandait de l'aide. Seul dans la tempête, il ne pouvait rien faire. Il préviendrait le secours en montagne en arrivant dans la vallée.

A Chamonix, une violente détonation fit vibrer les vitres des boutiques. Des visages inquiets se levèrent vers la voûte livide, qui virait au noir.

La vallée s'obscurcit ; des grondements roulèrent sur les versants. Des Aiguilles au Brévent, des éclairs enflammèrent les masses ténébreuses. Les rues et les places se vidèrent. Des gens coururent vers leurs voitures, se précipitèrent dans les brasseries et les boutiques pour se mettre à l'abri du déluge imminent.

A la terrasse de *La Potinière,* un homme d'allure prospère, visage rond et bronzé, portant costume de lin beurre frais avec pochette de soie rouge et chemise noire col ouvert, assis devant un verre de bière, se penchait vers son voisin :

— Eh bien, les alpinistes doivent tomber comme des mouches. Il faut être malade pour monter là-haut. Pour rien au monde, je ne ferais un seul pas sur un sentier de montagne. Moi, voyez-vous, continuait-il d'un air satisfait, j'ai fait fortune dans l'import-export en travaillant vingt ans de ma vie sans prendre de vacances. Je ne comprends pas que l'on puisse perdre son temps et risquer sa vie à escalader ces montagnes. Ça sert à quoi ? Sans compter les dangers qu'ils font courir aux sauveteurs qui vont les chercher. Ah ! si ces alpinistes consacraient autant d'efforts aux affaires, ils seraient riches !

Ébahi, son voisin se leva.

— S'il n'y a que l'argent qui vous intéresse, que faites-vous dans cette vallée ? Vous devriez avoir honte de parler de la sorte, alors que des gens sont peut-être en difficulté en montagne. Vous m'écœurez, acheva-t-il en partant.

— Comment, je vous écœure ! Vous faites partie vous aussi de cette tribu de va-nu-pieds ?...

Une jeune femme blonde, assise avec sa fillette à une table derrière lui, se leva furieuse :

— Il a raison, vous êtes ignoble !... Mon mari est en montagne et je ne veux pas entendre ça !...

— Et qu'y puis-je ? Il n'avait qu'à ne pas y aller. Quand on a une aussi jolie femme que vous, que va-t-on chercher là-haut ? reprit l'homme ironique. Tenez, si vous êtes seule ce soir, je vous invite à dîner avec votre charmante fillette.

— Espèce de minable ! hurla la jeune femme en lui lançant son verre de limonade à la figure.

— Ah !... Merci, chère madame, de me rafraîchir, dit-il

sans perdre son calme et en tamponnant son visage avec sa pochette. Vous savez, mon invitation tient toujours. En tout bien tout honneur, ajouta-t-il. J'adore les femmes impulsives.

— Je vais vous… casser la figure ! continua-t-elle en saisissant le dossier de sa chaise.

— Allons, allons du calme, dit Martin, le patron de la brasserie, qui arrivait à grands pas. Que se passe-t-il ?… C'est l'orage qui vous rend nerveux !…

— Je ne reviendrai jamais plus ici. Viens, allons-nous-en, dit-elle en prenant la main de la petite.

Sur la terrasse se formait une assemblée de curieux : l'équipe du Grand Émile, un groupe de grimpeurs parisiens qui, tous les ans à la même époque, installait son camp de base à l'hôtel de la Corniche.

Le Grand Émile, ainsi nommé par ses compagnons à cause de son mètre quatre vingt-dix, était mince comme un jonc, avec de longs cheveux noirs retenus par une cordelette de Nylon rouge, un mégot éteint vissé en permanence au coin des lèvres. Vêtu à la ville comme à la montagne d'un jeans rapiécé et d'une chemise à carreaux, et chaussé d'une paire de tennis autrefois blanches, c'était un glaciairiste hors pair, un coureur solitaire de parois glaciaires. Egalement homme de choc dans toutes les manifestations contre l'injustice et les atteintes aux droits de l'homme, son cœur était gros comme une montagne.

— Ne t'en va pas, Catherine, dit-il en rattrapant par la main la jeune femme blonde, compagne d'un de ses amis, ce monsieur souhaite te faire des excuses. Pas vrai, mon gros ? reprit-il, en s'adressant à l'individu qui ricanait.

— Laisse tomber, dit Catherine. Ce type est sans intérêt.

— Justement, on va le rendre intéressant. On va lui apprendre à être courtois avec les dames.

— Ouais, ouais, on va lui apprendre ! reprit en cœur l'équipe du Grand Émile en écartant les chaises pour se rapprocher de l'homme d'affaires.

— Holà ! Du calme !... Arrêtez !... s'exclama Martin. Allez, c'est ma tournée. Venez boire un verre au comptoir, dit-il, espérant les éloigner du client le temps que ce dernier s'éclipse.

— Après ! On va d'abord le mettre à poil, lança une petite voix.

Martin connaissait de longue date l'équipe des « Bleausards », ces grimpeurs des rochers de Fontainebleau, pas méchants, mais souvent un peu trop chahuteurs. Il avait déjà trouvé au petit matin les chaises de sa terrasse au milieu de la rue.

— Allez ! Ça suffit !... Tirez-vous, ne mettez pas la pagaille chez moi. Avec vous, on ne sait jamais quand ça s'arrêtera. Je vais encore avoir des problèmes avec la gendarmerie.

— Mais non, tu nous connais, on n'a rien contre toi, dit le Grand Émile. C'est le gros qu'on veut. Il fait des excuses à Catherine et on s'en va. Alors, ça vient ces excuses ? reprit-il d'un ton qui en disait long sur ses intentions.

Le client de Martin n'avait tout à coup plus envie de rire. Il se rendait compte que le grand « va-nu-pieds » ne plaisantait pas.

— Je n'ai rien dit qui puisse offenser cette dame et justifier la moindre excuse, fit-il en blêmissant.

— Vous entendez ? dit Émile en se retournant vers ses compagnons. Il n'a rien dit !

— Ouais !... On a tous entendu, dit de sa voix fluette Arthur, le plus petit de la bande. Il a dit que notre copine était une va-nu-pieds.

— Ouais, c'est vrai, il l'a dit ! reprirent les autres en chœur.

— Je n'ai jamais dit une chose pareille ! s'exclama l'homme, scandalisé.

Un violent coup de tonnerre interrompit la discussion. Un éclair violet déchira le ciel, relia le plafond anthracite au clocher de l'église. Des vitres vibrèrent dangereusement. Les lumières des magasins s'éteignirent. La brasserie fut plongée dans une demi-obscurité.

— Je n'ai jamais vu un orage pareil, dit Émile. Que voulait faire ton homme, Catherine ?

— La traversée des trois sommets du Mont-Blanc, pour s'acclimater à l'altitude. Tu crois qu'il est parti malgré le risque d'orage ?

— Il était seul ?

— Oui, pour aller plus vite.

Le Grand Émile ne répondit pas. Il se doutait qu'il avait quitté le refuge vers deux heures du matin. A cette heure-là, le ciel était encore clair. Il se pourrait bien qu'il soit encore quelque part sous le sommet. Sans entraînement, on ne va pas vite dans la traversée.

— Tu as téléphoné au refuge pour savoir s'il était parti ? reprit Émile pour dire quelque chose.

— Oui, mais avec l'orage le refuge ne répond pas.

— Il ne faut pas t'inquiéter. Seul, il a dû aller vite, la rassura-t-il. Essaie de téléphoner au refuge du Goûter, il y est peut-être déjà passé.

— Ça ne répond pas non plus.

— Essaie plus tard dans la soirée, quand l'orage sera passé. Pour le moment on ne peut rien faire d'autre.

— Alors, mon gros, on s'excuse ou pas ? reprit le petit Arthur impatient de passer à l'action.

— On le trempe dans la fontaine ! enchaîna Émile. Ça lui rafraîchira les idées.

L'homme se leva au milieu d'une bousculade de chaises et de tables qui se renversaient. Des bocks de bière se brisèrent sur le carrelage.

— Je m'appelle Albert Lions, et je vous interdis de me toucher.

— A la baille ! le lion, répondit Arthur dans un rire sarcastique.

Albert Lions essaya de se débattre, de donner des coups de poing, mais des paires de bras musclés l'empoignèrent, le soulevèrent, et le transportèrent à quelques dizaines de mètres de là, dans la fontaine devant La Poste, où ils le maintinrent assis dans l'eau, la tête sous le jet froid.

— Viens, dit Émile à Catherine restée en arrière, consternée par l'évolution de l'altercation. Maintenant, il va te faire des excuses.

— Non !... Jamais !... clama Albert Lions, son beau costume de lin jaune clair et sa chemise noire dégoulinant d'eau.

— Plongez-lui la tête sous l'eau, cria Arthur, devenu maître d'œuvre sous le regard attendri du Grand Émile.

— Bande de voyous !... Petits cons !... glou... glou..., fit Albert, au bord de l'apoplexie.

— Ne le noyez quand même pas, dit Émile hilare. Je suis contre la peine de mort.

— Je vais porter plainte !... Je vous traînerai en justice... glou...glou...

— Tenons-lui la tête sous l'eau, braillait Broussailles (sobriquet dû à la barbe noire qu'il laissait pousser pour compenser la nudité de son crâne), un autre compère du Grand Émile.

— Arrêtez ! Ça va comme ça ! dit le Grand Émile, inquiet de la tournure des événements. C'est un teigneux, il ne s'excusera pas.

Ils le lâchèrent et regagnèrent la terrasse de *La Potinière.*

— J'ai le bras long !... Vous allez voir, clamait Albert Lions en sortant de la fontaine.

Un énorme éclat de rire ponctué des grondements du ciel en folie lui fit écho.

— Vous y allez un peu fort, dit Martin furieux à la bande de retour sur sa terrasse.

— Tu devais pas nous payer à boire ? s'exclama Broussailles.

— C'est ça ! Je vais aussi t'envoyer la note des verres cassés et des clients qui en ont profité pour partir sans payer. Allez, tirez-vous avant que les gendarmes n'arrivent. Partez vite ! Les voilà !...

Deux gendarmes en képis débouchaient sur la place de la poste. Ils se dirigèrent vers Albert qui secouait sa veste près de la fontaine.

— C'est vous le molesté ?

— Moi !... dit Albert feignant la surprise. Vous trouvez que j'ai une tête à être molesté ?

— On nous a prévenu qu'un homme venait d'être agressé, reprit le gendarme.

— Ah, je n'ai rien vu.

— Alors que faisiez-vous dans la fontaine ? Et ne me dites pas que vous y avez glissé malencontreusement ou je rajoute sur la contravention : outrage à magistrat.

— Parce que vous me dressez une contravention ? Ça c'est un peu fort ! Je me trempe dans l'eau pour me rafraîchir et...

— Il est interdit de se baigner dans cette fontaine, trancha le gendarme. Vos papiers, s'il vous plaît.

— Les voilà, dit Albert en lui présentant entre le pouce et l'index sa carte d'identité détrempée.

— C'est une habitude chez vous de vous baigner tout habillé, avec vos papiers dans la poche ? dit le gendarme avec un sourire narquois.

— En général, je les pose avant. Mais cette fois, j'ai oublié. C'est sans doute à cause de l'orage.

Un coup de vent d'une violence inouïe balaya la ville. Les chaises des terrasses s'envolèrent dans les rues et rebondirent sur les voitures garées le long des trottoirs. Des stores se déchirèrent, flottèrent comme des étendards pour finir par s'envoler vers les toits, où ils s'enroulèrent autour des cheminées et des antennes qui plièrent sous le choc. Un homme à quatre pattes essayait de traverser la place pour se mettre à l'abri à l'intérieur de La Poste.

— Pearl Harbor, c'était de la rigolade, dit Albert Lions qui s'était réfugié dans la boutique du photographe déjà pleine. Il aimait user de métaphores et annoncer des événements catastrophiques. On va prendre une voiture par le travers, vous allez voir, annonça-t-il.

— Vous croyez que le vent peut emporter une voiture ? demanda une grande et forte femme inquiète de voir sa voiture abîmée.

— Une voiture ! Ma pauvre dame, c'est toutes les voitures qui vont être projetées et fracassées contre les murs. Toutes les voitures ! souligna-t-il.

— Léon, tu entends ce que dit ce monsieur. La voiture… Mais ! où es-tu ?

Léon, au fond de la boutique, examinait des posters de montagne en compagnie d'une charmante personne qui, perchée sur des talons aiguilles, le dépassait d'une tête et l'écoutait attentivement.

— Vous voyez, dit-il, ça c'est l'Aiguille du Capucin du Tacul. Je l'ai escaladée avec un guide de Courmayeur.

— Mon Dieu, vous êtes monté sur ce piton rocheux. Quel courage ! Et vous n'avez pas eu peur ?

— Non, répondit Léon, sec comme un sarment, en bombant le torse. Si vous voulez, nous referons l'ascension ensemble.

— LÉON ! Que fais-tu ? VIENS LA ! Il faut rentrer la voiture. TOUT DE SUITE !

— C'est votre femme ? Elle n'a pas l'air commode.

— Elle ne l'est pas. On peut se retrouver demain à cinq heures devant le bureau des guides, dit Léon à voix basse.

Léon, de mauvaise humeur, rejoignit sa plantureuse épouse appliquée à dévorer des sucreries.

— Mon petit Léon, minauda-t-elle, maintenant, tu vas ranger ma voiture au garage de l'hôtel, avant que le vent ne l'aplatisse contre un mur.

— Qui t'a dit une imbécillité pareille !

Germaine chercha du regard Albert Lions au fond de la boutique.

— Le monsieur en costume jaune, que les voyous ont trempé dans la fontaine, dit-elle en le désignant du menton.

— Quel monsieur ? fit Léon en voyant Albert examiner à son tour les posters, une main posée sur l'épaule de la charmante personne en train de rire. « Qu'est-ce qu'il peut bien lui raconter cet abruti ? »

Il se retourna vers sa femme, l'œil mauvais.

— Ça te gêne pas de me demander de sortir dans la tempête pour rentrer TA VOITURE !... Vas-y donc toi-même !

— Comment tu me parles, Léon ! s'exclama Germaine scandalisée.

— C'est votre mari ? intervint une dame au visage chevalin, elle aussi d'un fort gabarit..

— Oui, madame ! C'est mon mari !

— Ooooh ! Comment peut-il !... Remarquez, le mien est pareil ! Ah ils sont bien tous les mêmes. On se demande vraiment ce qui leur passe par la tête. Je ne sais même pas où il traîne en ce moment. Dès qu'on est en montagne, je ne peux plus le tenir. Il part en refuge plusieurs jours de suite, pour grimper je ne sais quoi, avec un guide italien. Comme ça, il est tranquille, je ne peux même pas demander au bureau des guides où il se trouve.

Une rafale ébranla la vitrine, projeta une poubelle en tôle qui s'encastra dans le pare-brise d'une Mercedes.

— Il souffle souvent comme ça le mistral, chez vous ?

— Y a pas de mistral ici. C'est la tempête, madame... Moi, je m'appelle Germaine Labourrask et vous ?

— Berthe Lebonot. Eh bien, elle n'y va pas de main-morte, la tempête. Elle va tout casser. Ah ! j'aimerais bien savoir où grimpe mon mari ! reprit-elle.

— Vous n'avez pas fini de jacasser comme deux vieilles pies, dit Léon d'une voix sourde de fureur contenue. Heureusement qu'il y a encore des jolies filles pour le plaisir des yeux.

— Ooooh ! rugit Germaine. Tu devrais avoir honte de parler comme ça à ta femme. C'est la première fois que tu oses !... Attends un peu qu'on soit à l'hôtel !...

Léon ouvrit la porte et se précipita dehors comme s'il fuyait le diable. Une rafale s'engouffra dans la boutique. Des tableaux se décrochèrent du mur et tombèrent dans un bruit de verre brisé.

— FERMEZ LA PORTE ! hurla le photographe. Vous allez détruire mon magasin.

Léon, emporté par la tourmente, déboula dans la rue, se retrouva à plat ventre sur le bitume et se mit à ramper pour se mettre à l'abri derrière une voiture.

Sur le versant des Aiguilles-Rouges, dans la forêt d'épicéas, les fûts se vrillaient, se brisaient à mi-hauteur dans des grincements, des éclatements de bois. Des racines s'arrachaient des roches sous-jacentes, surgissaient de terre comme de monstrueuses bêtes arachnéennes soudain pétrifiées.

Enfin la tornade s'éloigna. Les estivants sortirent des magasins où ils s'étaient réfugiés. Les commerçants firent l'inventaire des dégâts en commentant la violence du vent, que de mémoire d'homme on n'avait jamais connue.

Le pâtissier, épaules tombantes et bouche ouverte, constata que ses tartelettes aux myrtilles, religieuses, choux à la crème et autres gâteries s'étaient bizarrement volatilisées de ses rayons. Dans la cohue, il avait bien remarqué un groupe d'alpinistes avec un grand type dépassant tous les autres d'une bonne tête, entassés du côté de la vitrine. Il arrivait de temps à autre que des gâteaux disparaissent. Mais de là à vider ses rayons ! Il fallait quand même un sacré estomac.

Léon restait accroupi derrière la voiture garée devant l'hôtel de *La Corniche* afin échapper à une autre tornade qui le cherchait activement : son épouse, suivie de Berthe Lebonot qui avait pris si complaisamment parti pour elle chez le photographe.

— Tu peux te cacher, Léon. Je te trouverais quand même, lançait Germaine furibonde. Tu ne perds rien pour attendre, mon lapin !

— Faites comme moi ! vociférait sa nouvelle amie. Vous avez du poids, vous êtes solide. Donnez-lui une raclée. Les hommes, c'est comme les enfants, il faut les corriger pour les remettre sur le droit chemin. Je vous aiderai si vous n'y arrivez pas toute seule.

Léon n'osait plus respirer. Elles s'étaient arrêtées sur le trottoir de l'autre côté de la rue. Il savait que Germaine pouvait se déchaîner. Il avait déjà pris des gifles et c'est qu'elle faisait mal, avec ses énormes battoirs !

Il était sans défense devant Germaine, ses cent dix kilos et son mètre quatre-vingt-cinq. Rapide comme l'éclair, elle ratait rarement ses coups. Le mètre soixante et les cinquante-cinq kilos, même musclés, de Léon ne pesaient guère devant cette énormité.

La rébellion, il avait bien essayé. Une fois, il l'avait même mordue au mollet jusqu'au sang, ce qui lui avait valu une correction qui l'avait allongé pour une semaine sur leur couche conjugale où Germaine l'avait soigné et dorloté. Car elle l'aimait son petit Léon !

Après ce jour mémorable, il apprit à courir comme un lapin. Tous les matins, Léon se levait le premier pour faire son jogging autour de l'usine des produits laitiers Labourrask, avant l'arrivée des employés. Ce qui, tout en lui faisant les jambes, lui permettait d'échapper aux bras de son épouse, animée le matin d'une passion dévorante.

Pour l'heure, il esquivait, fuyait, mais ce n'était qu'un répit. Patiente et rancunière, Germaine attendrait le moment opportun.

Léon avait connu Germaine du temps du père Labourrask, dont il était le fidèle comptable. Il n'avait pu résister au regard enveloppant de Germaine qui travaillait dans l'usine familiale, car l'oisiveté, chez les Labourrask, était hors la loi.

Devenue patronne de la société, Germaine avait agrandi l'affaire. Et Léon, après les épousailles, était devenu aussi pingre et malin que sa patronne de femme. Il s'était fait au fil des années, à l'insu de Germaine, un joli pécule, et, aujourd'hui, il était prêt pour la grande évasion.

Une main se posa sur son épaule, il sursauta, se regroupa, prêt à démarrer un cent mètres foudroyant.

— N'aie pas peur, dit le Grand Émile qui, du seuil de l'hôtel, avait assisté à la chasse à l'homme. Glisse-toi par la porte, je m'occupe d'elles.

Le Grand Émile se dirigea vers les deux femmes.

— Bonjour, Mesdames ! vous cherchez quelqu'un peut-être ?

— Je cherche mon mari, monsieur. Vous le connaissez ?

— Bien sûr, qui ne connaît pas… Ah, comment s'appelle-t-il déjà ?… Je ne me souviens plus de son prénom, dit-il avec aplomb.

— Léon Authan-Labourrask. Moi, je suis madame Labourrask, propriétaire d'une usine de produits laitiers, dit-elle non sans orgueil, et lui n'a…

— Rien, acheva le Grand Émile en perdant son mégot dans un sourire féroce dévoilant ses dents jaunies par la nicotine.

— Voilà ! Vous avez compris. Vous connaissez les yaourts Labourrask ?

— Évidemment ! Qui ne les connaît pas ! dit Émile qui en entendait parler pour la première fois.

— Où est mon époux ? reprit Germaine. J'ai deux mots à lui dire.

— Eh bien…, dit-il en traînant sur les mots, il s'en est allé vers la brasserie *Le Choucas,* au bout de la rue à droite. Je l'ai vu passer avec la Dépanneuse.

— Une dépanneuse ! Alors, ma voiture !… S'il s'en était occupé plus tôt, au lieu de faire le paon chez le photographe, ma voiture ne serait pas abîmée, persifla Germaine.

— La dépanneuse, reprit le Grand Émile, c'est Pierrette, une gentille copine très sympa avec les copains esseulés.

— Vous feriez mieux d'aller chez le coiffeur, vous faire couper la tignasse, fulmina-t-elle les yeux chargés d'étincelles, une main à demi levée. Mon Léon n'est pas un homme esseulé comme vous dites.

— Avec une femme comme vous, il ne doit pas en effet se sentir souvent seul, dit le Grand Émile en faisant vivement un pas en arrière.

— Viens ! dit Germaine devenue familière avec sa nouvelle amie, suis-moi ! Si Léon est en panne, on va lui donner un coup de main.

— Oui, oui, un bon coup de main, fit Berthe la mine réjouie.

Au bureau des guides, c'était la consternation. Un guide, parti la veille avec son client pour la face nord des Drus, n'était pas rentré. Des alpinistes avaient signalé une avalanche de pierres dans la paroi. Et on redoutait le pire.

Thomas arriva en nage à Chamonix. Se doutant que le téléphérique du Plan de l'Aiguille ne fonctionnerait pas avec ce vent violent, il avait couru tout le long de la descente, en prenant les raccourcis entre les lacets du sentier. Il passa au poste de secours prévenir les sauveteurs des appels entendus sur les Grands Charmoz.

— Nous ne pouvons rien faire dans l'immédiat. Le temps ne se rétablira pas avant demain, lui dit l'un des gendarmes qui assurait le sauvetage avec les hélicoptères de la gendarmerie et de la protection civile. Ici, c'est un défilé continuel. Les gens viennent nous demander des nouvelles des leurs. Certains nous reprochent de ne pas savoir où ils se trouvent. Comme si on pouvait suivre les alpinistes à la trace, ou mettre des barrières aux pieds des voies pour en interdire l'accès lorsqu'il y a risque de mauvais temps. Au refuge du Goûter, poursuivit-il sur un ton las, un alpiniste s'est fait voler ses chaussures. Il attend qu'on aille le chercher, comme si on n'avait rien d'autre à faire.

Le plafond s'était unifié à hauteur des moraines sous les Aiguilles. Il ne pleuvait toujours pas. Quelques éclairs faisaient encore naître de brèves lueurs dans l'épaisseur nuageuse.

Thomas traversa la place de l'église à grands pas. Il avait hâte de rentrer chez lui. Il voulait mettre encore un peu d'ordre, ouvrir portes et fenêtres pour aérer, cueillir quelques fleurs dans la clairière afin de les disposer sur la table du séjour, et prendre une douche avant l'arrivée d'Alizée...

— Hé ! Thomas, où vas-tu si vite ? Viens un peu par là, lança le guide Roger Cauchaz, assis sur un banc devant l'office du tourisme.

Thomas obliqua dans sa direction. Il aimait bien ce guide toujours courtois avec les autres, ceux qui n'étaient pas d'ici, comme lui.

— Bonjour, Roger. Vous allez bien, lui demanda-t-il en lui serrant la main.

— D'où viens-tu ? questionna le guide.

— Du Grépon.

— T'as pris l'orage là-haut ? Jamais vu un temps pareil, dit-il sans attendre sa réponse. Regarde un peu la forêt, elle ressemble à un vieux tapis bouffé par les mites.

— Ça repoussera, Roger.

— Il faudra vingt ans pour que les arbres repoussent grand. Je la verrai plus comme avant. C'est que j'arrive bientôt sur les soixante-dix.

— Vous êtes solide comme un roc, Roger. Vous deviendrez centenaire.

— C'est vrai que je suis solide, dit-il content du compliment. Mais, c'est les genoux. Ah, les genoux ! Ils ont pris un coup de vieux ! Monter au refuge du Couvercle ou au Lac Blanc avec les clients, ça gêne pas. Mais à la descente !... A la descente, les jeunes, ils courent devant comme des lapins.

— Quand ils auront votre âge, ils iront moins vite. Vous pouvez vous féliciter de courir encore la montagne et d'avoir échappé aux risques du métier.

— Ça oui ! C'est passé près quelquefois. J'ai connu un orage aussi mauvais que celui-là. J'avais quarante-cinq ans, je m'en souviens comme si c'était hier. J'étais avec deux clients au sommet des Drus... Viens on va boire un blanc limé chez la Mélanie. Je vais te raconter ça.

— Pas aujourd'hui, répondit Thomas. Il faut que je monte au chalet.

— Tu as bien le temps. Personne ne t'attend dans ta clairière, dit-il, maladroit sans le vouloir.

— Vous n'avez pas vu passer une jeune femme sur une grosse moto gris métallisé ? lui demanda Thomas.

— Si, une noiraude sans casque sur la tête. Je l'ai vue. Elle est passée il y a bien une heure. Elle a monté la Mollard comme une bombe. C'est une cliente à toi ?

— Non, pas une cliente. Une amie.

— Alors t'en as trouvé une autre ?... Excuse-moi, se reprit-il, je ne voulais pas dire ça comme ça. Mais si c'est vrai, je suis content pour toi. Il faudra nous la présenter. Amène-la demain soir au bistro chez la Mélanie !

— Oui, si elle veut. Vous attendez des clients ? demanda Thomas.

— Un Monchu et son gamin pour la Petite Verte demain. Mais je les vois pas. Ils ont dû prendre peur avec l'orage.

— Vous croyez qu'il va pleuvoir ?

— C'est sûr ! Ça va tomber avec la nuit.

— Bon. Au revoir, Roger, dit Thomas impatient de rejoindre son chalet.

Des sentiments confus se bousculaient en lui. Alizée était la première femme, excepté Line, qui venait au chalet depuis la disparition de Laure. Il repoussa une vague de tristesse, et la nuit sur la Mer-de-Glace, la Tour-Rouge et l'amulette lui revinrent à l'esprit. L'éboulement dans la paroi avait-il vraiment eu lieu ? Tout lui paraissait soudain irréel.

Plongé dans ses pensées, il était arrivé devant le chalet sans même s'en apercevoir. Il vit la moto sous l'avancée de la terrasse, et Alizée assise dans la clairière, un livre sur les genoux. Elle se leva en l'apercevant. Il hésita un instant, puis se précipita vers elle, la prit dans ses bras et l'embrassa sur les joues, aux bords des lèvres.

— Tu as roulé comme un bolide pour arriver si tôt ! Tu m'avais promis d'être prudente. Et les excès de vitesse ! Les radars ! Tu n'en tiens pas compte ?

— Je vais plus vite que les ondes. Elles n'ont pas le temps de me capter, répondit-elle en riant.

— Pourquoi n'es-tu pas entrée dans le chalet ? La clé est sur la poutre au-dessus de la porte ! Tu aurais pu prendre un bain, te désaltérer. L'eau est fraîche et il y a des jus de fruits dans le réfrigérateur.

— Je ne me serais pas permis d'ouvrir ton chalet pendant ton absence.

Il aurait voulu lui dire : C'est aussi le tien. Tu es ici chez toi, chez nous. Mais il n'osait pas encore. Ils ne s'étaient pas revus depuis huit mois. Et malgré leur échange de lettres, leurs coups de téléphone, il se sentait de nouveau timide devant cette femme, devant son regard bleu-violet.

Après qu'Alizée eut pris un bain pour se détendre, assouplir son corps longtemps figé sur sa moto et se nettoyer des miasmes des autoroutes, elle rejoignit Thomas dans la salle de séjour vêtue d'une légère robe droite de coton blanc s'arrêtant au-dessus des genoux.

— Humm !…Tu sens bon, dit-elle en l'embrassant sur la joue. J'ai une faim de loup et toi ?

— Un gouffre à la place de l'estomac ! Ce soir, le chef te propose : gambas grillées au feu de bois. Pommes de terre sous la cendre. Salade et fromage blanc, arrosés d'eau des cimes garantie du jour.

— C'est parfait pour moi.

— Alors, il ne reste plus qu'à allumer le feu sous le gril. Quel temps bizarre, dit-il en éclairant la pièce. Il est à peine huit heures et c'est déjà la nuit.

Le plafond nuageux était tendu comme une nappe grise d'un versant à l'autre. Immobile, sans le moindre défaut.

Sur la terrasse du chalet, Alizée et Thomas finissaient leur repas lorsque les premières gouttes crépitèrent sur le toit de lauzes.

— Roger Cauchaz ne s'est pas trompé en affirmant que la pluie tomberait avec la nuit.

— Qui est Cauchaz ? demanda Alizée.

— Un guide de la vallée très sympa.

Soudain, le ciel s'effondra. Une pluie torrentielle s'abattit sur la vallée.

— Rentrons, dit Thomas en se levant.

Alizée tendit une main vers la pluie.

— Thomas ! L'eau est tiède. C'est une bénédiction de ciel, on ne peut souhaiter une meilleure douche.

Elle se leva et descendit dans la clairière.

Thomas, interdit, regardait Alizée retirer sa robe légère et son slip qui tombèrent à ses pieds. Puis, les avant-bras repliés, les mains ouvertes et le visage tendu vers le ciel, comme pour une offrande ou une prière, elle resta immobile sous la pluie diluvienne.

Il s'était bien douté en la voyant grimper dans l'Atakor que son corps était sans défaut mais, ici, dans la clairière, dans la lumière diffuse des baies du chalet, Alizée était la perfection même.

Thomas se dévêtit, descendit l'escalier et s'approcha d'Alizée, hésita, et enfin osa l'enlacer.

L'eau ruisselait sur leurs corps. Alizée se serra contre Thomas. Il sentit ses seins, son ventre, ses cuisses contre sa peau. Ses mains glissèrent de son dos, s'arrêtant à hauteur de sa taille, de ses hanches étroites. Thomas n'éprouvait aucun désir, si ce n'est celui de la tenir dans ses bras. L'instant était trop fort, comme un commencement du monde. Ils tournèrent sur eux-mêmes dans un étrange rituel. Une paix, un bonheur ineffable les envahit.

L'eau fraîchit. Ils restèrent encore un long moment insensibles au froid qui coulait sur leur peau. Puis ils frissonnèrent et entrèrent dans le chalet.

Thomas craqua une allumette sous le tas de bois toujours prêt en prévision d'une soirée fraîche un jour de mauvais temps et jeta une couverture et quelques coussins devant la cheminé. Alizée les arrangea. Ils s'allongèrent l'un près de l'autre, la tête d'Alizée posée sur l'épaule de Thomas.

Un éclair suivi d'un coup de tonnerre troubla le silence et les lumières s'éteignirent. Dans la cheminée le feu pétillait et les lueurs des flammes dansaient sur leurs corps encore humides.

— A la santé de Léon Authan qui a choisi la liberté ! Vive Léon ! dit Albert Lions le bras autour de la taille de Lili, la charmante personne de la boutique du photographe, assise sur ses genoux.

— Ouais… Ouais !… braillait la bande à Émile, tous joyeusement ivres. Vive Léon !… Vive Léon, le symbole de la liberté !

Ils s'étaient retrouvés à *La Caverne,* le bar de l'hôtel de *La Corniche.* Le Grand Émile et sa bande, séduits par l'attitude d'Albert Lions face aux gendarmes, lui avaient fait fête, et Albert les avait invités dans un restaurant où ils avaient englouti une copieuse fondue. Maintenant il assurait la soirée et l'ambiance était à son comble.

Dans un fracas de vitres brisées la porte de *La Caverne* s'ouvrit violemment, en heurtant la table placée derrière. Léon disparut sous la banquette. Lili, qui avait compris, posa ses pieds devant lui. Albert se rapprocha d'elle et la prit par le cou en tirant la table de l'autre main devant eux.

Germaine dégoulinante de pluie surgit dans le bar, suivie de Berthe. Elles avaient dîné ensemble et vidé deux bouteilles de sauvignon en se racontant leurs exploits amoureux du temps de leur jeunesse et leurs malheurs de femmes mariées.

— Où est mon Léon ? éructa-t-elle.

— Sais pas, osa répondre le petit Arthur.

— Sais pas !... Ça veut dire quoi, « sais pas », petit morveux ? Il est là, mon Léon. On me l'a dit !

— Ho ! la mémère ! Ça va comme ça ! Débarrassez le plancher ! Dehors ! dit, le ton haut, le Grand Émile qui avait retrouvé toute sa lucidité devant l'intrusion de la géante femme.

Germaine se rapprocha vivement de lui, écarta d'une main Broussailles sur son passage qui valdingua les quatre fers en l'air par la porte et s'aplatit sur le trottoir. Le Grand Émile, le dos appuyé à l'extrémité du bar, la regardait goguenard.

— Toi, mon grand, tu sauras qu'il ne faut jamais parler comme ça à Germaine, dit-elle en souriant méchamment et en lui balançant une gifle qui l'envoya s'effondrer à moitié assommé au fond de la salle. Berthe ! Jette un œil derrière le bar. Moi je cherche par là, beugla Germaine en se mettant à quatre pattes pour regarder sous les tables.

— D'accord, dit Berthe en se frottant joyeusement les mains à l'idée de mettre une tannée à ce voyou de Léon. Elle passa derrière le comptoir, ne vit rien, explora le plancher au cas où une trappe mènerait à une cave.

A la réception de l'hôtel, Nathalie, la blonde nymphette à la fois barmaid et réceptionniste, téléphonait dans tous les azimuts pour alerter le patron, absent pour la soirée.

Elle en avait vu d'autres à *La Caverne.* Ce n'était pas la première fois que les alpinistes venaient animer de joyeuses soirées, mais les déplacements des Volumineuses et le ton crescendo des voix ne laissaient rien présager de bon pour le bar, le « Rendez-vous des Copains ». Nathalie y passait de bons moments. Elle aimait bavarder avec eux, leur servir à boire en oubliant, le plus souvent, de faire payer les consommations, ou de les noter sur des pages d'additions jamais réglées.

— Le voilà ! Je l'ai ! Berthe ! tonna Germaine en passant sous la table qui se souleva, se balança sur son dos et se renversa avec verres et bouteilles sur les genoux de Lili et d'Albert.

Un étau se referma sur la cheville de Léon, la tête cachée sous ses bras.

— Ah ! je te tiens ! Viens, mon petit lapin, dit Germaine dans un grognement de satisfaction.

Elle tira sur la jambe de Léon à deux mains, en y mettant toutes ses forces.

— Aaaaaah… Arrrêêête… tu m'écartèles…, hurla Léon, l'autre pied coincé derrière la banquette.

Hiiiiii ! fit Berthe de plaisir en se relevant de toute sa masse.

Bang ! fit sa tête en heurtant l'étagère des bouteilles qui s'effondra avec elle sur le plancher, où elle resta allongée, le cuir chevelu fendu.

— Voyez-vous ça ! J'écartèle mon lapin ! grogna Germaine en tirant plus fort.

Léon gicla de sous la banquette, effectua un quart de cercle à plat ventre sur le plancher, et alla donner de la tête contre le bar. Il mit vite ses bras sur son crâne endolori pour le protéger des coups. Mais ce n'était pas ce que visait Germaine. Elle voulait l'humilier, montrer à la traînée et à la bande du Grand Émile que c'était elle la patronne, dans son ménage, comme dans son usine. Elle se mit à genoux, prit les deux pieds de Léon, les coinça entre ses grosses cuisses et commença à lui administrer une magistrale fessée.

Lili, la bouche ouverte, les yeux exorbités, était paralysée de stupeur.

Broussailles revenu sur le seuil de la porte ne put supporter le spectacle de cet homme humilié devenu son ami et bondit, tel un fauve enragé, sur Germaine. En s'agrippant des deux mains à sa robe fleurie, il essaya de la faire tomber.

Arthur n'aimait pas être traité de « petit morveux » et sauta à son tour sur les épaules de Germaine. D'un revers de main, elle l'envoya valser plus loin. Il revint à la charge, s'accrocha au décolleté de sa robe et tira un grand coup. La robe ne résista pas à ce second assaut. Elle se déchira et dévoila le dos rose de Germaine, et Broussailles tomba à la renverse un lambeau de robe entre les mains.

Germaine ne se démontait pas pour autant et continuait à marteler le derrière de son Léon.

Alors, un long cri sauvage venu des origines de l'humanité jaillit de la gorge enfin débloquée de la frêle Lili :

— Aiiiiiie ! Et Lili se jeta sur Germaine et l'empoigna par les cheveux.

— Ma permanente ! beugla Germaine en abandonnant momentanément le derrière de Léon qu'elle garda coincé entre ses cuisses, pour s'emparer avec une joie féroce de Lili. Ma coquine, je vais te montrer ce que c'est qu'une vraie femme.

Elle serra Lili contre sa poitrine, qui lâcha ses cheveux pour la repousser en s'appuyant des deux mains sur son visage. Mais on n'échappe pas à l'étreinte d'une femme comme Germaine. Lili lui tordit les oreilles, lui martela le visage de ses petits poings, en vain. La grosse tenait bon.

— Berthe !... Où es-tu ?... Viens, ma Berthe ! Viens voir ! Je vais lui faire cracher les tripes ! dit-elle frémissante de plaisir.

Une voix larmoyante monta de derrière le bar :

— Suis là, Germaine... m'ont assassinée... perds tout mon sang.

Berthe, à quatre pattes, essayait de se retourner. Mais ses formes généreuses et l'espace étroit entre la cloison et le bar ne le lui permettaient pas.

— Demande pardon à Germaine ! Dis-lui que tu ne dragueras plus son Léon, gloussait Germaine en serrant plus fort son bras droit et en repoussant de l'autre les assauts d'Arthur et de Broussailles qui tombèrent sur le dos du pauvre Léon déjà à moitié groggy.

Lili aurait bien dit tout ce que Germaine souhaitait. Mais la bouche grande ouverte, elle essayait d'aspirer un peu d'air.

L'étreinte de Germaine se desserra, juste ce qu'il fallait pour ne pas l'étouffer tout à fait. Lili emplit ses poumons et dit dans un long râle :

— Ouiiii…

— Oui, quoi ? meugla Germaine impitoyable.

Albert, effondré sur la banquette, le visage hilare, observait la mêlée. Il n'avait jamais autant ri de sa vie… jusqu'à ce que la main de Germaine s'abatte sur les fesses de Lili.

Alors, il vit rouge. Et sonna l'hallali.

Et la bande, comme un seul homme, se précipita sur Germaine. Mais la saisir et libérer Lili n'était pas une mince affaire. Les mains glissaient sur sa peau en ébullition, elle rentrait la tête dans ses épaules, écartait les genoux pour avoir une meilleure assise. Léon réussit à s'échapper de la mêlée, rampa vers la porte de la réception et gravit quatre à quatre l'escalier vers les mansardes.

Finalement toutes ces mains s'acharnant sur Germaine lui firent lâcher Lili, mais pas abandonner le combat. Le visage illuminé d'un large sourire, Germaine se mit à cogner sur tout ce qui se présentait.

Elle n'était plus en colère. Elle se dépensait joyeusement. « On s'amuse bien avec les copains de Léon. Il faudra que je les invite à la maison, avec Lili », calculait-elle en pensant à l'avenir sans cesser de cogner.

Berthe, une lueur assassine au fond de ses prunelles, voulut à son tour en découdre. Après avoir réussi à s'extirper du bar et vidé une bouteille de Martini, elle s'approcha sournoisement du groupe en délire. « Je vais m'en faire un », bredouillait-elle. Elle visa le crâne le plus proche, celui d'Albert, et allait abattre son bras armé de la bouteille lorsque le Grand Émile, revenu du fond de la salle, la lui arracha. Elle se retourna plus furieuse que jamais et, vlan ! Émile repartit au fond de la salle compter les étoiles de la voie lactée.

Aux curieux alertés par le raffut qui tentaient d'entrer, « C'est une soirée privée », criait Berthe. Puis, avisant le premier qui, poussé par les autres, faisait un pas de trop à l'intérieur de *La Caverne,* elle lui décocha un grand coup de pied, pointure quarante-cinq, dans le ventre. Le malheureux, plié en deux, partit en arrière comme un météore en propulsant les autres dans la rue.

Nathalie ne s'était jamais autant amusée. « Une soirée dont on se souviendra », se dit-elle en montant la sono au maximum sur un air de rock.

Le patron aussi n'oublierait pas. Les dégâts s'ajouteraient au gouffre insondable de ses finances. Loin d'être un affairiste comme Albert Lions, c'était un homme gentil avec les amis ; ses clients pour son malheur qui, le porte-monnaie vide avant la fin des vacances, lui laissaient en souvenir des ardoises à pleurer.

Un soleil triomphant se levait sur le pays du Mont-Blanc, le vent du nord balayait les couloirs et les murailles, des coulées de neige glissant sur les grandes dalles de granit se transformaient en nuage de poudreuse avant d'atteindre les glaciers.

Depuis l'aube les hélicoptères du secours en montagne longeaient les parois, remontaient les glaciers, survolaient le sommet du mont Blanc à la recherche des cordées dont on était sans nouvelles.

La liste noire s'allongeait : deux alpinistes foudroyés au Grépon ; trois autres au col de la Brenva. Ceux des Drus avaient survécu à la chute de pierres, mais le guide, un fémur éclaté, risquait d'être handicapé à vie. Des cordées que l'on croyait perdues regagnèrent les refuges ; des familles se libérèrent de leur anxiété, d'autres s'effondrèrent dans la douleur.

L'ouragan avait été terrible. On aurait dû s'y préparer depuis le temps qu'il menaçait le massif. Mais on n'y croyait plus.

Les autocars arrivaient de nouveau bondés de touristes de tous âges et de toutes nationalités. Dans Chamonix, capitale mondiale de l'alpinisme, de joyeuses bandes déferlaient. Le téléphérique de l'Aiguille du Midi fonctionnait à pleines bennes. Les rames du train du Montenvert se suivaient sans interruption pour absorber la foule impatiente à la gare de départ.

Comme tous les étés après une chute de neige, malgré les risques d'avalanche, des alpinistes, de la neige jusqu'au ventre, forçaient une trace dans la face nord du Tacul. Que pourrait-il arriver sous un soleil aussi radieux ?

La vie dans la vallée avait retrouvé son rythme des jours ensoleillés.

Un concerto pour piano de Bach tira Thomas de son sommeil. Il s'assit dans son lit, un long moment immobile, envahi par une profonde émotion. Depuis la disparition de son père, le piano appuyé contre la cloison de mélèze de la salle de séjour était resté silencieux sous sa housse.

Thomas écouta, bouleversé. Puis il se leva, enfila un survêtement et ouvrit doucement la porte de la chambre. Alizée, assise devant le piano, lui tournait le dos. Ses doigts couraient sur le clavier avec une maîtrise qui ne l'étonnait plus. Il s'approcha doucement.

— Tu joues merveilleusement bien, dit-il en soulevant d'un doigt ses cheveux et en l'embrassant dans le cou.

— Mon père est un très bon pianiste. J'avais cinq ans lorsqu'il m'a donné mes premières leçons, plus tard j'ai continué à prendre des cours avec un professeur à Madrid.

— Tes parents, que font-ils ?

— Ils sont bien loin d'ici, dit-elle en rabattant le couvercle du clavier. Allons prendre le petit déjeuner et je te parlerai de mes parents.

— Je file chercher du pain frais.

— Tout est prêt sous le parasol que j'ai trouvé derrière le chalet.

— Et le pain…

— Voyons, Thomas, chez le boulanger !

— Tu es descendue !… dit-il en la prenant dans ses bras. Tu es une fille incroyable, Alizée.

Et se souvenant des chamailleries entre Line et Radich à Tamanrasset :

— Tiens, si tu veux je t'épouse ! comme disait Radich.

— Et quelle sera ma place parmi tes épouses ? Radich en a trois, dit Alizée les yeux rieurs en le repoussant doucement.

— Oh, ça on ne peut pas savoir. Enfin si ! Il en faut une pour porter mon sac, une pour faire la cuisine et laver mes chaussettes. Et une troisième… pour le reste.

— Le reste ?

— Oui, ce que nous n'avons pas fait hier soir devant la cheminée.

— Et pourquoi ne l'as-tu pas fait ?

— Tu ne me l'as pas demandé.

— Parce que c'était à moi de te le demander, Thomas ?

— Tu n'en as pas vraiment manifesté le désir.

— Tu crois dit-elle en déposant un baiser furtif sur ses lèvres.

Il voulut l'enlacer, l'embrasser, mais souple comme une anguille Alizée glissa entre ses bras et fila dans l'escalier. Avant qu'elle n'atteigne la dernière marche, il lui cria :

— A moins que tu ne sois la seule, mais dans ce cas-là…

Alizée s'arrêta, se retourna :

— Dans ce cas-là ?

— Tu devras tout faire !

— Oui, Thomas ! Mais dans « ce cas-là », je vais réfléchir ! lança-t-elle d'un ton joyeux. En attendant, viens déjeuner.

Assis dans la clairière autour d'une antique table de bistro à l'ombre du parasol de toile ocre, ils dévorèrent un copieux petit déjeuner tout en observant les Aiguilles et le Mont-Blanc. La lumière était rarement aussi pure au cœur de l'été.

— Thomas, elles sont belles tes montagnes. Ce matin en me levant je ne m'attendais pas à un tel spectacle, malgré tout ce que tu m'as décrit dans tes lettres. C'est éblouissant.

— Oui, plus belles que tous les diamants du monde,

pour les amoureux de la montagne, et chargées d'histoire. On pourrait en parler toute la journée sans se lasser et, dès qu'on lève les yeux, elles sont là, immuables.

Mais Thomas savait que ces montagnes ne seraient plus jamais les mêmes pour lui, et les souvenirs, les réminiscences d'un passé encore trop proche qu'il voulait garder enfouis dans sa mémoire resurgirent. Il eut soudain envie de partir avec Alizée, au Pérou, en Inde ou ailleurs dans les massifs lointains, les déserts, les forêts, son rêve amazonien lorsqu'il était plus jeune.

— La vie est belle ! lança-t-il soudain dans un éclat de rire qui mourut aussitôt.

Un silence s'établit et les rumeurs de la vallée montèrent jusqu'à eux, comme le lointain ressac d'un océan.

Un hélicoptère rouge de la Sécurité civile, dans un grand froissement d'air et sifflement de turbine, passa cent mètres au-dessus du chalet, traversa la vallée et se dirigea vers le col du Midi où ils le perdirent de vue.

— Quant partons-nous pour le mont Blanc ? demanda doucement Alizée.

— Le mont Blanc ?… Oui, bien sûr… Le mont Blanc, dit Thomas d'une voix neutre.

— C'est bien ce qui était convenu ? Tu m'as promis le mont Blanc par le versant italien.

— Mais oui, Alizée.

Et d'une voix claire :

— Si le beau temps est stable, nous monterons au refuge après-demain.

Il prit une beedie dans la petite boîte posée près de sa tasse et l'alluma.

— Je vais préparer une autre théière, dit Alizée en se levant. Ce sera meilleur pour ta santé et ensuite tu me feras visiter Chamonix.

Il la suivit dans le chalet en se disant qu'elle ne lui avait pas encore parlé de ses parents. Qu'attendait-elle de lui ? Il s'apprêta à le lui demander.

— Nous aurons le temps d'en parler au refuge, dit-elle, devançant sa question.

— Alizée…

— Oui Thomas, répondit-elle consciente d'avoir parlé trop vite.

— Existe-t-il un moyen de me protéger de tes incursions !… Dans ma cervelle !!

— Ton visage est un miroir tellement éloquent…

— Tu te répètes, Alizée. Ça, tu me l'as déjà dit.

— Thomas, c'est très facile. Ce n'est qu'une petite gymnastique de l'esprit.

— Une petite gymnastique de l'esprit ! Tu plaisantes ?

— Tu apprendras vite à te protéger.

— Apprends-moi. Je t'écoute.

— Plus tard, Thomas. Mais, je te promets de ne plus recommencer.

Dans une des chambres mansardées de l'hôtel de *La Corniche,* l'équipe du Grand Émile, renforcée des Authan-Labourrask et de Berthe qui n'avaient pu regagner leurs hôtels dans l'état lamentable où ils s'étaient mis, effondrés sur le plancher ou allongés sur les lits en fer, sortaient péniblement de leur sommeil comateux.

Germaine avait tant bien que mal rafistolé sa robe déchirée et appliqué un pansement sommaire sur le crâne de Berthe avec les lambeaux des chemises déchirées.

Albert Lions, toujours prudent, était resté relativement sobre et avait pu rejoindre l'hôtel du Mont-Blanc en compagnie de Lili.

Les lendemains de fête étaient difficiles pour Germaine. Mais, depuis qu'elle avait entrouvert un œil, une idée prenait corps dans son cerveau : un vieux rêve, fantasme de ses plus jeunes années où, depuis sa fenêtre, elle regardait les cimes scintillantes avant d'aller se remplir les poumons des odeurs de lait tiède dans l'usine de yaourts. La promesse faite à son pépé, quand elle était encore une toute petite fille, venait de surgir des méandres de sa mémoire ; son grand-père qui lui racontait ses ascensions dans les Alpes, en montrant son grand piolet rapporté de Chamonix.

L'idée que ruminait Germaine avait fait son chemin. Elle redressa le buste, appuya ses mains sur ses hanches, et silencieuse, balaya d'un long regard l'assemblée avinée.

Léon l'observait, il sentait qu'elle allait dire quelque chose de grand.

Berthe, inquiète de cette attitude inattendue, lui dit :

— Ça va pas, Germaine ?

Germaine ne répondit pas. Son regard s'arrêta sur Émile, le fixa, et soudain ses pupilles scintillèrent.

Émile se leva, s'adossa à la cloison. « Aurait-elle des pensées lubriques à mon égard, se dit-il. Non !... Oh seigneur pas ça. » Il visa la porte du regard, calcula la trajectoire pour échapper à l'étau de ses bras.

— Qu'est-ce qu'elle va faire ? murmura-t-il dans un souffle.

Mais Germaine l'avait entendu. Sans le quitter des yeux, elle tendit un bras dans sa direction pour le faire taire et, d'une voix rauque, venue du fond de ses entrailles, dit :

— Toi ! le Grand ! tu vas me monter au sommet du mont Blanc.

— QUOI !!! LE MONT BLANC ! répondit Émile stupéfait. Le mont Blanc !... Mais il faut être entraîné et savoir marcher avec des crampons, tenir un piolet...

— Les Labourrask, éclata Germaine, sont haut-savoyards depuis que le mont Blanc est sorti de la terre. Le mont Blanc ne leur a jamais fait peur. Mon père, mon grand-père et les vieux d'avant ont gravi la taupinière blanche, et Germaine va faire comme eux. Et toi, la grande asperge, tu vas me monter au mont Blanc ! C'est parlé ça ! Oui ou non ! Pourquoi je ne serais pas, moi aussi, continua-t-elle après avoir pris une large goulée d'air, une héroïne du mont Blanc, comme ces grimpeurs qui brodent leurs noms sur les fringues.

— D'accord, d'accord. Te fâche pas, Germaine ! Après tout, pourquoi pas. T'es costaude comme un bœuf. Mais, il y a l'altitude ? Faudra que tu montes un peu avant de faire le mont Blanc...

Berthe, qui jusque-là s'était tue, lança un retentissant :

— MOI AUSSI, je veux faire le Blanc.

— Où sont tes autres copains, Émile ? s'inquiéta Germaine.

— Quels autres ? dit Broussailles.

— Ceux qui n'étaient pas avec nous, hier soir.

— Dans la pièce à côté.

— Ils porteront les sacs, décida Germaine.

— Ils partent au bord de la mer aujourd'hui. Faudra engager des porteurs.

— On trouvera d'autres copains, reprit Germaine et on amènera Lili et Albert.

— Il montera pas l'Albert. Il n'aime pas la montagne. Il dit que c'est trop bête de se fatiguer pour monter là-haut et redescendre après. Que ça sert à rien à part tomber dans une crevasse.

— Il viendra Albert, et avec Lili. J'en fais mon affaire, assura-t-elle. Va falloir m'équiper. Il me faut des bas de montagne et des chaussures. Où on va trouver ça ?

— Dans un magasin de sport, dit Émile. Mais ça va pas être facile de trouver un pantalon assez grand pour toi.

— Je veux faire le mont Blanc avec ma robe. Et j'en veux pas de vos piolets avec leur pointe qu'on dirait des perroquets en fer-blanc, coupa Germaine. J'en ai vu à la télé. Les alpinistes, maintenant, ils marchent à quatre pattes sur la neige. Ils savent pas se tenir droit, comme ceux d'avant. Je prendrai celui du pépé Labourrask. Il est solide avec son grand manche en bois. Le pépé, il savait se tenir droit sur la neige. Y a qu'à voir ses photos pour comprendre.

— C'est pas sûr que tu montes, dit Émile. Il faut marcher longtemps et c'est haut.

— Parce que tu crois que je ne suis pas capable d'aller là où vous traînez vos godasses ? fit-elle goguenarde.

— Si tu veux aller au mont Blanc, poursuivit-il, il faut

prendre des guides. Nous, on a encore des ascensions à faire. Si le temps se remet au beau, on va à l'Aiguille Verte et après aux Drus. Et on n'a plus de fric.

— Vous les ferez plus tard. Je paierai tous les frais, plus l'ascension.

— Comme avec des guides ? demanda Broussailles.

— Oui. Et si on réussit, je paierai deux fois le prix et même plus. Mais vous allez me monter au mont Blanc. Et si on réussit, je vous emmènerai tous à l'Everest. Ce sera moi le chef d'expédition. Et on le fera sans bouteille d'air comprimé…

— D'oxygène, rectifia Léon.

— Quoi, d'oxygène ! Je t'ai déjà dit de ne pas interrompre Germaine quand elle parle, fit-elle vexée. Bon, maintenant, au galop, on se prépare.

Sur la place de Chamonix, les visiteurs ont l'habitude de s'attrouper autour de la statue de Jacques Balmat et d'Horace Benedict de Saussure perchés sur leur piédestal de roc. Les héros de bronze, les précurseurs, les vainqueurs du mont Blanc.

Des mains glissent discrètement sur le socle de granit froid, ce morceau de montagne qu'on n'ose prendre à pleins bras (de quoi aurait-on l'air devant les autres) comme le font les alpinistes, là-haut, ces amoureux fous qui étreignent leurs montagnes jusqu'à en mourir. Qui sait si on ne percevrait pas encore les vibrations de ces grands jours de gloire, le lointain écho du coup de canon de leur victoire, deux siècles plus tôt. Alors, on suit du regard le bras, le doigt tendu de Jacques Balmat, le premier guide de l'histoire, pointé vers la cime étincelante.

Des éclairs de flash se perdaient dans le soleil.

Aussi curieuse que la foule, Alizée fit le tour de la statue, scruta les visages, les vêtements de bronze, osa monter sur une bordure de granit et toucher un pied de Balmat.

— Pensaient-ils devenir aussi célèbres deux siècles plus tard ? Et qu'en restera-t-il dans deux autres siècles ? Thomas.

— Ils seront dans un musée, ou refondus pour d'autres célébrités, lorsque tout le métal de la planète sera extrait. Ils ont fait la gloire de Chamonix, souligna Thomas.

— Quelqu'un te fait des signes devant La Poste, dit Alizée en apercevant une grande silhouette dégingandée qui agitait les bras.

— Tiens ! Mais c'est Émile !

Le Grand Émile fendit le cercle des touristes suivi de sa bande, de Germaine, de Berthe qui revenait de l'hôpital un pansement autour de crâne, et de Léon fermant la marche.

— Salut, Thomas, ça fait longtemps qu'on ne t'avait pas vu ! Qu'est-ce que tu deviens ?

— J'étais en voyage… ou en montagne…

— On va au mont Blanc, comme les deux là-haut, annonça Germaine la voix triomphante, une main appuyée sur le socle de la statue et la tête levée vers les visages de bronze, pour les prendre à témoin.

— Ah !… C'est bien de faire le mont Blanc, dit Thomas d'un ton évasif, en la regardant du coin de l'œil. Le temps est beau. Ça devrait se faire sans trop de problème… enfin, il faut quand même y monter !

— Y a pas de problème pour Germaine Labourrask !

Elle montera là-haut comme le de Saussure et le Balmat ! On monte demain à Tête Rousse.

— C'est ta copine ou ta cliente, interrompit Émile devant la mine embarrassée de Thomas.

— Une amie, répondit-il vivement.

— Comment elle s'appelle ?

— Je m'appelle Alizée, dit-elle en le fixant dans les yeux.

Le Grand Émile resta un instant figé, puis ferma les yeux quand elle détourna son regard.

— Cré nom ! dit-il en les rouvrant, elle a un regard qui traverse la tête. D'où vient-elle ?

— De la galaxie du Centaure, dit Thomas en éclatant de rire.

— Tu ne veux pas dire d'où elle est ! Mais, on finira bien par le savoir. A Chamonix tout finit par se savoir. Avec des yeux et un châssis pareils, dit Émile en détaillant Alizée de la tête aux pieds, t'as pas intérêt à la lâcher dans la nature si tu veux la garder, ton étoile.

— Elle est assez grande pour se garder elle-même, rétorqua Thomas, gêné du franc-parler d'Émile.

— C'est moi qui ne vais pas le lâcher, dit Alizée en glissant son bras sous celui de Thomas.

— Sacré Thomas, il n'y a que toi pour trouver des nanas pareilles. Où allez-vous ?... Dans les Aiguilles ?

— Au mont Blanc par le versant italien, l'éperon de la Tournette. Si le beau temps se maintient, après la neige qui est tombée, ça sera bon d'ici trois ou quatre jours.

Émile s'approcha d'Alizée et l'embrassa sur les deux joues en lui glissant dans l'oreille : « C'est un type bien, Thomas. »

— C'est pour ça que je suis avec « le » Thomas, dit-elle pour imiter Germaine.

— On se retrouvera peut-être là-haut. Allez, salut !

Thomas et Alizée firent le tour de la ville, entrèrent au musée et s'attardèrent devant l'exposition de cristaux de roche. Puis Thomas l'emmena dans un magasin de sport choisir son équipement.

Le lendemain, ils gravirent l'arête des Cosmiques à l'Aiguille du Midi. Un entraînement à l'altitude que Thomas jugeait nécessaire avant d'aborder celle du mont Blanc. Alizée en excellente forme n'avait rien perdu de son agilité, malgré les crampons qu'elle utilisait pour la première fois sur le rocher enneigé. Elle trouva cependant la neige poudreuse bien froide et ne quitta pas ses gants durant l'ascension. En arrivant au sommet, Alizée avoua qu'elle était essoufflée, ce qui rassura son compagnon. Il n'avait pas oublié sa virtuosité sur la muraille de l'Ilamane.

Du sommet de l'Aiguille, Thomas lui décrivit les montagnes qui se dressaient au loin. Du Cervin au Grand Paradis. Les Grandes Jorasses. L'Aiguille et le col du Géant. Plus proche le mont Blanc du Tacul et le Maudit.

— Rentrons au chalet, il y a vraiment trop de monde ici, dit Alizée en désignant la file d'attente à l'entrée du téléphérique.

— Oui, descendons. On va essayer de se faufiler.

— Ils vont rouspéter.

— Ça ne fait rien ! On dira…

— On dira quoi ?

— Je ne sais pas… qu'on est pressé. Tiens, qu'on a oublié d'éteindre le gaz !

V

Le train à crémaillère déchargea au Nid d'Aigle son lot quotidien de voyageurs, où se mêlaient touristes et alpinistes. A onze heures du matin, la foule était déjà dense sur la terrasse de la petite station qui domine la vallée glaciaire de Bionnassay, à deux mille trois cents mètres d'altitude.

Sur l'autre rive, l'imposante face nord de l'Aiguille de Bionnassay dressait ses huit cents mètres de glace. Et à gauche, les versants ouest et nord de l'Aiguille du Goûter achevaient l'amphithéâtre de roc et de glace. Spectacle grandiose pour ceux qui s'y rendent pour la première fois. Habituel, mais toujours émouvant, pour les coureurs de sommets.

Des groupes d'alpinistes chargeaient leur sac sur leur dos et partaient sur le sentier du refuge de Tête-Rousse ou de l'Aiguille du Goûter. D'autres, venus pour la journée, ôtaient leurs vêtements et, en maillot de bain comme sur une plage, s'allongeaient sur les rochers plats en amont de la station. Inconscients, ils exposaient aux invisibles ultraviolets leurs peaux blanches ou déjà rougies.

Germaine, assise à l'avant du premier wagon, attendait qu'il se vide pour descendre à son tour. Quand le dernier eut franchi la porte, elle redressa son imposante stature, prit son long piolet, son sac gonflé par la veste en duvet, mit son bonnet de laine sur sa permanente de la veille, remonta ses lunettes de montagne sur le front et s'approcha de la sortie. Elle descendit la première marche et s'immobilisa. Conquérante, elle observa la foule bruyante à ses pieds.

— Me voilà ! dit-elle à ses compagnons qui l'attendaient sur le quai.

Jusque-là, personne n'avait prêté attention à elle. Entourée de ses compagnons, elle était passée inaperçue. Maintenant, sur la terrasse, la première surprise passée, le paysage rapidement enregistré dans les appareils photo, Germaine détonnait.

Soucieuse d'être reconnue comme une alpiniste authentique, portant en elle les gènes des générations de Labourrask ascensionnistes, elle déambula au milieu des touristes et des alpinistes vêtus de vêtements multicolores.

Elle surprenait, Germaine, dans sa robe mauve à fleurs jaunes passée sur un pantalon de drap marron. Un pantalon déniché par le vendeur au fond d'un placard. Un bon drap suisse, du temps où certaines alpinistes étaient d'une taille imposante. Elle l'aurait voulu de couleur vive, jaune clair de préférence, comme celui d'Albert acheté dans le même magasin. « Faut faire comme les jeunes, avait-elle dit au vendeur. Des couleurs de lumière. »

On l'observait, on la détaillait de la tête aux pieds : son bonnet de laine vert, avec le pompon rouge au bout d'un cordonnet se balançant de droite à gauche lorsqu'elle se retournait pour s'assurer de l'intérêt qu'elle suscitait ; sa robe, qui prenait une ampleur impressionnante sur son fessier renforcé par l'épaisseur du pantalon. Ses guêtres blanches et les chaussures de cuir fauve, une bonne paire de chaussures à clous du temps jadis, faisaient sensation.

Le Grand Émile les avait découverts dans les combles de la réserve du magasin. Le vendeur excédé par les revendications de Germaine – affirmant qu'un magasin d'articles de montagnes se doit d'équiper les alpinistes de dix-huit mois à quatre-vingt-dix ans et même plus, quelles que soient leur taille et leur pointure – avait refusé de chercher davantage.

Il avait fallu toute la diplomatie du patron pour faire admettre à Germaine qu'il ne pouvait tenir un stock permanent de chaussures d'une aussi grande taille. Mais qu'il était possible d'habiller une grande dame comme Madame Labourrask, avec un pantalon de couleur claire et des chaussures à semelles de caoutchouc moulurées dans les quarante-huit heures. Radoucie, elle lui avait répondu que son grand-père était monté avec des chaussures identiques de meilleure qualité que toutes ces coques en plastique qui ressemblent plus à des boîtes à bonbons qu'à des chaussures de montagne.

Le patron n'avait pas voulu qu'elle paie ces articles de qualité, mais pour le moins démodés. Ravie, elle lui promit de lui envoyer, dès son retour, deux cartons de yaourts Labourrask.

— Où va-t-elle dans un tel appareil ? s'exclama une touriste distinguée dans une veste de zibeline, coiffée d'un chapeau de feutre vert orné de deux plumes de faisan, les doigts chargés de bagues alourdies de pierres dont l'éclat laissait penser qu'elles n'étaient pas forcément fausses. Vous entendez, Henri ! reprit-elle en se retournant. Mais, où êtes-vous mon ami ? Vous n'êtes jamais là quand j'ai besoin de vous ! C'est insupportable !

— Je suis là, très chère, dit un grand monsieur d'une voix rauque, le visage bruni taillé à la serpe, cheveux noirs grisonnant sur les tempes et l'allure méphistophélique dans un loden noir.

Il fendit la foule, l'épaule gauche en avant comme l'étrave d'un brise-glace, et s'approcha de la dame distinguée.

— Que voulez-vous savoir, Béatrice ?

— Qu'est-ce, cette chose ? Cet accoutrement hideux ?

— Voyons, ma chère, c'est pour un film ! Vous voyez bien.

Une actrice. Un film. Les mots coururent de bouche en bouche. Un cercle se forma, s'élargit, se resserra autour de Germaine.

On la prenait pour une actrice ! Germaine, plus fière que jamais, se tenait droite comme un sapin, son piolet serré dans sa main, la pointe sur le sol, le fer à hauteur de son opulente poitrine qui tendait la robe à craquer.

Germaine soufflait, raclait du gosier. La sueur coulait sur son visage, mouillait son T-shirt moulant et sa robe. Elle aurait aimé poser ses vêtements, trop chauds à cette altitude, et monter seulement vêtue d'un T-shirt et d'un collant. Mais elle se souvint de ce que lui disait son grand-père :

« Un alpiniste se doit d'être toujours correctement vêtu en montagne, comme à l'église. Faire une ascension est une cérémonie, un rituel auquel l'on ne doit pas déroger. » Ah, comme elle l'aimait son grand-père ! Elle entendait encore les paroles maintes fois répétées, quand il lui racontait ses campagnes dans l'Alpe. « Des pas courts, lents, réguliers. Respirer et expirer profondément ; s'arrêter le moins souvent possible. Il faut s'économiser quand on va au mont Blanc. Garder ses forces intactes, on ne sait jamais ce qui peut arriver », disait-il en lui montrant son grand piolet, au long manche de frêne poli, luisant à force d'être ciré, qu'il gardait au chevet de son lit. Tout en parlant, il le caressait amoureusement, les larmes dans les yeux.

Germaine avait cinq ans, peut-être six, elle ne savait plus très bien. Elle se souvenait qu'elle tenait serrée contre elle sa poupée de chiffon, en écoutant le pépé lui raconter ses histoires de montagne où se mêlaient les contes d'Andersen et les aventures de Whymper.

Encore solide comme un vieux chêne qui ne veut pas mourir, il n'avait plus l'esprit très clair. Il s'embrouillait dans ses histoires. Il passait des Drus au Grépon en racontant l'ascension de l'Aiguille du Requin. Et quand il se voyait un peu perdu dans sa montagne, il lui disait en mâchonnant sa langue devenue pâteuse :

— Maintenant je suis trop vieux pour remonter là-haut. Mais ce piolet, tu me le promets, il ira avec toi au mont Blanc quand tu seras grande.

— Oui, pépé, disait-elle, quand je serai grande, j'irai au mont Blanc avec ta pioche.

— On dit un pi-o-let, reprenait-il, en détachant les lettres pour qu'elle enregistre bien le mot.

— Ça sert à quoi un pi-o-let dans la montagne, pépé ? demandait-elle en passant ses petits doigts sur la lame luisante, légèrement grasse.

— Ça sert à tailler des marches dans la glace ; à creuser des trous dans la neige dure pour y mettre les pieds. Ma petite Germine (il trouvait que le prénom de Germaine n'était pas assez tendre pour sa petite-fille), un piolet est un instrument sacré pour un ascensionniste… Il faudra en prendre grand soin, quand je ne serai plus là…

— Pourquoi ? Tu vas t'en aller, pépé ?

— Pas tout de suite, Germine. Mais un jour viendra où je partirai en voyage.

— Alors tu m'emmèneras avec toi.

— On verra. Pour le moment, écoute ce que je te dis : il faudra cirer le manche avec de la cire d'abeille et frotter la lame avec de l'huile d'olive pour qu'elle ne rouille pas. Tu sais, la bonne huile que ta maman va chercher tous les ans au moulin de Nyons.

Au souvenir du pépé, des larmes lui montèrent aux yeux. Elle le sentait près d'elle, là sur le sentier, qui surveillait ses pas. Alors, elle redressa son buste courbé par l'effort, et marqua chaque pas en frappant le sol rocailleux de la pointe du piolet, pour bien lui montrer qu'elle le tenait solidement dans sa main.

Émile, une trentaine de mètres en avant, tirait sur ses « clopes » qu'il roulait en marchant. Il s'arrêtait pour l'attendre quand il la distançait un peu trop.

Derrière Germaine, Léon ployait sous la charge : la corde, les vêtements de Germaine pour le sommet, les crampons, quatre bouteilles de sauvignon.

Broussailles et Arthur suivaient de près, les sacs encombrés de victuailles, des vêtements de Berthe et des leurs, de cordes et de crampons. Cent mètres plus bas, Berthe, le visage cramoisi par l'effort et le soleil, trébuchait tous les trois pas. Elle aurait aimé renoncer, redescendre à Chamonix, mais pas sans Germaine ; ce serait la honte.

Lili et Albert approchaient du glacier de Tête-Rousse. Lili, souple et légère, papillonnait d'un lacet du sentier à l'autre, s'asseyait sur un rocher pour attendre Albert et le narguer :

— Alors, papa, tu souffles !

Albert ne répondait pas, mais quand il la rejoignait, qu'elle se relevait pour partir de plus belle, il plaquait une main sur ses petites fesses rondes qui saillaient sous son pantalon de velours noir, en lui disant :

— Attends un peu qu'on soit au refuge.

Lili prenait à ce jeu un plaisir visible.

— Tu n'as pas honte, disait-elle, de penser à des choses pareilles en montagne ?

— Non ! J'ai seulement honte de souffler comme un phoque. Mais tu verras, l'année prochaine, c'est toi qui seras derrière.

— Oui, oui, nous verrons ça, répondait-elle en accélérant le pas.

« Un pied après l'autre… Un pied après l'autre… Respirer calmement, profondément… Un pied après l'autre… » Germaine se répétait les recommandations du grand-père qu'elle s'était bien gardée de transmettre à Berthe. Elle espérait que celle-ci n'irait pas au sommet. Ça ternirait sa victoire. L'abandon de Berthe la grandirait vis-à-vis de ses compagnons. « Elle traîne derrière, mais elle est costaude, la Berthe. Elle ne va pas lâcher de sitôt, se disait-elle. Il faudrait que je trouve quelque chose pour la faire décrocher. »

Soudain, Germaine s'arrêta. Son visage refléta l'angoisse la plus profonde. Elle en eut le souffle coupé. Léon, derrière, buta contre elle. Broussailles et Arthur qui marchaient la tête baissée en regardant leurs pieds, trébuchèrent à leur tour contre lui.

— Ça ne va pa, Germaine ? demanda Léon.

— Léon ! l'appareil photo !

— Quoi ! l'appareil photo.

— Tu l'as pris ! ?

— Non ! C'est toi qui voulais le prendre !

— Espèce d'idiot ! pourquoi n'as-tu pas vérifié si je l'avais pris ! Qu'est-ce que tu veux qu'on aille faire là-haut si on n'a pas d'appareil !

— Mais, le mont Blanc ! C'est bien ce que tu voulais faire ?

— Le mont Blanc sans photos au sommet ! Tu es borné ou quoi ? File le chercher. Tu nous rejoindras demain.

— Descendre à Chamonix et remonter demain ! Ça va pas la tête ! Non !

— Tu veux finir comme Trotski ! hurla Germaine en brandissant son piolet. Le pépé qui te regarde doit avoir honte de toi, lui qui courait la montagne comme le Whymper, sans jamais être fatigué.

Léon bondit, hors de portée. Il savait bien qu'elle n'avait pas l'intention de mettre sa menace à exécution, mais, avec Germaine, la prudence était de rigueur. Dans ses moments de colère, elle pouvait, sans le vouloir, lui porter un mauvais coup.

Germaine se radoucit soudain, poussa un grand soupir. « C'est de moi qu'il doit avoir honte », se dit-elle contrite, en abaissant son piolet. « Oh ! oui, comme il doit être déçu de sa petite Germine. Il doit être même très en colère. » La voilà redevenue petite fille. Une tristesse sans nom soudain l'envahit. Une grosse boule qu'elle essayait de refouler monta à sa gorge… et, la fatigue aidant, des larmes jaillirent de ses yeux. « C'est promis, pépé, je vais le monter là-haut ton pi-o-let. Tant pis pour la photo, je m'en fiche. »

Léon, sidéré par la réaction de Germaine qui passait sans transition de la colère aux larmes, se rapprocha.

— Qu'est-ce qui t'arrive, ma Germaine ? Pourquoi pleures-tu ?

— Je suis mauvaise. Elle est mauvaise, ta Germine, clama-t-elle vers le ciel en sanglotant de plus belle.

— Mais non, c'est l'altitude qui te fatigue. Pose ton sac et repose-toi un peu, après, ça ira mieux. Je vais le chercher, l'appareil photo.

— Mais non, n'y va pas mon Léon, je te demande trop… Tu vas y aller ?… C'est vrai ? reprit-elle vite, le regard en coin et tapotant ses larmes avec le bas de sa robe.

— Euh… oui, dit Léon qui regrettait de s'être laissé attendrir par les pleurs de sa bien-aimée et d'avoir parlé trop vite.

Il s'apprêtait à lui dire qu'ils trouveraient bien quelqu'un au sommet avec un appareil photo, mais elle ne lui en laissa pas le temps.

— Comme tu es brave, mon Léon, aussi brave que le pépé. Je suis sûr qu'il te regarde et qu'il est fier de toi. Va vite. Laisse ton sac, Broussailles le portera.

— Et quoi encore ! s'insurgea Broussailles.

— Je le laisse là. Tu reviendras le chercher. Le refuge est juste au-dessus, à un quart d'heure, dit Léon.

— Les aller et retour, c'était pas prévu ! Faudra augmenter la paye.

— Vois ça avec elle, dit Léon en posant son sac.

— T'es pas content de quoi, Broussailles ? demanda Germaine.

— Mais si, je suis content ! voyons donc ! Très content, dit-il entre ses dents. Et, se tournant vers Léon qui partait en courant sur le sentier du Nid d'Aigle : Ne fais pas trop la fête ce soir à *La Caverne,* si tu as l'intention de remonter demain.

— Qu'il essaie voir ! Je le saurai ! lança Germaine à Léon qui n'en avait cure et pensait déjà à organiser sa soirée avec la réceptionniste de l'hôtel de *La Corniche,* peut-être esseulée ce soir.

Devant le refuge[1], Lili avec une boîte de Coca-Cola et Albert une bouteille de bière à la main, assis sur des blocs au soleil, attendaient l'arrivée de leurs amis.

1. Le refuge de Tête-Rousse, à 3 167 mètres, est planté sur la rive gauche du glacier, non loin des premiers escarpements de l'Aiguille du Goûter. A

Sur la trace, creusée dans la glace par l'usure quotidienne de centaines de pieds, qui longe la rive droite du glacier pour rejoindre le sentier du Nid d'Aigle, les cordées se croisaient : peau bronzée, tannée des guides ; visages cramoisis, lèvres fendillées, brûlées par les hautes lumières et le gel des départs nocturnes des clients.

— Salut ! Ça va ? dit un guide à un confrère suivi de son client.

— Salut ! C'est bon là-haut ? demanda l'autre.

— Les pierres débaroulent dans l'Aiguille, répondit le descendant.

— Toujours pareil, dit le montant. Ils regardent pas où ils mettent les pieds. C'est à croire que la fatigue les rend aveugles. Ils savent pas marcher dans la caillasse. Un jour ou l'autre, on finira bien par en prendre une.

— Trop de monde, il y en a trop, conclut l'autre en s'éloignant.

— Ouf !... Ça y est !... dit Germaine dans un grand souffle, en arrivant en bordure du glacier où l'attendait Émile, assis sur un rocher.

Elle se retourna, fit un pas de côté pour laisser passer une cordée.

— Ah ! la Berthe, je savais bien qu'elle traînerait derrière, dit-elle d'un air satisfait. Elle est loin ? demanda-t-elle à Broussailles qui arrivait, suivi d'Arthur.

l'arrière de la construction en bois, des fenêtres s'ouvrent sur la face nord de l'Aiguille de Bionassay. Le refuge, érigé en 1934, est prévu pour trente personnes. Des alpinistes y passent la nuit pour gravir le mont Blanc, ce qui prolonge, le lendemain, l'ascension de trois bonnes heures. D'autres, pour faire la face nord de Bionassay. On y vient aussi pour passer une nuit en refuge.

— Non ! juste à quelques lacets.

— Elle monte doucement, mais elle arrive, dit Arthur.

— Elle n'ira pas là-haut, reprit Germaine. Elle est trop grosse et n'a pas de bonnes jambes.

— C'est à voir !… On dirait que t'as pas envie de la voir monter au sommet, dit Broussailles en lui lançant un regard lourd de sous-entendus.

— Elle va nous retarder, dit Germaine d'abord gênée, puis honteuse de s'être dévoilée, en pensant que le pépé ne devait pas être content de l'entendre parler comme ça.

Émile se leva du rocher où il était assis, écrasa sa cigarette.

— On continue jusqu'au refuge, j'ai faim, dit-il.

— Moi aussi, j'ai faim, dit Broussailles, allons-y.

— On s'encorde, dit Émile, en passant une extrémité de la corde autour de la taille de Germaine.

— C'est plat et il n'y a pas de crevasse.

— Seulement presque plat. Si tu tombes sur la glace, tu glisses et tu vas t'éclater en bas sur les rochers. Et tu ne serais pas la première.

— Mais les autres, ils n'ont pas de corde !

— Ça les regarde. Ici, c'est moi qui décide, dit-il d'un ton solennel.

Il finit d'encorder Germaine, prit les anneaux dans la main et commença à traverser vers le refuge à cent mètres de là.

— Tu me tiens comme une vache qu'on amène à la foire, protesta Germaine. Pourquoi tu t'attaches pas, toi aussi ?… Si je glisse, tu lâches la corde et je vais en bas toute seule.

— Parce que je n'ai pas l'intention de t'y accompagner, rétorqua Émile vexé qu'elle puisse douter de ses qualités de premier de cordée.

— Le guide devant toi, il fait pas comme ça ! Il est encordé avec son client, dit-elle en s'arrêtant.

— Avance, Germaine, et regarde où tu mets les pieds, grogna Arthur derrière elle.

Berthe n'avait jamais eu aussi chaud de sa vie. Pourtant, Dieu sait s'il fait chaud en plein mois d'août quand le soleil fait fondre l'asphalte dans la rue orientée du levant au couchant où elle tient sa mercerie.

Elle avait retiré son pantalon et le T-shirt offert par Germaine. Un T-shirt décoré de pots de yaourts Labourrask de toutes les couleurs. Elle avait juste gardé son collant noir et son soutien-gorge rose ; son mouchoir noué aux quatre coins, posé sur sa tête. Que les alpinistes qui la doublaient se retournent sur elle était le dernier de ses soucis. Elle ne portait pas en elle des gènes de montagnarde. Elle n'avait jamais eu de pépé ascensionniste pour lui dire qu'on doit partir en montagne dans une tenue décente. Le sien était pêcheur, comme son arrière-grand-père et son père. La décence, elle s'en fichait. Elle crevait de chaud. La chaleur lui tombait par le haut et rayonnait de l'intérieur, comme si elle avait un haut-fourneau dans le corps. Elle souffrait, Berthe, la bouche grande ouverte, comme si elle manquait d'air.

— Hé ! Hooo !...

Elle s'arrêta, leva la tête, les deux mains appuyées sur son piolet, et vit Broussailles, trente mètres plus haut, revenu chercher le sac de Léon et qui l'attendait.

— Tu es bientôt arrivée, lui cria-t-il en descendant à sa rencontre avec une gourde d'eau.

Elle tenta de parler mais de sa gorge desséchée ne sortit qu'un râle d'agonisante.

Broussailles la rejoignit et dit pour l'encourager en lui tendant la gourde :

— T'as bien marché ! Tiens, bois un coup.

Elle lâcha le piolet, s'appuya d'une main sur l'épaule de Broussailles, prit de l'autre la gourde, enfourna le goulot dans sa bouche et en but la moitié sans reprendre sa respiration.

— Doucement, tu vas t'étouffer.

— Aaaah ! Ça va mieux, fit Berthe d'une voix étranglée.

Six alpinistes, buste fléchi, les mains sur les bretelles du sac, arrivèrent à la hauteur de Berthe qui ne s'écarta pas assez vite de leur passage.

— Pardon, laissez passer, aboya le premier d'une voix aigre, en la bousculant avec son sac.

Le dernier tourna la tête vers elle et sans ralentir, dit d'un ton hautain :

— Ne restez pas au milieu du sentier, madame. Vous voyez bien que vous gênez.

Berthe, en se frottant l'épaule, regarda la caravane s'éloigner dans un bruit de semelle de caoutchouc ponctué de souffles courts.

D'autres descendaient à grands pas en lançant des « Attention ! Laissez passer ! Dégagez le sentier ! ».

— Ils ont l'air bien pressé, où vont-ils ?

— Au refuge du Goûter. Et ceux qui descendent, au Nid

d'Aigle, dit Broussailles. Mais, ils n'auront pas tous le dernier train.

— C'est comme ça tous les jours, en montagne ?

— Non, il n'y a heureusement pas autant de monde sur toutes les montagnes. Mais le mont Blanc au mois d'août, c'est la cohue.

— Tu crois que je pourrai monter plus haut que Tête-Rousse ?

— Au Goûter, peut-être. Au mont Blanc, tu ne pourras pas, c'est trop long, et il faut compter avec l'altitude.

— Et Germaine, elle ira ?

— Elle est solide et elle veut tellement y monter, qu'elle pourrait bien y arriver.

— Elle t'a parlé de son grand-père et de son piolet ?

— Oui, mais je n'y ai pas vraiment prêté attention. Je crois que son grand-père lui a fait promettre de monter avec son piolet au mont Blanc. Elle aurait dû y penser dix ou quinze ans plus tôt. Mais à cinquante ans, poursuit Broussailles, si on est en bonne santé, on peut faire encore de belles choses en montagne.

— J'aimerais y arriver, pour montrer à mon mari que moi aussi je peux monter, dit Berthe le cœur lourd.

— Je reviendrai avec toi dans quelques jours, quand tu te seras reposée. Ou l'année prochaine, si ça se fait pas cette année, dit Broussailles compatissant.

Au refuge, dans l'angle de la salle commune, près de la fenêtre qui donne vers l'Aiguille de Bionassay, Germaine assise sur le banc devant la longue table de bois brun, le dos appuyé contre la cloison de mélèze, vidait sa troisième bouteille d'eau minérale. Elle poussait de longs soupirs de satisfaction, en s'épongeant le visage avec son grand mouchoir à carreaux.

— Je ne savais pas que ça pouvait être aussi bon, dit-elle à Arthur qui, assis devant elle, consultait le livre du refuge avant d'y inscrire leurs noms.

— Il n'y a rien de meilleur que la marche, dit Arthur sans lever la tête.

— C'est de l'eau que je parle, Arthuro. Je ne boirai plus jamais que de l'eau !

Arthur leva la tête.

— Tu dis ça parce que t'en as plein les rotules ! Mais quand tu seras en bas, tu te jetteras sur la première bouteille de pinard que tu trouveras.

— Tu verras ! tu verras…

— Oh ! c'est tout vu, Germaine. Tu as déjà oublié la cuite à l'hôtel de *La Corniche ?*

— Non, Arthuro. Mais c'est fini, plus jamais je ne boirai de boisson alcoolisée. Je veux redevenir mince, pas comme Lili, bien sûr. Mais je veux perdre du poids et comme je suis encore solide, je monterai un jour plus haut que le mont Blanc. Tu verras ! Léon n'en reviendra pas. J'ai eu tort, reprit-elle d'une voix douce, je n'aurais pas dû l'envoyer chercher l'appareil photo.

Arthur était perplexe. Ce changement de ton, ce n'était plus Germaine.

— Où sont les autres ? demanda Germaine, on ne les entend plus.

— Albert se repose dans le dortoir, et Lili attend Berthe devant le refuge avec Émile.

— La pauvre Berthe, si elle a l'intention de monter plus haut, elle n'a pas fini de s'en voir. J'aimerais pourtant qu'elle monte au sommet avec moi. Elle serait tellement heureuse de montrer à son mari qu'elle peut, comme lui, escalader les montagnes.

Arthur n'en revenait pas. Il se demandait ce qui arrivait. Il l'observa avec insistance.

— Pourquoi me regardes-tu comme ça, Arthuro ?

— Je... je croyais que tu ne souhaitais pas...

— C'était avant. Plus maintenant, coupa-t-elle en étirant ses lèvres en un sourire radieux et en se tournant vers sa droite, comme pour prendre à témoin quelqu'un assis à côté d'elle.

« Qu'est-ce qui lui arrive ? se répéta-t-il. Cette femme devant moi, ce n'est plus Germaine. Elle n'a plus le même visage, le même regard agressif. C'est la fatigue. Ce soir, quand elle sera reposée, elle va se taper une bouteille de sauvignon avec Berthe. »

Mais il n'en était pas vraiment sûr. Il sentait qu'il s'était passé quelque chose qui lui échappait. Aurait-elle, se dit-il, sans en être consciente, traversé sur le sentier quelque invisible et mythique sanctuaire et reçu cette grâce que portent en eux les nouveaux initiés ? Comme ces hindous qui, l'âge venu, quittent richesses et famille, pour devenir sadou et recevoir, dans la solitude des hautes vallées de l'Himalaya, de suprêmes illuminations ? La montagne détiendrait-elle un tel pouvoir sur le psychisme ? Jusqu'à faire disparaître toute obsession, toute passion primitive ! Serait-elle le domaine sacré ?

— A quoi penses-tu ? dit Germaine en le voyant le regard fixé sur le verre vide qu'il tenait dans sa main.

— Oh, à rien, dit-il.

Il se leva, mal à l'aise, en se frottant la nuque, comme si quelqu'un d'autre que Germaine l'observait et connaissait ses pensées. Quelqu'un, ou une chose qu'il n'aimerait pas voir, qu'il aurait peur de voir. Un long frisson lui parcourut le dos.

— Demain, en montant dans l'Aiguille, il faudra faire attention où tu mets les pieds. C'est pas difficile pour ceux qui connaissent. Pour les autres, il y a des pièges, des gros blocs prêts à tomber. Tu ne devras faire confiance qu'à nous, à personne d'autre, qui que ce soit, s'entendit-il dire à Germaine.

— Ne t'inquiète pas, Arthuro. J'ai un bon guide et avec vous trois, je ne crains rien.

— Je vais voir si Berthe arrive.

— Elle n'est plus très loin. Va à sa rencontre, elle doit être bien fatiguée.

« De quel guide parle-t-elle ? » se demanda-t-il en s'avançant vers le seuil.

— La voilà ! Elle arrive avec Broussailles ! dit Lili lorsqu'il franchit la porte. Bravo, Berthe ! cria-t-elle en applaudissant.

La nuit était tombée. Sur l'étendue grise du glacier, les blocs de rocher à peine visibles s'étalaient comme un troupeau endormi. Des fenêtres du refuge fusait une pâle lumière jaune qui dessinait des halos sur les flaques de neige de la dernière tempête.

Berthe, réveillée par les puissants ronflements de Germaine allongée à côté d'elle, s'assit sur le matelas du bat-flanc. Elle alluma sa lampe frontale et regarda sa montre. Minuit trente. Elle avait soif, la gorge sèche. Elle chercha la gourde à tâtons et se souvint qu'elle était restée sur la table dans la salle commune.

Elle se leva sur la pointe des pieds, se dirigea vers la porte du dortoir… et fit tomber le piolet de Germaine posé contre la cloison. Il se planta dans le plancher avec fracas en lui frôlant le pied. « Merde », dit-elle à voix basse en s'immobilisant. Les ronflements de Germaine s'interrompirent… puis reprirent de plus belle. Des corps s'agitèrent sous les couvertures, se retournèrent nerveusement.

— Bordille !… peut jamais dormir dans ces cabanes, grogna une voix.

« C'est Broussailles », se dit Berthe. Elle fit un pas, puis un autre, trouva la poignée de la porte, la tourna et pénétra dans la salle éclairée la nuit par une unique ampoule de quarante watts pendue au milieu du plafond.

La gourde d'aluminium sur la table luisait doucement sous la faible lumière. Elle la prit, l'agita, elle était presque vide. Elle dévissa le bouchon et but les quelques gorgées qui restaient, regarda de nouveau sa montre. « J'ai dormi quatre heures », se dit-elle en bâillant. Elle avait encore soif. Où trouver de l'eau la nuit dans un refuge, quand tout le monde dort, si ce n'est à la cuisine.

Elle traversa la salle vers la cuisine et tourna la poignée de la porte. Le gardien l'avait fermée à clef.

Elle passa sa langue sur son palais desséché. « Je vais boire un petit coup de sauvignon. » Elle retraversa la salle, prit une des bouteilles dans le panier en plastique rangé sur une étagère, la posa sur la table, s'assit et l'examina. Le vin doré sous la faible lumière arrivait à deux centimètres de la bague en étain. « Ça, c'est du bon ! » se dit-elle. Alors, elle vit l'homme, dans l'angle de la salle, assis sur le banc au bout de la table. Dans la pénombre, elle ne l'avait pas aperçu. Avec sa veste de drap sombre et son chapeau de feutre qui masquait son visage, il se confondait presque avec le mur. Seules ses deux mains, posées à plat sur la table, formaient deux taches blanchâtres.

Son immobilité l'intrigua. « Il s'est endormi, se dit Berthe. Il est arrivé tard et n'a pas osé pénétrer dans le dortoir de peur de nous réveiller. »

— Hé… Monsieur… il y a encore de la place dans le dortoir, dit-elle à voix basse. Vous y seriez mieux.

L'homme ne répondit pas, ne bougea pas davantage.

Inquiète, elle se demanda s'il ne serait pas mort assis. Avec la fatigue de la montée, le cœur qui lâche… ça s'est déjà vu. D'une fesse sur l'autre en s'appuyant des mains sur le bord de la table, elle se déplaça lentement pour se rapprocher de l'homme sans le quitter des yeux.

Soudain, l'homme se leva, se glissa entre l'extrémité de la table et la cloison de mélèze et, sans un regard vers elle, traversa la salle en direction de la porte.

Berthe ne put voir que son dos lorsqu'il passa sous l'ampoule du plafond. Il était grand. Ses cheveux argentés dépassaient sous le chapeau. Son pantalon droit en drap était du même marron que sa veste à martingale. Il portait des chaussures à clous, comme celles de Germaine, mais en cuir foncé. Il disparut vers la porte où la faible lumière portait à peine.

« Où est-il passé ? se dit Berthe. Il aurait pu dire bonjour ou bonne nuit !... C'est un malpoli ! Au moins, il n'a pas réveillé les autres avec ses grosses chaussures à clous... Il n'a pas fait le moindre petit bruit... »

Berthe se figea sur son banc. Ses poils se dressèrent sur ses bras nus, son sang se retira de son visage. Elle ouvrit la bouche pour hurler, mais aucun son ne sortit de sa gorge paralysée par l'effroi.

— Qu'est-ce qui t'arrive ? demanda Arthur, qui s'était levé pour aller vider sa vessie, en la voyant figée sur le banc, la bouche grande ouverte.

— Là ! gémit-elle enfin débloquée, en tendant le bras vers la porte.

— Qu'est-ce qu'il y a, là ?

— La porte !...

— Quoi, la porte ?

— L'homme est sorti par la porte..., dit Berthe en se tordant les mains.

— Par où veux-tu que l'on sorte du refuge, si ce n'est par la porte !

— Arthur !... Il est sorti par la porte, sans l'ouvrir...

— T'as fait un cauchemar... ou t'as bu trop de vin, dit-il en apercevant la bouteille.

— Je te jure, Arthur, je l'ai vu ! Il était là ! assis dans le coin..., dit Berthe en se levant et en s'éloignant de la table à reculons, le doigt tendu vers l'angle de la cloison. Il s'est levé, il est passé sous la lampe et il est sorti...

— Sans ouvrir la porte ! acheva Arthur goguenard.

— Oui !... et sans faire de bruit avec ses grosses chaussures à clous, comme celles de Germaine.

Germaine, sa robe enfilée à la hâte, sa lampe frontale allumée sur la tête, pénétra dans la salle suivie du Grand Émile qui roulait sa première clope.

— Mais qu'est-ce qui se passe mes enfants ? dit-elle d'une voix douce. Vous en faites un bruit ! Heureusement qu'il n'y a que nous et le gardien dans le refuge.

— Je l'ai vu ! je n'ai pas rêvé. Il était là ! Il est passé là !...

— Et il est sorti sans ouvrir la porte, dit Arthur.

— Il était habillé à l'ancienne, comme ceux d'avant, reprit Berthe d'une voix chevrotante.

— Vous n'avez rien à craindre, c'est le pépé, dit Germaine en ouvrant la porte et en sortant dans la nuit.

— Qu'est-ce qu'elle a dit ? s'affola Berthe.

— J'ai pas compris, dit Arthur qui avait très bien entendu, mais refusait d'en savoir plus.

— Elle a dit : « C'est le pépé », dit Émile en allumant sa clope. Puisqu'on est debout, suivons Germaine, allons arroser les rochers, acheva-t-il en sortant à son tour.

— Moi, je sors pas tant qu'il fait pas jour, lança Berthe qui serrait les genoux tellement elle avait besoin d'aller se soulager après ses émotions.

Arthur, sur le point de sortir, revint vers elle et la prit par la main.

— Allez, viens. Comme je te vois, tu tiendras pas jusqu'au jour.

— Tu restes avec moi, Arthur. Tu me laisses pas seule ? Qu'est-ce que c'était, cet homme ? Tu crois que c'était un mauvais cauchemar ?

— Un cauchemar, c'est jamais bon. Moi, je n'ai rien vu. Il n'y a que toi qui peux savoir. Et Germaine, dit-il, pour lui-même.

Germaine, les coudes appuyés sur la balustrade de fer dominant le versant ouest de l'Aiguille du Goûter, regardait son amie Berthe encordée entre Arthur et Broussailles suivis de Léon gravir les derniers mètres sous le refuge.

Le soleil déclinait lentement à l'horizon. Les miroirs glacés de la face nord de Bionnassay reflétaient des lumières dorées, et des coulées de poudreuse glissaient en silence vers le glacier déjà sombre.

Après leur nuit agitée, le départ avait traîné en longueur. Berthe et Arthur n'avaient retrouvé le sommeil qu'aux premières lueurs du jour. Les exhortations d'Émile qui les incitait à partir de bonne heure, avant que les cordées du bas n'arrivent et que celles du haut ne redescendent, pour éviter les dangers des chutes de pierres dans la traversée du couloir et le bas de l'Aiguille, restèrent sans effet.

Arthur prétendit qu'il n'était pas nécessaire de partir de bon matin pour monter au refuge du Goûter et que les pierres, de toute façon, c'était pour les autres.

— Les avalanches, les chutes de séracs et les pierres, c'est toujours pour les autres. Jusqu'au jour où tu en prends une dans le buffet et que tu te rends compte, si tu en as le temps, que les autres, c'est aussi toi, lui répondit Émile.

Après un copieux petit déjeuner, Germaine partit avec Émile. Lili et Albert avaient dormi profondément jusqu'au jour. Ils s'étaient réveillés de bonne humeur et se joignirent à la première équipe. A part quelques courbatures, Albert allait bien et montait d'un pas honorable pour un homme de sa corpulence. Lili, légère comme un papillon, semblait défier la pesanteur.

Ils arrivèrent un peu avant midi au refuge du Goûter. Le gardien, prévenu, leur avait réservé huit places dans le dortoir. En voyant Germaine qui, à elle seule, couchée sur le dos ou sur le côté, prenait largement deux places, il demanda si les autres étaient du même gabarit. En réalité, ce n'était pas vraiment son problème en cette période surchargée, car les alpinistes en surnombre dormaient, ou tout au moins attendaient qu'il soit deux heures du matin, l'heure de partir pour le sommet, dans la salle de séjour, le sas d'entrée ou dehors sur des bancs.

Arthur, Berthe et Broussailles quittèrent le refuge à onze heures. A l'heure ou les alpinistes du premier train du Nid d'Aigle remontent le glacier de Tête-Rousse.

Berthe donna des signes de fatigue dès le départ. Elle s'arrêtait tous les dix pas et faillit renoncer devant la traversée du couloir[1], dans le bas de l'Aiguille.

Broussailles, quelques mètres en avant dans le couloir, tirait doucement sur la corde.

— Viens, Berthe, c'est facile. Je te tiens. Tu ne risques rien.

— Tu ne tiens rien du tout. Avec ton petit quintal, si je tombe, tu ne tiendras rien du tout.

1. Un large couloir de rochers brisés mêlé de terre, ou en glace, suivant les saisons. Un câble d'acier fixé sur les deux rives sert de rampe et permet de traverser rapidement le couloir exposé à de fréquentes chutes de pierres. Il ne se passe pas une année sans qu'il y ait un ou plusieurs accidents graves, souvent mortels.

— Mais si, regarde, j'ai passé un mousqueton sur le câble et la corde. Si tu glisses, je te retiens. Il ne faut pas rester plus longtemps ici. On risque de prendre une volée de pierres.

Devant le refus obstiné de Berthe de faire un pas de plus, comme un mulet devant un torrent impétueux, il tira plus fort sur la corde. Berthe résista à la traction en se penchant en arrière.

La veille au refuge, alors qu'elle étendait ses vêtements au soleil, elle avait entendu des alpinistes parler de ce couloir. L'un d'eux racontait avoir vu, l'été précédent, une avalanche de pierres emporter une cordée. Ce couloir ne lui disait rien de bon. Et l'insistance de Broussailles à vouloir le lui faire traverser commençait à l'exaspérer, tout en sachant qu'il lui faudrait, à un moment ou à un autre, s'y résoudre pour rejoindre Germaine déjà haut sur l'Aiguille.

Arthur, de l'autre côté du couloir, attendait patiemment. Assis sur une pierre, les coudes sur les genoux et la tête dans ses mains, il méditait sur les événements de la nuit, auxquels, après coup, il aurait bien aimé assister.

Il croyait dur comme fer aux puissances occultes, depuis que des amis, des fanas des tables tournantes, l'avaient invité à des séances de spiritisme au cours desquelles il avait découvert qu'il possédait des dons étonnants pour entrer en communication avec les esprits.

Il s'était alors lancé corps et âme dans l'aventure des sciences occultes. Il avait appris beaucoup. Au point de s'effrayer de la facilité avec laquelle il entrait en contact avec des forces mystérieuses ; des entités qui prenaient des formes quasi matérielles. Il n'en avait jamais parlé à personne.

C'est l'été suivant qu'il rencontra Émile et Broussailles à l'hôtel de *La Corniche.*

Arthur savait que Berthe n'avait pas fait de cauchemar au cours de la nuit, que le grand-père de Germaine n'était pas une hallucination. A trop penser aux disparus, on finit inconsciemment par les invoquer, et un jour ou une nuit, car pour eux le temps n'existe plus, ils finissent, d'une façon ou d'une autre, par se manifester.

« Germaine aurait-elle, elle aussi, manipulé les tables ? se demandait-il. Le grand-père serait-il revenu pour encourager Germaine à gravir le mont Blanc avec son piolet ? Ou pour la conduire vers quelque invisible sommet ? »

Finalement, Berthe rassemblant tout son courage se lança dans la traversée du couloir.

— Tu vois, Berthe, ce n'était pas si terrible ce couloir, dit Broussailles en les rejoignant.

— Ouf, quelle peur ! Je ne pensais pas y arriver. C'est encore loin ?

— Pas trop, répondit Arthur pour ne pas la décourager, mais encore un bout quand même. En allant doucement, ça ira.

— Et par où on va redescendre ?

— Si on arrive au Dôme, on descendra par les Grands Mulets.

— Et si on n'y arrive pas ?

— On verra… Commençons déjà par monter au refuge.

— Tiens, regarde qui arrive ! dit Broussailles.

Léon remontait d'un pas rapide les gradins sur la rive droite du couloir. Il lança un appel et fit un grand signe du bras en les apercevant.

— Pas trop fatigué de ta soirée ? lui demanda Broussailles lorsqu'il les eut rattrapés.

— Non, je me suis couché de bonne heure et j'ai dormi comme une marmotte au cœur de l'hiver.

— Venez boire un bouillon chaud, leur dit Germaine lorsqu'ils prirent pied sur l'étroit balcon du refuge, et même un petit coup de rouge pour Berthe.

— Ah ! je savais bien que cette abstinence ne durerait pas ! s'exclama Arthur.

— Juste un petit verre pour Berthe. Moi, j'en reste à ce que j'ai décidé.

— Alors moi non plus, j'en veux pas, répondit Berthe.

— Moi, je n'ai rien dit. Un bon bouillon, un morceau de tomme et un coup de rouge, rien de tel pour me remettre d'aplomb dans mes godasses, dit Broussailles en entrant dans le refuge déjà bondé.

— Où sont les autres ? demanda Arthur.

— A la table du fond, indiqua Germaine. C'est à nous de dîner. Après, il faut laisser la table. D'autres attendent leur tour.

Des alpinistes assis sur les marches du dortoir, et dans le sas d'entrée, attendaient patiemment qu'une table se libère, tandis que des fumeurs grillaient leurs cigarettes sur le pas de la porte.

Au cours de la matinée de ce même jour, Thomas et Alizée remontèrent et traversèrent le glacier de Miage italien jusqu'à un sentier en partie effacé sur des ressauts rocheux et herbeux qu'ils suivirent. C'est après une longue marche de cinq heures qu'ils atteignirent le refuge Quintino Sella, à 3 396 mètres d'altitude, sur le contrefort sud-ouest du mont Blanc, un refuge de quinze places parmi les moins fréquentés du massif en raison de son éloignement.

Avant de se reposer, ils mirent leurs chaussons de feutre à sécher au soleil encore haut de l'après-midi. Alizée, légèrement fatiguée par l'altitude, s'allongea sur son sac de couchage devant le refuge, pendant que Thomas partait à la recherche d'une résurgence afin de remplir leurs gourdes.

Ils étaient seuls dans la petite construction de pierres, aux murs intérieurs doublés de bois, où flottait une légère odeur de renfermé.

Thomas voulait qu'Alizée découvre le mont Blanc par un versant isolé, où ils auraient peu de chance de rencontrer une cordée ; où seul l'effondrement de quelques séracs romprait pour de courts instants le silence de la montagne.

Ils prirent une légère collation, un bouillon de tomates et des fruits secs, avant d'escalader un contrefort rocheux où la vue embrassait l'ensemble du versant du mont Blanc, invisible du refuge. Thomas montra à Alizée l'itinéraire qu'ils allaient suivre :

— Nous partirons, à deux heures du matin pour traverser le petit glacier du mont Blanc, jusqu'au pied de l'éperon de la Tournette que nous gravirons pour atteindre, huit cents mètres plus haut, l'arête des Bosses et, de là, le sommet du mont Blanc. Une belle ascension sans difficulté majeure. La neige tombée au cours de la tourmente et transformée par la chaleur des deux derniers jours a recouvert les plaques de glace. Avec le gel de la nuit, les crampons tiendront bien sur cette neige.

— C'est une ascension ou une promenade décontractée que tu me proposes, guide ? plaisanta Alizée.

— Oui, oui, ris toujours. On verra demain.

Ils redescendirent vers le refuge et s'assirent sur des pierres plates devant la porte. Thomas sortit de sa poche une beedie et l'alluma. Deux choucas tournèrent au-dessus d'eux avant de se poser à quelques mètres de leurs pieds. Alizée leur lança des miettes de biscuit. Son geste les fit fuir, mais vite ils revinrent picorer.

— Je pense que le moment est venu de te parler de mes parents, dit Alizée après un long silence que Thomas s'était gardé d'interrompre. Mon père, Luis Esmera, et Maria, ma mère, commença Alizée, sont tout les deux des archéologues, spécialistes des civilisations précolombiennes. Ils sont depuis deux ans en Amérique du Sud. Ils ont séjourné un an en Bolivie, principalement sur les ruines de la légendaire cité de Tiahuanaco.

Pendant leur séjour en Bolivie, ils m'écrivaient régulièrement, tous les quinze jours. Dans leur dernière lettre qui date de l'année dernière, ils me disaient qu'ils partaient poursuivre leur recherche dans les versants amazoniens des Andes du Pérou où, d'après les symboles décryptés sur les mégalithes de Tiahuanaco, se trouverait une autre cité plus ancienne. Depuis je n'ai plus aucune nouvelle. Mon père m'a toujours dit de ne pas m'inquiéter, même si je restais longtemps sans nouvelles. J'ai confiance en lui, mais un an, c'est long.

Alizée se tut et porta son regard vers les sommets. Deux

larmes coulaient sur son visage. Thomas sortit son briquet et ralluma sa beedie, ce qui fit fuir les choucas. Ils se posèrent plus loin en poussant de petits cris de désapprobation.

— Ils sont comme toi, dit-il. Ils n'aiment pas l'odeur de mes cigarettes.

Il jeta sa beedie, posa son bras sur l'épaule d'Alizée et la serra doucement contre lui.

— Les Andes du Pérou, c'est grand. Je connais bien la Cordillère « blanche ». Mais un voyage dans l'inconnu avec toi, ça ne me déplairait pas, tu sais. Et je pense que c'est ce que tu attends de moi.

— C'est peut-être dangereux, Thomas.

— Nous irons. C'est bien ce que tu veux ?

— Oui, répondit-elle dans un souffle.

— La descente dans l'Ilamane était une épreuve que tu as voulu me faire subir ?

— Pas exactement. Là-bas, il nous faudra explorer des souterrains sous des ruines... Je voulais m'assurer, continua-t-elle, un peu embarrassée, que tu n'étais pas claustrophobe.

— Tu ne sais pas mentir, Alizée. Je crois surtout que tu voulais savoir jusqu'où je te suivrais, non ?

— C'est vrai, Thomas. Mais je n'avais pas prévu la rupture de la corniche, dit-elle dans un rire léger.

— Ça, je m'en doute. On ne peut pas tout prévoir. On a quand même bien failli y rester, dit Thomas sur un ton de reproche.

— Non ! Thomas, puisque nous sommes là, en bonne santé.

— Tout est écrit ! C'est ce que tu penses ?

— On ne peut pas savoir, dit-elle songeuse.

Le visage de Laure s'immisça dans l'esprit de Thomas.

Ils se turent un instant. Les choucas s'approchèrent des pieds d'Alizée en inclinant la tête sur le côté pour l'observer.

— Ils sont ici chez eux, dit Thomas. Ils réclament leur dû.

Alizée émietta quelques biscuits et d'un geste lent les répandit autour d'elle. Ils picorèrent en sautillant, prêts à s'envoler au moindre geste brusque.

— Comment retrouver tes parents dans cette immensité ? Ils ne t'ont pas donné davantage de précision sur leur destination ? Ils sont partis seuls ?

— Non, deux de leurs amis péruviens, archéologues, se sont joints à leur expédition. Je les connais bien, ils sont venus plusieurs fois chez nous à Madrid. J'ai une tante à Cuzco, une sœur de ma mère, qui est péruvienne comme je te l'ai déjà dit. Mon père lui a laissé des documents sur ses découvertes et son itinéraire. Dans sa lettre, il mentionne aussi une montagne qu'il faut traverser par l'intérieur pour atteindre une vallée inconnue. Mais ce qui touche à ce mystérieux itinéraire doit rester secret, car d'autres connaissent l'existence de cette cité.

— Tu sais que tu peux me faire confiance, dit Thomas en se levant. Maintenant, allons nous coucher pour être en forme demain.

La nuit était limpide lorsque Thomas se leva à onze heures, puis à minuit pour observer le ciel. Pas un nuage ne cachait les étoiles, un peu trop brillantes. Il faisait à peine froid, ce qui en temps normal n'est pas bon signe à cette altitude. Mais l'été était si chaud cette année, et la météo n'avait prévu aucune détérioration du temps pour les prochaines quarante-huit heures.

Thomas hésitait. Alizée malgré l'ascension de l'arête des Cosmiques n'était pas encore très acclimatée. Elle pouvait, en dépit de sa résistance exceptionnelle, être éprouvée par l'altitude et, si le temps changeait et tournait au mauvais, il faudrait aller vite vers le bas ou vers le haut suivant l'altitude qu'ils auraient atteinte. Il décida de partir plus tôt et rentra dans le refuge pour réveiller Alizée, mais elle avait déjà allumé le réchaud.

— Tu ne dormais pas ? demanda-t-il surpris.

— Contrairement à toi, j'ai bien dormi. Tu as passé la nuit à t'agiter, à ronchonner, à te lever et te recoucher.

— Comment le sais-tu, si tu dormais si bien. Dépêchons-nous ! nous sommes en retard !

— En retard ! On devait partir à deux heures et il est à peine minuit !

— Ça va, Alizée. Ça va !... Excuse-moi, reprit-il si je suis de mauvaise humeur, mais je ne suis pas sûr du temps. Il ne me dit rien de bon malgré les étoiles. On devrait peut-être renoncer.

— Le thé est prêt. On déjeune, on ferme les sacs et on monte. Si le ciel change, il sera toujours temps de redescendre. Tu ne crois pas ?

— Si j'ai bien compris, c'est toi le guide !

— Mais non, Thomas ! Tiens, bois ton thé tant qu'il est chaud, dit-elle en lui tendant un gobelet brûlant.

— Oui chef. Tu es quand même une sacrée bonne femme ! dit-il en riant.

Il était deux heures du matin au refuge de l'Aiguille du Goûter quand le gardien se leva et mit en route le groupe électrogène.

— C'est l'heure, annonça l'un de ses aides en faisant le tour des dortoirs où les guides, déjà levés, réveillaient leurs clients.

Chacun pliait sa couverture et la posait sur le matelas où il avait passé une nuit agitée dans une atmosphère malodorante. Une nuit entrecoupée de ronflements, de coups de sifflet pour faire taire les ronfleurs, de borborygmes incontrôlables. Une nuit pour la plupart sans sommeil, la tête lourde, le dos raide de la montée de l'Aiguille. Une nuit dans l'attente de l'heure du lever, d'un départ incertain.

Malgré la cohue de la salle des repas, on retrouvait ses affaires, ses vivres dans les paniers rangés sur les étagères.

Trois cents personnes dans un refuge de cent places, ça fait du monde. Les bols de café, de thé, de chocolat, les paniers de pain, les assiettes de beurre, de confiture, arrivaient sur les tables à une vitesse étonnante.

On sentait que le gardien et ses aides étaient des gens de métier. Ils avaient l'habitude des endormis, et de ceux qui veulent passer avant les autres. Ça rouspétait parfois :

— Ça fait une heure que j'attends.

— Mais non, monsieur ! Il y a une heure, vous n'étiez pas encore levé !

Le gardien, patron absolu, était respecté. On l'écoutait en maugréant, mais on l'écoutait. Sans lui, c'eût été l'anarchie, une pagaille pas possible. Qui sait si l'on n'en serait pas venu aux mains. Alors, chacun se reprenait et attendait avec une patience exemplaire – inimaginable dans la vallée – qu'une table se vide pour déjeuner à son tour.

Dans le sas d'entrée, c'était à qui retrouverait ses chaussures, ses crampons ou son piolet. Les habitués, eux, avaient mis leurs chaussures dans leur sac et le sac dans le dortoir, attaché piolets et crampons ensemble, par cordée. Un gros paquet, facile à retrouver.

Germaine, déjà sanglée dans son baudrier sur mesure, confectionné par Arthur avec une sangle en Nylon, descendit dans la salle.

— Où est notre table ? demanda-t-elle à Émile en se grattant vigoureusement les cheveux.

— Il faut attendre notre tour. Tu as mal à la tête ? ajouta-t-il.

— Non. Mais, je me demande si je n'ai pas attrapé des poux ! S'il faut attendre, je me pose, dit-elle en s'asseyant sur l'escalier d'accès au dortoir.

— Tu peux pas rester là, dit Émile, tu bouches le passage.

— Où je me mets ?

— Tu fais comme moi. Tu attends debout, dit-il en sortant son paquet de tabac, qu'il remit aussitôt dans sa poche, entendant déjà la huée : « Dehors la cigarette ! pas de fumée dans le refuge ! »

— Où sont les toilettes ? demanda Germaine.

— A l'extérieur, derrière le refuge, dit Émile.

— Comment veux-tu que je pose mon pantalon avec ses fichues courroies. Regarde-moi ça ! Je suis sanglée comme un mulet.

— Enlève-les. Tu n'en as pas besoin pour aller au mont Blanc. Tu aurais pu poser ta robe. Regarde un peu de quoi tu as l'air !

— Ma robe, je la garde !

— Allez, viens. Je t'accompagne aux toilettes.

— Où est mon Léon ? demanda-t-elle en sortant. Il dort encore ?

Arthur et Broussailles, méfiants, vérifièrent si les crampons et les piolets étaient toujours à leur place. Le piolet de Germaine, lui, ne risquait rien avec son long manche en bois. Personne ne le confondrait avec le sien. Mais les autres… Il arrive, quand ils sont neufs, qu'ils disparaissent, comme par enchantement. Dans la cohue du départ, on peut se tromper. En altitude, il n'y a pas de voleurs, que des erreurs. Mais, fait étrange, c'est toujours le matériel neuf, piolets ou chaussures, qui est l'objet de ces regrettables erreurs.

Albert et Lili arrivèrent à leur tour dans la salle, suivis de Léon les cheveux en bataille. Albert n'avait pas la mine des grands jours. Il était plutôt pâlot malgré sa peau rougie par le soleil. Lili, qui avait bien dormi, sortit son paquet de cigarettes et son briquet en toussotant.

— Remets-les dans ta poche, lui dit Émile de retour avec Germaine, si tu veux pas te faire houspiller.

— Comment !… c'est défendu de fumer ?

— Dehors, non ! Mais ici, on n'aime pas ça. Regarde autour de toi ! Personne ne fume.

— Ça les regarde. Moi, j'aime bien en fumer une en me levant, dit Lili en sortant une cigarette de son paquet.

Albert, la nausée au bord des lèvres, lui lança un regard noir.

— Fume pas, Lili. Tu vas me rendre malade.

— Et tu vas te faire sortir, reprit Émile.

— OK, si c'est comme ça, je range mes cigarettes, dit-elle en ronchonnant. Mais quand même, c'est un peu fort !…

— La table est libre. C'est à nous. Venez vite avant qu'on nous la prenne. Où est Berthe ? demanda-t-il en se tournant vers l'escalier.

— Elle ne vient pas, dit Germaine, elle a mal à la tête.

Derrière le refuge, les alpinistes, individuellement, par cordées ou en petits groupes, chaussaient leurs crampons.

Une multitude de lampes frontales éclairaient les pieds, la neige qui réfléchissait la lumière froide sur les visages inclinés. Des jurons étouffés, des protestations fusaient de ci, de là :

« Bordille de bordille ! je les avais pourtant bien réglés, ces crampons.

« Vous vous trompez de pied, les boucles toujours à l'extérieur, dit un guide à son client.

« Tu m'aveugles avec ta lampe ! C'est tes pieds qu'il faut regarder, pas ma bobine, dit un autre de mauvaise humeur.

« C'est pas mes crampons ! c'est toi qui as les miens…

« Mais non, monsieur ! Les pointes des crampons, sur la neige ! La semelle où sont fixées les courroies, sous la chaussure ! »

Des cordées s'éloignèrent et disparurent bientôt derrière la courbe de l'arête avant d'aborder la grande pente du

Dôme du Goûter où scintillaient déjà les lumières des plus matinaux et des plus rapides.

— Il faut y aller, dit Émile en enveloppant dans sa veste de duvet une gourde de thé chaud. Pendant que Germaine réglait l'addition au gardien, en lui recommandant de s'occuper de Berthe mal-en-point, et de la faire évacuer par hélicoptère si ça ne s'arrangeait pas.

Le gardien, après un bref regard étonné sur sa robe à fleurs, mais il en avait vu d'autres, lui promit de faire le nécessaire et, tout en montrant le baromètre, ajouta que le temps ne lui disait rien qui vaille, qu'il faudrait probablement songer à faire demi-tour assez tôt s'il venait à tourner au mauvais.

— Oui, bien sûr, assura-t-elle. Et pour elle-même : « Allez, pépé, on y va. »

Deux, puis trois colonnes de lumières scintillantes s'étiraient sur la pente du Dôme, comme rivalisant pour prendre la tête. Crissement de centaines de pointes d'acier qui pénétraient la neige dure, tassée par les cordées des jours précédents. Souffles courts. Souffles longs, appuyés pour vider les poumons.

Les cordées se doublaient, ralentissaient et se redoublaient. On s'arrêtait le cœur battant à tout rompre, la respiration haletante ne suffisant plus pour ventiler les poumons. Et on repartait plus sagement, conscient de ses limites.

Des crampons mal réglés, les courroies détendues, se décrochaient. On s'arrêtait en maugréant pour les rajuster sous les chaussures. Les cordées qui suivaient faisaient un écart, contournaient les silhouettes pliées sur la pente. Des doigts gourds fouillaient dans la neige et tiraient sur les courroies.

Un coup de vent balaya le versant, souleva un tourbillon de poudreuse et emporta une paire de gants posée sur un sac.

— Bon sang, mes gants !... Tu as des gants de rechange ?

— Pourquoi, tu en as pas ?

— Si, au fond du sac.

— Les miens aussi !

Alors, on posa et on ouvrit le sac. On plongea la main au fond sous la veste en duvet, le pull de rechange, le sac de vivres. On saisit les gants et, en tirant pour les extirper, la gourde de thé encore chaud, posée sur le dessus, tomba du sac, glissa sur la surface gelée et disparut dans la nuit.

— Ma gourde !...

— J'en ai une, ça suffira pour deux.

— Elle était neuve. Je venais de l'acheter.

— Je te l'ai dit ! T'es bordélique comme c'est pas permis.

Une deuxième rafale plus forte courut d'ouest en est. Les alpinistes s'arrêtèrent, tournèrent le dos au vent le temps que le calme revienne, et reprirent leur progression.

Cent mètres au-dessus du refuge Quintino Sella, Thomas s'arrêta et sortit la corde du sac.

— Pourquoi t'arrêtes-tu ? demanda Alizée.

— Pour nous encorder.

— Mais jusque-là, c'était très facile ! Ce n'est pas nécessaire.

— Le rocher est mouillé et glissant. Alors, tu mets ton baudrier et on s'encorde.

— On ira moins vite avec la corde ! répliqua Alizée.

— C'est toi le guide ou c'est moi !

— Je ne veux pas mettre en doute tes compétences, mais ici Radich y passerait avec ses chameaux, répondit Alizée d'un ton narquois. Bon, d'accord, je m'encorde puisque tu y tiens.

En traversant le glacier du mont Blanc, ils contournèrent et enjambèrent des crevasses largement ouvertes et Alizée comprit l'utilité de la corde.

Ils franchirent la rimaye en son point le plus faible, à droite de l'éperon de la Tournette. La neige était dure, mais de faible épaisseur, et Thomas tint la corde tendue tout en surveillant dans le faisceau de sa lampe frontale les pas d'Alizée.

Un grand souffle monta du glacier de Miage, glissa sur le versant sud-ouest et l'éperon de la Tournette. Le ciel restait étoilé. « Pas le moindre filament nuageux », remarqua Thomas en scrutant l'ouest. Soudain de courtes flammes bleutées coururent sur les rochers émergeants de la glace, puis disparurent aussitôt.

— Thomas, ces flammes bleues !

— C'est un phénomène électrique qui se produit lorsque la foudre est imminente. Pourtant il n'y a pas un seul nuage dans le ciel. L'air doit être saturé d'électricité. Tu ne ressens pas trop l'altitude ? s'inquiéta Thomas.

— Non, ça va bien. On peut monter plus vite si tu veux.

— Ce n'est pas nécessaire si nous maintenons ce rythme.

Encordée entre Émile et Arthur, Germaine montait lentement à petits pas réguliers, ininterrompus. Elle respirait bruyamment, s'appliquant à bien vider ses poumons.

La première heure fut éprouvante. Elle faillit renoncer. « Pépé, c'est trop dur, marmonnait-elle entre ses dents. Je suis trop lourde. » Puis ses articulations, raidies par les efforts de la veille, s'assouplirent, sa marche s'adapta à son rythme cardiaque. Maintenant, elle savait qu'elle allait tenir, au moins jusqu'au refuge Vallot, cinq cents mètres plus haut. Après, elle verrait. Le pépé ne manquerait pas de l'aider. De ça, elle en était sûre.

Derrière venaient Broussailles, encordé avec Albert qui avait voulu monter malgré sa nausée, puis Léon avec Lili.

Les premières cordées, sur le sommet du Dôme, n'étaient plus visibles.

Une longue rafale coupante racla les pentes, souleva des nuages de poudreuse, glaça les visages et déposa sur les vêtements une couche diamantine sous le faisceau des lampes frontales. La marche, un instant, s'interrompit, avant de reprendre latéralement comme les crabes, le dos tourné au vent.

Assis sur son sac, un alpiniste rejeta son petit déjeuner entre ses genoux écartés.

— Je n'irai pas plus haut, dit-il à son compagnon consterné. Je suis malade. Continue sans moi.

— Ça va peut-être se passer. Attendons un peu.

— Non, j'ai mal à la tête. Je n'ai pas dormi de la nuit.

— Je redescends avec toi.

— Non, va au sommet. Le refuge n'est pas loin.

— Bon… Je continue. Mais ne quitte pas la trace. Laisse la corde, je la prendrai en redescendant.

— D'accord, je la roule et je la laisse ici. Tu es sûr de la retrouver ?

— Mais oui, dit-il en reprenant sa marche.

Sur l'éperon de la Tournette, Thomas et Alizée montaient lentement, régulièrement.

Les étoiles pâlissaient. L'aube absorbait doucement la nuit. Le vent soufflait en courtes rafales, mais pas un nuage ne se dessinait à l'ouest. Ils étaient encore trop bas pour apercevoir la fine chevelure diaphane flotter sur le sommet.

Ils avaient gravi les deux cents premiers mètres de l'éperon quand Thomas fit une pause et demanda à Alizée si elle allait bien.

— Je souffle un peu, mais ça va, répondit-elle.

Il ouvrit son sac et sortit la gourde de thé.

— Tiens, il est encore chaud.

— Plus haut. Je n'ai pas soif.

— Bois quand même un peu. Plus haut, le thé sera froid. Le vent devrait s'arrêter avec le lever du soleil, dit-il encore.

— Il n'y a pas un seul nuage, remarqua Alizée en observant le ciel.

— Non, pas encore.

— Tu n'es pas sûr du temps ?

— Je ne sais pas. Ce vent est bizarre. Tu te sens capable de monter plus vite ?

— Oui, mais pas de courir, répondit-elle en soufflant.

— On peut encore redescendre si tu es fatiguée.

— Ah non ! On va au sommet, lança-t-elle vivement.

— Allez, on y va, dit-il en reprenant la corde.

Quand Germaine foula le sommet du Dôme, Broussailles et Léon atteignaient le refuge Vallot.

Le soleil s'était levé comme à regret. La neige d'abord teintée de rose avait tourné au violet pâle, puis au blanc mat. Un nuage épousait la forme du sommet sans encore le cacher entièrement. Sur l'arête des Bosses, des cordées faisaient demi–tour.

— C'est pas bon, dit Émile. Il faut redescendre.

— Allons jusqu'à Vallot, dit Germaine. Après on verra.

— Comme on marche, on sera dans le brouillard avant longtemps. Et le Dôme, dans le brouillard, même des guides peuvent s'y perdre, dit Émile en s'arrêtant. On se tire de là sans plus attendre !

— Alors, j'y vais toute seule.

— Tu ne vois pas que toutes les cordées font demi-tour ! dit Arthur. On reviendra plus tard, Germaine.

— Écoutez vous deux, dit Germaine d'une voix calme, le mont Blanc, c'est mon affaire. Vous n'êtes plus responsables de moi. Je suis adulte et je sais ce que je veux. Mais ça, vous ne pouvez pas le comprendre, continua-t-elle en défaisant le nœud de sa corde. Je sais que le mauvais temps arrive. Je le savais en partant du refuge.

Émile, sidéré, l'écoutait sans rien dire.

— Ce que j'ai à faire là-haut ne concerne que moi et personne, vous entendez, personne ne pourra m'empêcher de continuer. Alors, redescendez vite avant que le temps ne s'aggrave.

Émile, d'abord doucement, puis sur un ton crescendo :

— Il n'est pas dans mes habitudes, Germaine, de laisser ma cordée en cours de route. On est parti ensemble et on redescend ensemble ! Ne sois pas têtue ! Tu as fait le Dôme. C'est déjà pas si mal. On passe la nuit au refuge du Goûter, et demain s'il fait beau, on remonte, d'accord ?

— Tu entends, pépé ! Ils n'ont rien compris, dit-elle en partant de son petit pas en direction de Vallot.

— Mais qu'est-ce qu'elle radote avec son pépé ? rugit Émile en la rattrapant. Puis doucement, comme on parle à une enfant : Si ton pépé était là, il te dirait : Germaine, il faut faire demi-tour.

Indifférente, comme si elle ne l'entendait pas, Germaine avançait sur la trace. Émile se jeta devant elle, les bras en croix.

— Arrête-toi, Germaine ! Maintenant, ça suffit ! Tu perds la raison !

D'un geste vigoureux, elle le repoussa sans interrompre sa marche. Émile trébucha, se prit un crampon dans l'autre pied et tomba sur le derrière.

— Qu'est-ce qu'on peut faire ? dit-il à Arthur en se relevant, le visage blanc comme neige.

— Rien. Il faut la suivre jusqu'à Vallot.

— De toute façon, elle ne montera pas plus haut avec le temps qu'il va faire.

— C'est pas sûr.

— Que veux-tu dire ?

— Tu vois pas qu'elle est têtue comme une mule ! On ne va quand même pas la ligoter et la porter sur nos épaules, ou la tirer comme un sac !

— Suivons-la jusqu'à Vallot, fit Émile en soupirant.

Les colonnes de cordées descendaient vers l'Aiguille du Goûter, bustes pliés, têtes baissées devant les rafales qui maintenant se succédaient à intervalles de plus en plus courts. Personne ne prêtait attention au trio qui s'obstinait à poursuivre sa montée.

Germaine suivie d'Émile et Arthur arriva au refuge Vallot[1] où les attendaient les deux autres cordées, juste avant que n'éclate l'orage.

— Qu'est-ce qu'on fait maintenant ? demanda Arthur.

— On attend que l'orage se calme et on redescend au Goûter, dit Broussailles.

— Avec le brouillard et le vent qui remet ça, on ne retrouverait pas la trace, leur fit observer Émile. Mais bon sang, pourquoi être monté jusque-là ! Il fallait descendre avec les autres cordées. Maintenant, on est bon pour passer la nuit ici.

— On vous a vus venir ! Si vous aviez fait demi-tour, on aurait fait de même, répondit Léon.

— Ce refuge est une véritable glacière ! s'exclama Lili en frissonnant. S'il faut passer la nuit dans cette cabane, ça va être gai.

Une série d'éclairs, suivis de déflagrations, fit vibrer les cloisons de métal. Les visages inquiets se tendirent vers Émile.

1. Le refuge en Duralumin, construit près des Rochers Foudroyé, à 4 360 mètres, est un abri de secours pour les alpinistes en difficulté ou ceux qui sortent trop tard des grandes voies italiennes pour rejoindre, le jour même, le refuge du Goûter ou des Grands Mulets. Surélevé de quelques mètres au-dessus de la glace, on y accède par une échelle de métal.

— On ne risque rien dans le refuge, dit-il devançant leurs questions.

Léon, assis sur un coin de la table marbrée de flaques de potage gelé, de cernes de café, et autres traces indéfinissables, regardait sa géante épouse debout devant une lucarne. Le front appuyé contre le haut de l'encadrement, elle grattait avec le pouce de sa main gauche le givre sur la vitre en tenant serré dans sa main droite son grand piolet. Il vit ses doigts esquisser de légers mouvements, comme pour signaler discrètement sa présence à un observateur qui se serait tenu à l'extérieur.

« Qu'est-ce qu'elle mijote ? » se demandait-il.

Depuis qu'ils étaient entrés dans le refuge, Arthur n'avait pas quitté Germaine des yeux. Il s'approcha d'elle et lui dit à voix basse.

— Viens t'asseoir, Germaine. Il n'y a rien dehors et par ce brouillard, tu ne peux rien voir.

Elle tourna son visage vers lui.

— Toi, tu sais qu'il est là et qu'il m'attend. Je dois le rejoindre, dit-elle tout bas, avec dans le regard une pointe de jubilation.

Un éclair bleuâtre illumina l'intérieur de l'abri.

— Non ! Il n'y a personne dehors ! C'est dans ta tête…

Vraoumm…Chraaaque…

Ses paroles se perdirent dans le fracas du tonnerre. Le visage blême, il tremblait de tout son être. Ses dons de médium lui révélaient la présence d'une entité, errant autour du refuge, qui avait précédé Germaine dans l'Aiguille du Goûter et sur le Dôme, et qui s'était fondue en elle pour lui insuffler de l'énergie lorsque, épuisée, elle allait renoncer. Il savait que s'il pouvait, dans certaines circonstances, invoquer des esprits, il restait impuissant devant leur volonté. Et que rien ne pourrait détourner Germaine de sa fatale détermination.

« Ce grand-père pour qui Germaine éprouvait tant d'amour, ce pépé qui avait ensoleillé son enfance, quelle faute impardonnable avait-il commise pour ne pas avoir trouvé la paix dans son au-delà ? L'éternelle errance dans la solitude serait-elle la punition divine ? Mais cette âme perdue, se dit Arthur, poursuivant son monologue intérieur, était-ce bien celle de son grand-père ? Ou un esprit démoniaque qui aurait abusé de la naïveté de Germaine pour la posséder et l'entraîner dans sa malédiction ? »

Arthur, adossé à la cloison, les deux mains en croix serrées sur sa poitrine, les yeux fermés, se mit à prier silencieusement.

Émile, appuyé contre la cloison opposée, rangea sa clope éteinte dans sa poche et en roula une autre. Il jeta un coup d'œil vers Arthur. « Aurait-il peur de l'orage ? » se dit-il.

Léon alla s'asseoir sur le bat-flanc près de Lili.

— Tu ne trouves pas que Germaine a un comportement bizarre ? lui dit-il.

— Elle est fatiguée. Laisse-la tranquille.

— Pourquoi elle ne s'assied pas avec nous ? Elle n'a même pas enlevé ses crampons ni posé son piolet.

Lili, une couverture sur les épaules, se taisait. Elle observait les volutes bleutées de sa cigarette qui se déplaçaient latéralement, d'un côté et de l'autre, à chaque coup de boutoir du vent sur les murs de métal.

Broussailles et Albert, allongés sous les couvertures sales en vrac sur le bat-flanc, essayaient de trouver un peu de chaleur.

Brusquement, un nuage noir engloutit le refuge dans d'épaisses ténèbres. Lili poussa un cri.

— Que se passe-t-il ? lança Léon.

Albert et Broussailles se redressèrent.

— Il fait déjà nuit ? demanda Albert.

— Ce n'est qu'un nuage plus sombre que les autres ! dit Émile en fouillant dans son sac pour prendre sa lampe frontale.

Soudain, le refuge se mit à vibrer avec une intensité qui semblait ne plus rien à voir avec la force de la tourmente.

— C'est un séisme…, gémit Arthur.

— J'ai peur ! On ne voit rien !… hurla Lili au bord de la crise d'hystérie.

— Du calme ! Du calme ! tonna Émile. C'est le vent. Et il alluma sa lampe.

Dans une explosion de vent et un jaillissement de neige, la porte s'ouvrit comme si elle allait s'arracher de ses gonds. Émile, violemment projeté, s'aplatit sur la table qui s'effondra sous le choc. Les autres, sur le bat-flanc, paralysés d'effroi, essayaient de parler, mais de leurs gorges nouées aucun son ne sortait. Ils suffoquaient, comme si tout à coup le refuge s'était vidé de son air.

— Bon Dieu, que se passe-t-il ? gémit Émile à quatre pattes sur les débris de la table.

Il se releva, ferma la porte et buta contre Arthur, allongé sur le sol. Puis, les vibrations cessèrent et une lumière glauque revint.

— Ho ! Arthur !… dit Émile en le retournant sur le dos.

Les yeux révulsés, le visage blafard, Arthur respirait par saccades.

— Venez m'aider. Il faut l'allonger sur le bat-flanc. Qu'est-ce qui t'arrive, Arthur ?

Léon et Broussailles se précipitèrent. Aidés d'Émile, ils le transportèrent sur le bat-flanc. Lili glissa sous sa tête une couverture pliée. Émile lui tapota les joues.

Arthur revint à lui, se dressa sur son séant.

— Germaine…, gémit-il.

— Germaine n'est plus là, constata Léon d'une voix lugubre.

— Où est-elle ? s'exclama Lili.

— Elle a dû sortir pour aller pisser, fit Émile.

Il se précipita, ouvrit la porte. Une rafale s'engouffra dans le refuge, le repoussa contre la cloison. Il revint à quatre pattes sur le seuil, sortit la tête autant qu'il le put et hurla :

— HOOO !… GERMAINE !! !

L'orage s'était concentré sur l'arête faîtière du mont Blanc, où les éclairs jaillissaient dans un rythme infernal. Des millions de volts formaient un immense arc électrique entre le sommet et l'espace. Puis, soudain, l'orage s'arrêta.

Émile descendit l'échelle, appela en vain. Il fit le tour du refuge en titubant, s'éloigna de quelques pas dans le brouillard puis revint chercher une corde dont il accrocha une extrémité à sa taille. Il enfila ses gants et prit son piolet.

— Tu attaches les cordes bout à bout, dit-il à Broussailles, et tu les laisses filer. Surtout ne les lâche pas. Je ne retrouverais pas le refuge dans ce brouillard.

Pas à pas il s'éloigna, courbé contre le vent. Il n'ignorait pas que des alpinistes étaient morts de froid à quelques mètres de l'abri pour ne pas l'avoir trouvé dans la tourmente.

— Hooo !... Germaine !... Germaine !...

Une main sur son nez pour le protéger du gel, l'autre sur son piolet, il avançait les jambes écartées pour maintenir son équilibre tout en continuant de lancer ses appels. Bientôt, il dut se rendre à l'évidence, il ne la retrouverait pas tant que le brouillard stagnerait.

Les cils collés, le visage bleui par le gel, il revint vers le refuge en se guidant avec la corde.

— Je ne la trouve pas, dit-il en franchissant la porte. Elle a pu glisser sur la pente du col du Dôme. Les cordes ne sont pas assez longues pour aller jusque-là. On ne peut rien faire tant que le brouillard n'est pas levé.

Lili s'approcha de lui, frotta doucement ses paupières pour faire fondre le givre et demanda d'une voix à peine audible :

— Tu crois qu'elle s'est perdue ?... Qu'elle va mourir ?

— Si le vent ne s'arrête pas très vite, j'en ai bien peur, dit-il guère plus fort.

Léon, effondré, recroquevillé sur le bat-flanc, ne cessait de répéter :

— Que lui est-il arrivé ? Mais qu'est-ce qu'elle a fait ?

Arthur, épuisé, s'était endormi.

— Lui, il sait, dit Émile.

— Il faut le réveiller, dit Alfred.

— Non ! Laisse-le se reposer. De toute façon, on ne peut rien faire pour le moment, dit Émile en sortant son paquet de tabac de sa poche. On verra quand le vent sera tombé.

La violence soudaine d'un coup de vent plaqua Thomas contre la pente. Instinctivement, il tira la corde d'Alizée pour qu'elle ne décroche pas sous le coup de boutoir. Des brumes sorties du néant montèrent vers eux. D'autres tombèrent du sommet. L'orage éclata avec une violence inouïe. Thomas enfonça son piolet dans une fissure de rocher et y attacha leur corde.

Des tourbillons de grésil couraient, virevoltaient sur les pentes de glace et se transformaient en ruisselets grésillants entre les rochers.

— Je n'ai encore jamais vu un orage aussi soudain, dit Thomas.

— Quel comportement doit-on adopter dans un tel cas ? demanda Alizée, plus intéressée qu'effrayée.

— Quel comportement adopter ! s'exclama Thomas médusé de la voir aussi détendue alors qu'ils risquaient d'être foudroyés dans la seconde suivante. Aucun, dit-il, si ce n'est attendre que ça se passe.

— Ou d'être électrocuté, comme sur une chai…

Chraaaque… Chuinnnt… des boules de feu fusèrent le long de l'éperon rocheux.

— Une chaise électrique, acheva Thomas.

Les rafales, moins violentes, s'espacèrent. Thomas et Alizée purent enfin lever la tête vers les hauteurs où la brume laissait entrevoir de fugitives apparitions bleues.

— L'orage est passé, dit Thomas.

— J'ai froid, dit Alizée en grelottant.

Il fit tomber la neige de ses vêtements et la frictionna énergiquement.

— Dans moins d'une heure, on est sur l'arête, et si le temps s'éclaircit, on couchera ce soir au refuge du Goûter. Allez, on y va.

— C'est ce que tu dis à tes clients ? demande Alizée.

— Qu'est-ce que j'ai dit ?

— Allez, on y va ! répéta Alizée taquine.

— C'est bien possible. Mais je n'y prête pas vraiment attention, dit-il en s'arrêtant pour la regarder dans les yeux. Maintenant que tu as reçu le baptême du feu, tu ne vas pas me reprendre chaque fois que je me répéterai !

— Dis plutôt le baptême du froid, non !

— Ouais, c'est juste. Al… on continue !

Les trouées bleues étaient éphémères. Les nuages se resserrèrent. Ce que vit Thomas, cinquante mètres au-dessus d'eux, le surprit tellement qu'il s'arrêta : Une silhouette pesante montait lentement en direction du sommet.

— Il ne manque pas d'air, celui-là. Monter au sommet par un temps pareil.

– Il fait comme nous, Thomas. Il va au mont Blanc.

– Il n'ira pas jusqu'au sommet. Le temps ne va pas s'arranger si vite. Dès qu'on a rejoint l'arête, on file au plus vite au refuge Vallot. Dépêchons-nous, les nuages reviennent. Le brouillard va s'épaissir.

A mi-pente de la Grande Bosse, Thomas tendit légèrement la corde pour arrêter Alizée qui marchait en frappant à chaque pas ses crampons, comme il le lui avait appris, d'un petit coup sec avec le manche du piolet, pour faire tomber la neige collant sous les semelles.

Le vent et la neige avaient effacé les traces, et le refuge, entrevu dans une brève trouée, était de nouveau invisible.

Dévier vers la droite les mènerait dans les pentes raides de la face nord. A gauche, ils dépasseraient le refuge sans l'apercevoir.

Errer sur le vaste Dôme du Goûter, avec une visibilité réduite à quelques mètres, au risque de se retrouver sur les dangereuses corniches du versant italien, ne lui disait rien qui vaille. Il avait bien dans son sac, comme chaque fois qu'il allait au mont Blanc, une boussole et l'angle de marche pour traverser le Dôme et rejoindre le refuge du Goûter, mais un point fixe, un repère, comme le refuge Vallot ou les Rochers Foudroyés, était au départ indispensable.

— Pourquoi t'arrêtes-tu, Thomas ?

— Nous sommes à environ cent cinquante mètres du refuge. Il est sur la droite. Il faut absolument le trouver. Descendons encore un peu… débotte bien à chaque pas.

— C'est ennuyeux cette neige qui colle. Il n'existe pas un procédé quelconque pour éviter que la neige…

— Si, coupa Thomas. Il suffit de fixer une fine semelle plastique entre les chaussures et les crampons et la neige ne colle pas.

— Alors, pourquoi ne pas l'avoir…

— Marche, Alizée !…

La force du vent redoubla. De violentes rafales projetaient la neige horizontalement, blessant leurs visages. Thomas rejoignit Alizée qui s'était arrêtée et se tenait à son piolet enfoncé dans la neige, pour éviter d'être couchée sur la pente.

— Le refuge est là, dit-elle dans un souffle.

— Où ça ?…

— Là ! Devant nous !

— Comment peux-tu le savoir ?… dit Thomas, la tête dans les épaules, un bras replié sur les yeux pour se protéger de la fureur du vent. On ne voit pas à un mètre !

— Il est là ! Il y a des gens à l'intérieur.

— Comment peux-tu… Ah !… mes lunettes sont pleines de glace.

— Il est là, Thomas.

— Mais ! comment… oui bien sûr, tes perceptions extrasensorielles !

Dans le refuge, les heures s'écoulaient, interminables. Un cauchemar qui n'en finissait pas. Personne n'osait plus prononcer le nom de Germaine. Léon, assis sur son sac, la tête sur ses genoux, semblait dormir. Lili grelottait de froid. Elle se serrait contre Albert qui, la tête lourde, renonçait à lui frictionner le dos. Broussailles massait ses pieds glacés en s'efforçant de ne plus penser, pendant qu'Émile, à court de tabac, ouvrait ses mégots pour se rouler une nouvelle cigarette. Arthur sortait lentement de sa léthargie.

Soudain, Léon se redressa.

— Écoutez !… c'est Germaine !

— Non, c'est le bruit du vent sur les tôles, dit Émile.

— Quelqu'un marche sous le refuge ! J'en suis sûr, insista Léon.

Tous levèrent la tête, l'oreille tendue.

— Oui, quelqu'un marche. Ça ne peut être que Germaine ! s'exclama Broussailles. Elle revient, fit-il en poussant un grand soupir.

Des crampons raclaient les marches d'aluminium. Les respirations s'arrêtèrent. C'est Germaine !… Léon se précipita, ouvrit la porte. Une silhouette blanche, couverte de givre et de neige, le repoussa…

— Pardon ! Laissez-nous entrer ! dit Thomas en tirant la corde d'Alizée sur les marches de l'escalier.

L'espoir un instant revenu, s'envola. D'où sortaient-ils, ces deux-là ? Ils venaient comme des intrus au milieu d'une tragédie, car chacun savait, sans oser le dire, que Germaine ne reviendrait pas.

— Vous arrivez du sommet ? demanda Léon. Vous n'avez pas vu Ger… quelqu'un sur l'arête ?…

— Laisse-les entrer, dit Émile en posant une main sur son épaule.

Thomas se délesta de son sac, défit la corde d'Alizée, se libéra lui-même et se tourna vers Léon :

— Nous avons vu quelqu'un à la hauteur des rochers de

la Tournette, qui montait en direction du sommet. Mais trop loin pour voir qui c'était.

— Thomas !! s'exclama Émile. Je ne te reconnaissais pas sous ta carapace de glace. D'où viens-tu ?

— De l'Éperon de la Tournette. Qu'est-ce qui vous arrive ? continua-t-il en les regardant l'un après l'autre. C'est quelqu'un de votre groupe ? Il n'est pas redescendu ?

— Non, elle n'est pas redescendue.

— Elle ?… Vous l'avez laissée partir seule par un temps pareil ! Mais qui, elle ?

— Germaine, dit Émile. La dame grande et forte que tu as vue sur la place de la poste.

— C'est ma femme, dit Léon.

— Pourquoi ne pas l'avoir retenue ? Vous êtes inconscients ou quoi !

— Ça ne s'est pas passé comme ça. On n'a pas eu le temps de voir ce qui arrivait, dit Émile, gêné par le regard accusateur de Thomas. Il y a eu un coup de vent inouï. La porte s'est ouverte, nous avons tous été bousculés et quand le calme est revenu, elle n'était plus là. Je suis sorti sous le refuge, j'ai cherché autour. Impossible de la trouver.

— Dès que le vent sera tombé, nous remonterons l'arête. Mais, je ne crois pas qu'il s'améliorera d'ici demain. Il faut s'organiser pour passer la nuit. Vous avez ce qu'il faut pour faire des boissons chaudes ?

— Non, on n'avait pas prévu de passer la nuit ici.

— Bon, j'ai un réchaud et quelques sachets de potage, de quoi faire une tasse pour chacun. Il faut sortir chercher de la neige.

— J'y vais, dit Émile. Donne-moi un sac en plastique,

Broussailles, tu dois bien avoir ça dans la poubelle qui te sert de sac à dos ?

— Mon sac n'est pas une poubelle, grand mec ! c'est un modèle unique, de ma conception.

— Ouais ! C'est bien, ce que je disais.

— Encorde-toi, dit Léon, avec ce vent, on ne sait jamais.

— Oh, c'est pas la peine. Je vais juste sous le refuge.

— Prends la corde quand même.

— Il faut que je fasse pipi ! dit Lili.

— Ça y est !... ça commence, dit Broussailles. Tu peux pas attendre que le vent se calme ?

— Non. C'est urgent !

— Alors encorde-toi avec l'Émile. Mais tu vas te geler les...

— LES QUOI !

— Les fesses ! Oooh ! Du calme !...

— J'en ai marre ! Je ne veux pas rester ici ! J'ai peur, gémit Lili. Nous allons tous mourir, comme Germaine, continua-t-elle en éclatant en sanglots.

Un silence angoissé s'installa dans l'abri de tôle. Le vent lui-même s'était tu. Les regards se tournaient vers Lili, qui maintenant semblait prostrée. Puis, de nouveau, le bruit de l'air qui se déchire sur les angles du refuge, les coups de boutoir sur les tôles d'aluminium.

— Elle n'est pas morte... elle va revenir, dit Léon d'une voix éteinte. Elle va revenir.

— Pourquoi ne vas-tu pas la chercher ! C'est ta femme, NON ! éclata Lili.

Léon, le visage blême, la regarda.

— Je vais y aller, répondit-il. Mais avec ce vent et sans visibilité, c'est impossible. Je vais me perdre moi-même.

— Tu restes là, dit Émile d'un ton péremptoire. On ne peut rien faire pour le moment. Et s'adressant à Albert : Tu pourrais pas t'occuper de ta môme !

— Fichez-moi la paix, je suis malade, répondit Albert d'une voix à peine audible.

— Elle ne reviendra pas, son grand-père est venu la chercher, dit soudain une voix sépulcrale, sortie de sous une couverture du bat-flanc.

— Qui a dit ça ? demanda Émile.

— Arthur, répondit Broussailles.

— Il est malade, lui aussi ! Tu cherches à faire peur à Lili ! ? Arrête tes divagations et dors ! rugit Émile.

La fatigue engendre parfois de petites disputes dans les groupes d'alpinistes, en général pour des choses anodines. Mais l'absence de Germaine pesait atrocement sur les esprits. Lili était au bord de la crise de nerfs.

— Quand le vent s'arrêtera, je monterai avec Émile, dit Thomas. Pour le moment, il faut que chacun se calme. Il n'y a rien d'autre à faire. Broussailles, aide-moi à remettre la table debout. Je vais allumer le réchaud et préparer des boissons chaudes. Nous en avons tous besoin.

La nuit fut épouvantable, une nuit d'angoisse au milieu des clameurs ininterrompues d'un million de démons. Une nuit hors du temps.

Lili, blottie contre Albert, gémissait à chaque vibration de l'armature du refuge.

— Nous allons tous mourir, disait-elle d'une voix faible.

— Satan est parmi nous. Nous sommes dans l'antichambre de l'enfer, annonça Arthur d'une voix caverneuse.

— Ça va pas la tête ! Toi aussi, tu dérailles ? ! dit Émile en cherchant en vain, pour la énième fois, dans ses poches, un mégot oublié. En enfer au moins, il fait chaud, ricanait-il.

Léon, assis sur son sac contre la cloison du refuge, ne disait mot. Il pensait à Germaine perdue dans la tourmente. Il savait qu'elle n'avait aucune chance de survivre à une nuit aussi terrible. Son affection pour elle avait pris le pas sur les griefs. Jamais il n'aurait imaginé qu'elle pût être aussi changée par la montagne. Et par quelle aberration mentale était-elle partie pour le sommet malgré la tourmente ? Comment avait-elle fait pour quitter le refuge sans qu'aucun d'entre eux ne la voie ?

— Je ne savais pas qu'il puisse faire aussi froid dans un refuge ! dit Alizée. Quelle heure est-il, Thomas ?

— Une heure, dit-il après avoir consulté sa montre.

Une heure. Encore une éternité avant le jour.

Une pâle lueur découpa les fenêtres du refuge.

- Écoutez ! dit Broussailles d'une voix pâteuse en repoussant sa couverture. Il n'y a plus de vent !

— J'ai mal à la tête, articula péniblement Albert.

— Le vent est tombé, il y a à peine une heure, et nous nous sommes endormis, constata Thomas. Il faut se mettre en route sans perdre de temps. Arthur et Broussailles, vous descendez au Goûter avec Lili, Alizée et Albert. Émile et Léon montent avec moi au sommet.

— Je monte avec vous, dit Alizée, qui ne voulait pas en

rester là avec le mont Blanc. Je ne suis pas fatiguée et je peux peut-être vous aider.

Émile qui était sorti du refuge, revint en annonçant :

— Il fait grand beau ! Partons sans perdre de temps.

— Ça ira, Albert ? demanda Thomas.

— Oui... je ferai aller. Si seulement je n'avais pas mal à la tête. Mes tempes cognent... c'est affreux.

— Passé le Dôme, en perdant de l'altitude, tu te sentiras mieux, dit Émile sans grande conviction.

Le vent avait raboté la neige. Sur l'arête, la glace vive brillait. Thomas montait en tête avec Alizée, suivis d'Émile et de Léon. A la hauteur des rochers de la Tournette, Alizée s'arrêta, le regard attiré par un morceau de tôle d'aluminium qui sortait de la glace, en contrebas de l'arête.

— Qu'est-ce que c'est, Thomas ?

— Un morceau d'avion, dit-il en tirant la corde pour signifier qu'il n'avait pas l'intention de s'arrêter.

— Un morceau d'avion ! Ici ? insista-t-elle en tirant à son tour sur la corde pour le retenir.

— Un Boeing d'Air India s'est écrasé sur le mont Blanc. Une collision aérienne. Un avion l'a percuté alors qu'il commençait sa descente sur Genève.

— Et les passagers ?...

— Tous morts. Cent dix-huit, je crois. Allez...

— On y va, acheva-t-elle.

L'arête se coucha doucement, puis s'étira, horizontale. Le sommet était là, nu dans le soleil doré. Aucune présence. Aucune trace de Germaine. Thomas se doutait qu'ils ne trouveraient rien. Que Germaine ne pouvait atteindre le sommet dans la tempête. Ils continuèrent à marcher vers l'extrémité de l'arête, là où elle s'incline et s'efface sur les pentes raides du versant italien.

Au loin, le Grand Paradis se dessinait dans le ciel d'Italie. Au sud, fermant l'horizon, le massif de l'Oisans où pointaient la Meije et les Écrins, rivalisant de splendeur avec le mont Blanc. Le regard d'Alizée, malgré la gravité du moment, s'attarda sur ces sommets qu'elle découvrait. Sans interrompre sa marche, elle se tourna vers l'est où surgissaient les Grandes Jorasses et plus loin le Cervin, le mont Rose, somptueux. Elle aurait voulu dire à Thomas l'émotion qui l'envahissait, à quel point elle comprenait sa passion pour ses montagnes de roc et de glace, où la tourmente et l'orage sont aussi meurtriers que sur les plus hauts sommets du monde, où le soleil fait naître les plus belles lumières, qu'elle comprenait qu'une vie entière puisse être consacrée à de telles splendeurs.

Les crampons de Thomas heurtèrent quelque chose de dur sous la neige. Il s'arrêta. Recouvert d'une épaisse couche de givre, à peine visible, un long piolet gisait sur le sommet.

Il fit un pas de côté, sans oser se pencher et le ramasser. Émile et Léon le rejoignirent. Muets de stupeur, ils regardaient sans bouger. Puis Léon s'agenouilla. Il posa ses gants sur la neige, comme si saisir l'instrument avec des mains gantées eût été une profanation. Il enfonça ses doigts dans la neige et prit le piolet. Ses mains glissèrent le long du manche, le givre ruissela en scintillant et le bois brun apparut légèrement luisant. Des larmes glissèrent sur son visage.

— Le piolet de Germaine, dit-il en sanglotant.

Il se releva et le planta d'un coup sec dans la neige.

— Je sais qu'elle est morte, dit-il, mais il faut la retrouver, elle doit être quelque part près du sommet.

— Elle a dû s'égarer dans la tourmente et descendre vers le col Major ou de la Brenva, dit Émile. Mais pourquoi a-t-elle abandonné son piolet ?

— Ou sur le versant italien, dit Thomas en pensant que, si c'était le cas, ils ne la retrouveraient pas. Cherchez côté Major, reprit-il, je descends une centaine de mètres vers le col de la Brenva. Sans son piolet, elle n'a pas pu aller bien loin. Tu peux attendre ici, dit-il à Alizée.

— Non, je viens avec toi.

Il était une heure de l'après-midi lorsqu'ils se retrouvèrent au sommet, après avoir cherché et fouillé la neige en vain.

— Si le corps de Germaine était près du sommet, observa Thomas, nous l'aurions trouvé. Il n'a pas neigé suffisamment pour le recouvrir au point de ne rien voir. Maintenant, il faut descendre et prévenir le Secours en montagne. Ils exploreront les versants en hélicoptère. On ne peut rien faire de plus.

Léon prit le piolet de Germaine et s'éloigna derrière la corniche. Il creusa un trou dans la neige et l'y enfouit. Puis il revint et dit :

— Ce piolet appartient maintenant à la montagne, comme Germaine que l'on ne retrouvera pas. Partons, nous n'avons plus rien à faire sur ce sommet où jamais je ne reviendrai.

Les sauveteurs explorèrent les versants du mont Blanc sans apercevoir la moindre trace d'une chute.

Lorsque les recherches furent définitivement abandonnées, le nom de Germaine s'ajouta à la longue liste des disparus en montagne.

De retour à Chamonix Arthur tenta de faire admettre à ses compagnons que certaines disparitions sont inexplicables et qu'il vaut mieux ne pas trop chercher à comprendre. Ils l'écoutèrent en se demandant s'il avait bien toute sa raison. Et quand Émile suggéra qu'il avait dû prendre un coup d'altitude, Arthur n'ouvrit plus la bouche.

Berthe, redescendue de l'Aiguille du Goûter en hélicoptère, essaya en vain de leur parler de l'homme qui avait franchi la porte du refuge de Tête-Rousse sans l'ouvrir, mais personne ne voulut l'écouter.

Puis ils se séparèrent.

Léon avant de retrouver les odeurs familières de l'usine de produits laitiers, dont il devenait le patron, tint à régler, malgré le refus d'Émile et de ses compagnons, les frais de l'ascension, comme l'avait promis son épouse. « Germaine qui nous voit, dit-il, ne serait pas contente si je ne le faisais pas. » Etant donné la minceur de leur porte-monnaie, ils n'insistèrent pas davantage, arguant, pour soulager leur conscience, que la volonté d'une défunte est chose sacrée.

Albert n'eut aucun mal à convaincre Lili qu'il connaissait des lieux plus charmants que le refuge Vallot pour passer des nuits de rêve. Ils prirent, à bord de sa belle Ferrari rouge, la direction de Capri où ils comptaient poursuivre leur « lune de miel ».

Broussailles et Arthur partirent en stop pour le Midi.

De la bande, seul Émile resta à Chamonix. Il avait projeté de faire quelques ascensions en solo avant la fin de l'été. Et Thomas, qui éprouvait pour lui une très vive sympathie, lui proposa de quitter sa mansarde de l'hôtel de *La Corniche* et de laisser ses affaires au chalet pendant ses séjours en altitude. Il pouvait même monter sa tente (il savait qu'il en avait une) dans la clairière si cela lui chantait. Émile accepta sans hésitation, heureux d'échapper ainsi au patron de l'hôtel qui, de temps à autre, lui demandait un peu d'argent pour alléger son « ardoise ».

Le beau temps régnait de nouveau sur le massif. Les hautes pressions, l'isotherme à deux mille huit cents mètres avaient éloigné les orages. Les nuits fraîches dans la vallée, en cette fin de mois d'août, laissaient présager encore de beaux jours avant l'arrivée de l'automne.

Line, revenue des Dolomites où elle avait escaladé de belles parois avec Roberto Torini, monta au chalet rendre visite à Thomas et Alizée. Elle leur raconta ses ascensions aux Tre Cima di Lavaredo et à la Civetta.

Roberto étant resté à Courmayeur où d'autres clients l'attendaient, Thomas proposa à Line de finir ses vacances au chalet. Elle fut ravie de passer quinze jours avec ses deux amis.

Émile, après avoir gravi la face nord des Drus et la face ouest des Petites Jorasses où il échappa de justesse à une chute de pierres, regagna la clairière. Il ouvrit sa tente et recula devant l'odeur nauséabonde qui s'en échappait. Il se dit qu'un mulot, après avoir grignoté des graines empoisonnées dans la cave du chalet, était venu mourir sous la tente. Il chercha le corps de l'animal et découvrit sous un tas de vêtements sales un sac en plastique dans lequel il avait oublié, parmi d'autres reliques alimentaires, un demi-camembert. Après avoir déposé le sac dans la poubelle, et muni de ses affaires de toilette il alla frapper à la porte du chalet. Comme personne ne répondait, il ouvrit la porte qui n'était pas fermée à clé et se dirigea vers la salle de bains. Thomas lui avait dit d'en user sans avoir à le lui demander.

Après une bonne douche et un rasage bienvenu, il noua sa serviette autour de sa taille, alluma le « clopon » qu'il avait posé sur la tablette du lavabo et, ses vêtements sous un bras, pénétra dans la salle de séjour, où il tomba sur Line qui rentrait les bras chargés d'un cageot rempli de victuailles. Elle sursauta en poussant un cri, fit un pas en arrière et faillit lâcher le cageot.

— C'est Émile ! dit Thomas qui arrivait avec Alizée.

Émile s'esclaffa, les yeux rieurs :

— Salut les potes ! et s'adressant à Line, en escamotant son mégot qu'il écrasa en se brûlant les doigts : Je t'ai fait peur ?

— Non, enfin j'ai été surprise, fit-elle en lui tournant le dos, gênée par sa nudité.

— Il est une heure, tu vas déjeuner avec nous, dit Thomas.

— Non, merci. J'ai déjà mangé, mentit Émile. Il ne voulait pas abuser de l'hospitalité de son ami, malgré son estomac creux.

— Alors ce soir tu dînes avec nous. Tu nous parleras de ce que tu as fait pendant ton absence, d'accord ?

— Volontiers, dit-il soudain confus, ce qui n'était pas habituel chez lui.

Il s'esquiva par la porte, fila vers sa tente et se rhabilla. Puis il fit un paquet de ses vêtements sales et partit à grands pas les porter au pressing.

Il pestait contre lui-même de n'avoir rien d'autre à se mettre, pour le repas du soir, que son pantalon d'escalade rapiécé et sa chemise de laine à carreaux qui ne sentait pas la lavande. Et il s'étonna de penser qu'Alizée et Line n'apprécieraient sans doute pas sa tenue plus que négligée. Il décida de s'acheter, un jeans, une chemise, des chaussettes et une paire de joggings. Une dépense qui l'empêcherait d'effacer son ardoise à l'hôtel de *La Corniche*. Le patron devrait attendre l'an prochain. A moins qu'il n'ait fait faillite d'ici là.

A la fin du mois d'août de nombreux touristes déambulaient encore dans la ville. Mais ce n'était plus la cohue du début de l'été. Les campings, les hôtels et les refuges s'étaient en partie vidés. Le soleil moins haut ne se levait plus au col de Balme, mais derrière l'Aiguille-Verte. Les lumières étaient transparentes et crues. On pouvait de nouveau respirer un air qui sentait plus la montagne que les hydrocarbures.

En arrivant au chalet, Émile vêtu de neuf, un sac en plastique avec deux bouteilles de bordeaux à la main, trouva Thomas en train de préparer des braises dans le barbecue pour faire griller des côtelettes d'agneaux.

Alizée, assise sur une marche de l'escalier, tenait un livre ouvert sur ses genoux. Elle leva la tête.

— Tu es bien beau, Émile, s'exclama-t-elle.

Il ébaucha un timide sourire.

— Oui. J'ai fait quelques frais, lança-t-il.

Il chercha Line des yeux. Elle apparut sur le seuil et leurs regards se croisèrent. Il tourna vivement la tête comme indifférent et regarda de nouveau. Elle était entrée dans le chalet.

— Tu veux que je t'aide, dit-il à Thomas, pour dire quelque chose.

— Non, le feu est bien pris.

Il sortit les bouteilles du sac.

— C'est du bon, il a dix ans d'âge. Où je les pose ?

Thomas sourit. Il avait surpris leurs regards et sentait un certain embarras chez Émile. Il n'était plus aussi volubile. Et n'avait pas son éternel « clopon » pendu au coin de ses lèvres.

— Sur la table à l'intérieur, lui dit-il.

Il monta lentement l'escalier, malgré son envie de l'enjamber quatre à quatre, s'arrêta sur le seuil et fit semblant d'admirer le paysage. Puis il entra et posa les bouteilles sur la table, où Line mettait le couvert. Il toussota, se gratta une oreille.

— Vous savez où se trouve le tire-bouchon ? demanda-t-il.

— Mais oui, répondit-elle pleine d'entrain. Elle ouvrit le tiroir de la table et le lui tendit. Vous me vouvoyez maintenant ? dit-elle trop fort.

Il se gratta de nouveau le lobe de l'oreille et toussota, la gorge irritée, comme s'il avait des poils collés dans le gosier. Ce qui n'avait rien d'étonnant étant donné le nombre de paquets de tabac qu'il avait jusque-là transformés en fumée.

— Vous savez, finit-il par dire, j'ai été autant surpris que vous en sortant de la salle de bains et entre alpinistes… on a un peu l'habitude de se tutoyer.

— Émile, moi aussi je suis alpiniste. Alors, tu peux me tutoyer.

Elle lui tendit la main. Il la prit dans la sienne et la trouva très douce. Il la serra délicatement.

— Vous êtes… Tu es très sympa. Si tu veux on pourrait faire une ascension ensemble.

Elle acquiesça en opinant de la tête sans le quitter des yeux.

— Je rentre des Dolomites. Je suis très en forme. Quand partons-nous ?

Il se dit qu'avec Line, il ne faudrait pas seulement promettre, mais assurer.

— Demain. Tu as déjà fait l'arête nord du Peigne ?

— Non.

— C'est une ascension rocheuse qui te plaira. En prenant une des premières bennes du téléphérique de l'Aiguille du Plan, on sera de retour dans l'après-midi.

Elle bondit joyeusement sur le seuil du chalet et cria à Thomas :

— Demain, je pars en montagne avec Émile !

— Bravo Line. Tu as vite trouvé un guide ! Tu peux lui faire confiance, c'est un bon, acheva-t-il en posant les côtelettes sur le gril.

Ils mangèrent de bon appétit. Line évoqua ses escalades dans les Dolomites avec Roberto.

Émile n'avait pas grand-chose à dire sur son dernier séjour en altitude. A part une chute de pierres qui avait failli l'envoyer dans un monde dit meilleur, il ne s'était rien passé. En remontant le glacier de Leschaux, il avait constaté que l'éperon Walker, dans la face nord des Grandes Jorasses, était sec. La neige tombée au début du mois n'avait pas tenue. Il leur en fit part.

Thomas, un sourire furtif sur les lèvres, lança un clin d'œil à Line assise en face de lui.

— J'avais l'intention de le gravir avec Alizée et Line, au cours des prochains jours. Mais si tu veux venir avec nous, en deux cordées de deux, on irait plus vite. On sortirait au sommet dans la journée, suggéra-t-il.

— Voilà une excellente idée, dit Line en battant des mains. Le Peigne on le fera une autre fois.

Alizée l'observait d'un air amusé. Son intérêt pour Émile, sa joie de grimper avec lui était visible.

— Avec ce beau temps ça va être super, dit Émile en sortant son paquet de tabac de sa poche. Il n'avait rien fumé depuis le début de l'après-midi. Il avait décidé de limiter sérieusement sa consommation de tabac, de ne plus garder un mégot coincé entre ses lèvres et d'utiliser un dentifrice pour blanchir ses dents.

— J'en veux bien une, dit Line.

Il lui tendit le paquet de tabac et le carnet de feuilles.

— Je ne sais pas rouler les cigarettes. Tu veux bien me la faire ?

— Tu fumes maintenant ? dit Thomas en se levant pour aller chercher une beedie dans la boîte posée sur la cheminée.

— Une fois n'est pas coutume ! dit-elle en sortant le bout de sa langue pour mouiller la bordure gommée de la cigarette que lui présentait Émile.

Thomas descendit dans la clairière où il alluma sa beedie. Alizée le suivait. Ils firent quelques pas sans rien dire.

— Tu es bien songeur, dit-elle au bout d'un moment. Quand partons-nous pour les Jorasses ?

— Demain. Demain, nous irons coucher au refuge de Leschaux. Je pensais, reprit-il, à l'expédition que nous allons faire au Pérou pour rejoindre tes parents. Line est une femme solide et d'autre part médecin. Je suis sûr qu'un voyage de cette nature la passionnerait. Émile est un garçon sympathique, libre de son temps. S'ils s'entendent bien pendant l'ascension des Jorasses, nous pourrions au retour leur en parler. Qu'en penses-tu ?

— Je pense que ce serait bien, répondit-elle en portant son regard vers le mont Blanc où le couchant étendait un dais de lumière dorée.

Cet ouvrage a été composé par les Ateliers du Dragon
et achevé d'imprimer sur presse Cameron
dans les ateliers de ***Bussière Camedan Imprimeries***
à Saint-Amand-Montrond (Cher)
pour le compte des Éditions Hoëbeke
en mai 2000

ISBN : 2-84230-101-3

Dépôt légal : mai 2000
N° d'impression : 002153/1

Imprimé en France